俺と君達のダンジョン戦争 2

ORE TO KIMITACHI NO DUNGEON WARS

トマルン
[絵] ゆーにっと

TOブックス

CONTENTS

第二章

イラスト：ゆーにっと
デザイン：倉科駿作（Beeworks）

CHARACTER

チーム日本

上野群馬

国籍：日本

ある日突然、ダンジョン攻略最前線に巻き込まれたビビリな慎重派青年。人外のメンタルと戦術指揮能力を持つ。保身的かつ保守的であり、利益主義者だが、本質的には臆病な小物で、突発的な出来事に弱い。

高嶺華

国籍：日本

1000年以上前から続く日本有数の旧家である高嶺家の長女であり、内閣総理大臣の御令孫でもある生粋のお嬢様。絶対的な戦闘能力を持つ半面、頭の出来はあまり宜しくなく、勉強はできるが頭は悪い典型例。素直で義理人情に厚く、曲がった事や卑怯な事が嫌い。戦闘時は情け容赦ない。

シーラ

国籍：スウェーデン

探索者となった直後は動揺していたが、逞しい面もあり、腕力は一般的な東洋人男性よりも強い。

エデルトルート

国籍：ドイツ

人類同盟に属する探索者であり、最強の戦略家。内政・外交に関しては秀才肌。国家利権を重視しつつ、至極真っ当な倫理観を持つ。

アレクセイ

国籍：ロシア

国際連合に属する探索者。強いリーダーシップと知性を兼ね備えている。

第二章

第一話　魔の森

鬱蒼《うっそう》と茂《しげ》る木々が頭上を覆い、ジメジメとしてそうな苔や背丈の低い草が地面を埋め尽くしている。

木々の樹皮には蔦植物が張り巡らされ、視界一面に黒ずんだ緑が広がる。

空からの光は、頭上の枝葉に遮られ、太陽が昇っているはずだというのに薄暗い。

森林、ジャングル、原生林、この光景を説明する言葉を浮かべるが、どれも違和感があり、しっくりこない。

違和感の正体は、誰でも気づく。

音だ。

植物は勿論、そこに暮らす幾多の生命で溢れるはずのこの地には、本来ならばなくてはならない一切の音が存在しなかった。

動物の鳴き声も、鳥の囀りも、虫の羽音ですら、何一つ聞き取ることができない。

自分達以外の生命の気配がしないのだ。

ゆえに、気味が悪く森に入っただけで精神を削られるこの森を呼称するのならば、魔の森、その言葉が最も的確だろう。

危険な生物が存在しないゆえに一見無害な、しかし一歩足を踏み入れれば奥底に引き込まれそうな不気味さを秘めた魔の森。

その地を訪れた者は、いったい何を代償にして、どのような末路を迎えるのだろうか。


「――時代はやはり無人機だな」

俺はタブレットに表示されるダンジョンマップを見ながら、何と無しに呟いた。

全ダンジョンの第一層攻略後に行われた僅か10分間だけの本国との通信。

各国の探索者はそれまでミッションのコメント欄経由でしかやり取りできなかった本国と、ようやくまともなコミュニケーションをとることができた。

残念ながら各国の男女1名ずつ、計2名の探索者、その両方が死亡してしまい途方に暮れる国家もあったそうだが、まあ、人生ってそんなものだよね。

ともかく、生き残った探索者たちの間でホッと一息吐けた雰囲気が漂う中、地球人類はダンジョンの第二層攻略に本腰を入れるのであった。

勿論、俺達チーム日本も例外ではなく、政府との会談が終わった次の日には第二層に足を踏み入れた。

最初に手を付けるのは、樽《たる》や巨大オークが記憶に懐かしい魔界ダンジョン。

そして俺達が魔界第二層を探索しようと扉を開けてみたら、そこは森林地帯のど真ん中に位置する開《ひら》けた野原だった。

第一層が洞窟だったので、てっきりそれ以降も洞窟だと思っていたら、まさかの森林地帯で驚いたのも良い思い出だ。

ダンジョン探索の出だしは、毎度の如く42式無人偵察機システムによる哨戒《しょうかい》を行った。

森林地帯と無人機に搭載されている迷彩システムは、相性が頗《すこぶ》る良かった。

周囲の景色を機体表面に投影する全地形型の最新鋭迷彩は、視覚のみでの無人機の発見を極めて難しくするだろう。

森林地帯に溶け込んだ無人機群による哨戒活動は、魔物達の戦術を悉《ことごと》く見破っている。

予想していたことだけれど今回の魔物達は第一層の時とは様相が変わっていた。

第一層では武器を持たず徒手空拳だったのが、剣や斧、槍などの武器、盾や甲冑などの防具を装備しており、脅威度が格段に増していた。

そして奴らの知能も相変わらずらしく、森林地帯という地の利を活かすように、樹上や背の高い草の下などに潜んでいるようだ。

どことも知れない森林地帯での、人間よりも遥かに身体能力で優れる魔物達によるゲリラ戦。

どこの悪夢だよ！

彼らの武器に毒が塗られているかまでは分からないが、随分とえげつない戦術をとってくれたものだ。

まともに攻略しようものなら、間違いなく泥沼の長期戦となり、じわじわと消耗を強いられることだろう。

下手をすると、このダンジョンの攻略だけで数ヵ月の時と莫大な物資を少なくない人命付きで消耗しかねない。

超大国アメリカをはじめとした西側陣営の主要国が中心となっている超国家連合、人類同盟もこの地に侵攻しているが、各所で魔物の襲撃やブービートラップに遭い、少なくない損害を被っているようだ。

幸いにも、損害は無人機や戦略原潜の乗員っぽい兵士達であり、探索者の損失は出していないようだが、それもいつまで持つことか。

彼らの無人機には、我が国のような迷彩システムは搭載されていないので、魔物達にすぐ発見されて面白いように墜とされているらしい。

まるで数十年前のベトナム戦争で、ベトコンゲリラと死闘を繰り広げる米軍の再現を見ているようだ。

これが、歴史は繰り返す、という奴なのだろうか？

だとしたら、かつての米軍に倣《なら》うように、ゲリラ対策として枯葉剤やナパーム弾をばら撒いて森林地帯を死滅させるという方法もある。

まあ、それはもちろん彼らも試したはずだ。

しかし……


『鑑定』

『魔の森の植物：鉱石の一種』

そう、一見植物のような木々や草花の正体は鉱石だった。

森林地帯ではなく、正しくは鉱山地帯だったのだ。

まさにファンタジー。

もちろん、鉱石なので、燃えないし枯れない。

一応、人類同盟が検証したところ、鉱石の融点は1600℃程度らしいので、除去できなくもないのだが、見渡す限り一面に広がる森林全てを1600℃以上に加熱するなんて狂気の沙汰だ。

森が消滅する前に人類同盟の予算が溶けきってしまうだろう。

FXで400万円溶かすよりも簡単に溶けるかもしれない。

結果、地道に伐採するか、諦めて森林っぽい場所に突入するしかなかった訳だ。

いやぁ、ファンタジーって厳しいものですね！

自分、幻想抱いてましたわ!!

遠目に見える人類同盟の最前線で全高20mのロボットが地道に木々を薙ぎ倒している光景を見ながら、しみじみとそう思った。

「ぐんまちゃん、ぐんまちゃん！　そろそろ行きませんか？」

俺が物思いに耽っていると、高嶺嬢が俺を急かしてくる。

彼女の見た目はダンジョンの第一層を攻略していたころとはガラリと変わっていた。

刃渡り120㎝の大太刀と純白の清楚なローブは特典ゆえに固定装備だが、ローブの下に着こむのはそれまでのお嬢様っぽいブラウスとスカートではなく、白銀に輝く簡易ドレスのような軽鎧だ。

これは第二層に挑むにあたって防具屋で購入した戦乙女シリーズという防具である。

鎧、手甲、脚甲の3点セット、お値段はそれぞれ6800万円、合計2億400万円也。

人によっては生涯年収に匹敵する金額を高嶺嬢に貢いじゃったって訳さ。

まあ、それは良い。

高嶺嬢は俺を急かすが、確かに、今日のノルマも魔石1000個だ。

中央省庁以外からの細々としたものを含めると、合計1200個ほどは集めなくてはならない。

いくら無人機のおかげで敵の居場所が分かるといえども、この森林地帯を進むとなればそれなりに時間がかかる。

それにこの階層には、人類同盟という魔石獲得競争における商売敵も存在する。

近隣の哨戒は完了したし、早めに進軍しても問題はないだろう。

「そうだな、ここだと歩くのにも時間がかかりそうだ。早めに出発するに越したことはないか」

俺の言葉を出発の合図と受け取ったのか、8体に増えた従者ロボが、26式短機関銃と武器屋で買った『守護者の王剣（38億5000万円）』を構えて俺の周囲を固める。

守護者の王剣は、一見ただの巨大な包丁のようだが、装備すると耐久とHPが＋20されるらしい。

どのような原理でその効果を発揮するのかは、全く分からないが、取扱説明書にそう記載してあったし信じてみる。

値段はともかくその効果は魅力的なので、俺も装備してみようと思ったが、ダメだった。

重かったんだ……すごく……

ステータスの筋力表記が11の俺では背負うことすらできなかった。

高嶺嬢は片手で持てたのだが、動きやすい軽装を好む彼女としてはお気に召さなかったようだ。

「さあ、今日もガンガン魔石狩りですよー！」

先頭に立った高嶺嬢が、今日はまだ綺麗なままの刀をぶんぶんと振り回した。

今日も彼女は元気だなー。

俺は苦笑いを浮かべながらも、進行方向を指示するのだった。

「そっちは敵主力とは反対だよ、高嶺嬢」

決戦兵器による敵主力の開幕撃滅は日本の伝統だよね！

第二話　懐かしき縁日のリンゴ飴

「ヘイヘーイ、逃げる魔物は悪い魔物！　死んだ魔物だけが良い魔物ですよー!!」

いつものように高嶺嬢が理不尽な謎理論を展開しながら魔物達を蹂躙《じゅうりん》していく。

金属製であるはずの樹木は豆腐のように寸断され、為すすべなく薙ぎ飛ばされる魔物達。

狂気に染まる高嶺嬢によって雑な解体ショーが繰り広げられるだけに思われたが、第一層よりも強化された魔物達もただ殺られるだけではない。

健気な反撃として木々の合間から断続的に無数の矢が放たれるも、高嶺嬢は全てを避け、叩き落とし、その身にはかすり傷一つ負っていない。

『グオオォォォォォォォ』

体高2mを超えるオーガの頭を掴み、巨体を振り回してゴブリンやコボルトを圧殺する。

その拍子に首の骨を折られた哀れなオーガは、フレイムウルフの火炎放射から盾代わりにされた挙句、地面に叩きつけられてフレイムウルフごと大地の染みとなった。

枝葉の隙間を潜り抜け、低空から奇襲するハーピーや大蝙蝠《こうもり》の編隊。

そんな彼らを迎え撃つのは、乱立していた木々を足場に三次元機動を繰り広げる高嶺嬢。

両者が衝突した結果なんて見届ける必要すらない。

時速100㎞で爆走するロードローラーと幼稚園児の乗った三輪車軍団が正面衝突するようなものだ。

気づいた時には既にハーピー達は生のヤゲン軟骨やせせり、レバーと化していた。

焼き鳥食べたくなっちゃった……

俺と従者ロボは、高嶺嬢の戦闘を横目に見つつ、索敵と聞き耳、捜索を用いて、隠れている弓兵や地中に潜むドラゴンの掃討を行っていた。

時折、護衛兵による反撃に遭うが、1体当たり40億の装備コストを費やした8体の従者ロボは、ゴリ押しで難なく弾き返している。

高嶺嬢と比較すればモーター付きマネキン人形と大差なくなってしまうが、従者ロボとて人類に与えられた特典の一角。

そんじょそこらの魔物相手に敗北するわけがない。

300体ほどの戦力を有していた敵主力は、200程度までその数を減らしている。

戦況は俺達の有利とみて間違いない。

しかし、このダンジョンに足を踏み入れた時から十分に予想していたことだが、やはり敵の損耗速度が想定よりも大幅に抑えられていた。

既に襲撃から30分が過ぎているが、未だに敵は6割の兵力を保っている。

高嶺嬢の戦闘力ならば、たとえ魔物が武装していたとしても、半分の時間で9割を殲滅《せんめつ》できているはずだ。

どうやら、視界や動きが制限される森林地帯は、彼女をもってしても戦いにくいらしい。

俺は護衛の従者ロボ4体と共に、敵の横合いに12・7㎜M2重機関銃を掃射しつつ、今後の探索予定を考える。

魔物100体討伐するのに30分間費やしている今の戦闘評価だと、今までのノルマである1日1000体討伐するには5時間程度必要になる。

もちろん、1000体の魔物が一塊で存在しているわけもなく、魔物集団の捜索時間や戦闘エリアへの移動時間を考えると、どう考えても1日1000体の目標値は達成が難しい。

それだけでなく、この広大な森林地帯では、ボスの場所を見つけるだけでも一苦労だ。

末期世界第二層も昨日開放されたことだし、一旦、魔界は放置して、天使狩りと洒落《しゃれ》込むか？

だが、第二層になったことで、魔界では魔物の武装が開放されたのだ。

天使達も何らかの強化がなされているはず。

俺のスキルに耐魔力という死にスキルがあることから、もしかしたら魔法的な何かを第一層の時以上に使ってくることも十分に考えられる。

そう考えると、所詮は魔物が武装して戦術が少し厭《いや》らしくなった程度の魔界を、最初に攻略すべきだろう。


結局、敵主力300体を殲滅するのに2時間もかけてしまった。

戦闘の後半、広く薄く散開していた魔物を掃討するのに、予想以上の時間がかかってしまったのだ。

今の時刻は正午を少しばかり過ぎたランチタイム。

捜索や移動の時間を入れると、ノルマの3割を達成するのに午前中まるまる潰したことになる。

「こいつはやべぇ」

本当にやべぇよ。

近場の敵主力を潰したことで、周囲の敵は数体から数十体の小規模部隊がまばらに点在する程度だ。

全てを虱潰《しらみ》しに掃討していったところで、全部で200体に届けば良い方だろう。

それにどれだけの時間が必要なのかは分からないけれど、もし今日中に達成できたところでノルマは半分も残ることになる。

ヤバイ、ヤバイヤー、ヤバエスト。

海外と断絶された孤立環境で日本経済が失速するのは本当にまずい！

勝利を引っ提げて母国に凱旋したら、産業が崩壊して失業者に溢れていたとかシャレにならない。

何か……何か考えなければ……

「ぐんまちゃーん、今日のお昼はサンドイッチですよ。こんなふうに森の中で食べると、遠足みたいでワクワクしますね！」

俺が思い悩んでいるというのに、高嶺嬢はわざわざ木を切り倒して、切り株の椅子や丸太のテーブルを即席で作っていた。

その上に外套《がいとう》から取り出した一抱えもあるバスケットと水筒を並べている。

全身血まみれで遠足とか言っちゃってる能天気なその姿に、思わず苛《いら》つく。

「じゃーん、ぐんまちゃんの好きなハム卵サンドですよー」

「いやっふうぅぅぅ！」

流石、高嶺嬢！

普段アホの子で戦闘中はバーサーカーなのに、料理に関しては完璧なのだから恐れ入るぜ!!

そういえば、食料の中にパンはなかったはずなのだが、このサンドイッチのパンはどこから持ってきたのだろうか？

「パンは今朝焼いたばかりなので、どうぞご賞味あれ、です！」

すごい、すごいよ高嶺嬢。

和食だけじゃなく洋食まで守備範囲に収めているなんて無敵じゃないか。

サンドイッチは一つ一つ丁寧にピンで留められていて屋外での食べやすさも考えられているし、文句のつけようがないよ！

「………ぅん？」

俺は思わず視線をサンドイッチを留めているピンに固定する。

可愛らしいパステルカラーのプラスチックピンだ。

ピン……

刺す……

串刺し……

囮……

誘導………

「――そうだ、串刺ししよう」

『ギィエエエエエエエエエエ』

重要器官を極力傷つけないように、実は鉱石である魔の森の木で作られた即席の杭によって、肛門から口腔まで貫かれたオーガが悲痛な叫び声を上げる。

手足をジタバタと動かすたびに、杭が揺れて、全身を痛みが襲う様は正に生き地獄。

もしも魔界がハーグ陸戦協定に加盟していたら一発アウトな光景だ。

俺の前には、そんな生体オブジェが数十本並んでいる。

様々な種族の魔物達が一様に串刺しされて、もがき苦しんでいる光景を見て、ふと、縁日の屋台を思い出す。

そういえば、リンゴ飴やチョコバナナとかこんな感じで売ってたなぁ。

流石にもぞもぞ動きはしなかったけど。

継続的に響き渡る魔物達の絶叫は、周囲数㎞まで聞こえることだろう。

周囲に潜伏している魔物がこの声を聞いたなら、ここでどのようなことが行われているのか、想像するのは容易いはずだ。

第一層の時よりも格段に進化している彼らの動きや戦術を観察すると、どうみても軍事組織のそれだった。

ならば、生き地獄を味わっている同胞を救出しようと、想定される敵戦力以上の兵力を派遣してくる可能性がある。

従者ロボ４体と高嶺嬢が周辺を探索して、見つけた魔物を捕獲し、痛めつけながらこの光景を見せた後に逃がしているので、間違いなく魔物達の上位者には、この光景が伝わっているはずだ。

高嶺嬢達が連れてきた後に逃がした魔物の数が10体を超えた時、タブレットの哨戒マップに１００体を超える敵性集団が映し出された。

よし、ノルマ達成。

それじゃあ、高嶺嬢達を招集しようかな。

第三話　リンゴ飴と汚い花火

深く暗い森の中。

乱雑に切り倒された木々。

その合間を縫うように、大地に突き刺さった粗雑な杭。

何十本もの杭には、ゴブリン、ハーピー、ドラゴンなど、様々な魔物が生きたまま突き刺さっていた。

彼らの腕ほどもある木の杭が、肛門から口腔まで貫通している彼らは、文字通りの生き地獄を味わってる。

『ギィィィィ……』

『ピィィィィ……』

初めの頃は耳を塞いでも脳裏に突き刺さる、痛みと恥辱、恐怖と絶望が入り交じった絶叫を上げていた彼らも、時間と共にだんだんと衰弱していく。

今では碌《ろく》に声も出せず、ただ涙を流している者までいる。

本来、串刺しにされている魔物達は、敵と勇猛果敢に戦い、刺し違えてでも勝利する覚悟を持った勇士であった。

彼らは敵と戦い、そして無残にも敗北した。

その結末が、誇り、仲間、自由、尊厳、それら全てを奪われた挙句、無理やり生かされている地獄絵図だ。

彼らの内心に渦巻く、後悔、悲哀、怒りは如何ほどのものか、想像するまでもないだろう。


『グゥォォォォォォォォォォォォォォォォ！！！』


突如、森の中に凄まじい雄叫びが轟いた。

魔物達の悲痛な叫び声はもちろん、内心の絶望まで一瞬のうちに吹き飛ばしてしまったその雄叫びは、彼らにとって、なじみ深いものだった。

大きく、強く、気高く、偉大で、勇猛で、そして何より、部下想いの敬愛する我らが連隊長。

耐え難い苦痛と恥辱の中、自らの命が尽きるのをただ待つばかりの絶望に包まれた彼らの心中、そこに芽生えた希望の芽。

『ガァァァァァァ』

『ブヒィィィィィ』

連隊長の雄叫びに続き、戦友達の雄叫びが空気を震わせる。

来た。

仲間が来た。

助けに来てくれた。

希望の芽は瞬く間に成長し、天を衝くばかりの大樹となる。

『ギィィィィィイ！』

『ピィィィィィイ！』

魔物達は、残された力を振り絞って、戦友の声に答えた。

即座に、先程以上の雄叫びが森を駆け抜けてゆく。

すぐに助ける！

もう少しの辛抱だ‼

決して諦めるな！！！

捕らわれの戦友を鼓舞するかのような雄叫びに、魔物達はあらん限りの雄叫びで答えた。

彼らの雄叫びは共鳴し、森林地帯を包み込んだ。

そして、遂に、彼らの連隊長、部下を助けるために自らの直轄部隊を動かした漢。

鈍色《にびいろ》の肌を持つ筋骨隆々の巨大なオーガが、森の中から姿を現した。

そのオーガに続くように、様々な種族の魔物が現れる。

俺達は助かった！

戦友を助けられた！

二つの想いが重なった時――――


「感動の再会おめでとう。心ばかりだが、祝福の花火を上げてやろうじゃあないか」

視界を焼く強烈な閃光、そして大地を震わせる轟音。

「汚い花火はぐんまちゃんの十八番《おはこ》ですねー！　とっても素敵です‼　初めてぐんまちゃんとダンジョンに行った時のことを思い出して、ドキドキしちゃいます！」

そう言って恥ずかしそうに頬を染める高嶺嬢。

捕虜を串刺しにした餌場に仕掛けていた大量のＣ４爆薬、それが一斉に起爆したことによって生じた巨大なオレンジ色の閃光が、彼女の白い肌をほのかに染めていた。

俺はそんな彼女が全く気にならないほどの、罪悪感に襲われていた。

思いつくままに自分でやったことだけど、流石に人間としてどうよ？

自分に自分でドン引きだよ！

もしかしたら高嶺嬢の狂気が感染してしまったのかもしれないな。

まあ、今はそんなことは良いだろう。

Ｃ４、またの名をＣｏｍｐｏｓｉｔｉｏｎ　Ｃ－４はプラスチック爆薬の一種でＴＮＴ爆薬の約１・３倍の威力を誇る高性能爆薬だ。

そんなＣ４爆薬を魔物集団の到着と同時に起爆したことにより、救援対象の捕虜ごと隊長っぽい大柄なオーガが爆炎に呑み込まれて１０００体を超える魔物集団は大いに混乱中だ。

ただの獣ではなく知性を持った軍事集団である彼らは学習する。

ここで退却を許してしまえば、再度同じ手を使ったとしても今回のように誘《おび》き出すことはできないだろう。

「高嶺嬢、混乱中の魔物達を殲滅してきてくれ。俺達は周辺で退却を図る敵を掃討する」

「分かりましたー。今度は私が良いところを見せちゃいますよー！」

そう言うやいなや、高嶺嬢は刀を片手に駆け出して行った。

俺達は爆破の影響を避けるために、囮の位置から200mほど後方の簡易塹壕《ざんごう》に隠れていた。

その程度の距離は、彼女の駿足にとって目と鼻の先に過ぎない。

魔物達が発する混乱の鳴き声が、襲撃者に対する怒号へと変化するのに時間はかからなかった。

俺は8体の従者ロボから3体ずつ選び出しして2つの隊を編成し、それぞれ魔物集団の両横から挟撃を命令する。

残りの従者ロボ2体は、護衛として俺と共にこちらへ急行する人類同盟への足止めだ。

串刺しにされた魔物達の絶叫、ダンジョン深部からの魔物集団の大移動、とどめとばかりに先程の大爆発。

同じダンジョンを攻略している人類同盟はもちろん、他国の探索チームを呼び寄せる要因は山ほどある。

無人機による哨戒網には、こちらへ真直ぐに向かっている人類同盟の先鋒が報告されていた。

彼らが高嶺嬢のもとに到着して戦闘に参加すれば、共闘の名の下に魔石を一定数差し出さなければならなくなる。

彼らとの共闘を断るには、こちらの見掛け上の戦力は些《いささ》か心許《こころもと》なさすぎた。

1000体超の魔物に挑む2人とロボ8体。

誰がどう考えても、大量の魔石に目がくらんだ蛮勇でしかない。

それに俺達日本は、既に3回も階層攻略を達成しており、他国から警戒されている可能性が十分ある。

こんな状況になっても政治闘争は存在している以上、俺達の強化を阻もうとする動きは必ず出るはずだ。

それなりの手間暇かけてこの状況を整えたというのに、後からやってきて戦果だけ横取りされるのは勘弁願いたい。

ならば、人類同盟が戦場に到着してこちらの戦力を確認する前に彼らと話を付けるしかない。

俺は2体のロボ、最初期から付き従っている美少女1号と美少年1号を伴って、ここからでも視認できる全高20mの人型機動兵器に向かって歩き始めた。

もちろん、事前に迷彩を解いた無人機をあちらに遣わすのも忘れない。

流石に気づかれないまま踏み潰されるのはごめんだ。

第四話　金髪青目の忍者娘

視界一面に広がる暗緑色の木々。

侵入者を阻まんと道を妨げるそれらを薙ぎ倒しながら進む白亜の巨人。

樹高10mを超える木々ですら、その巨人の腰にも届かないほど巨人は巨大だった。

機械仕掛けの全高20mの巨人は、突如何もない空間から姿を現したUAV（Unmanned aerial vehicle：無人航空機）に先導されながら森の中を進んでいた。

その肩には鈍く光る白色の塗装が施された巨人とは正反対の、闇に溶け込んでしまいそうなほどの黒い装束に全身を包んだ人影がいた。

顔全体を覆う頭巾の目元には、白い肌と二つの蒼眼が覗いている。

後頭部から飛び出ている金紗のポニーテールが、全てが黒に覆いつくされた中で妙に浮いていた。

『アルベルティーヌ、こいつについて行って本当に大丈夫なのか？　周囲になんか変なのはいないよな？』

巨大ロボの頭部、そこに搭載されている外部スピーカーから、若い男の怯えた声が聞こえる。

巨大ロボのパイロットのものであろうその声は、他を圧倒する巨大なロボットに搭乗しているというのに、聞く者全てを不安に感じさせてしまうほど頼りなかった。

話しかけられた黒装束の人物は、視線を眼下の森へと向けながら答える。

「アルベルティーヌではない、拙者のことはＮＩＮＪＡマスター、もしくは闇に潜む白き影……白《ハク》影《エイ》とでも呼んでいただきたい。それよりもリック殿、くれぐれも油断なされるなよ。その無人機に描かれているのは、白き円と中心に輝く朱き太陽、日本の国旗でござる。単独にもかかわらず、僅かな期間で３つの階層を制覇したＮＩＮＪＡ発祥の地。行きつく先でどのような化物が出てこようと、不思議ではないのでござるよ」

『なあアルベルティーヌ、俺のことはガンニョムと呼べと何度も言っているだろう！　俺はガンニョムだ!!』

「リック殿……日本かぶれもそこまで行くと単純に気持ち悪いでござる。妄想と現実の区別もつかぬとは真に情けない。それと次からは拙者のことを白影と呼ぶように」

者、人類同盟が誇る最強戦力の一角である。

『お前が言うな』

「……もう一度言ってみよ」

それからしばらく、二人はお互いを口汚く罵り合ってブーメランを放ち続けた。

彼らこそ人類が保有する11の特典のうち『全高20m全備重量40tの有人人型ロボット（70MW核融合炉搭載・武装別売）』と『カトンジツ実践セットSYURIKEN付（NINJA！）』の保持者、人類同盟が誇る最強戦力の一角である。


木々よりも高く聳え立つ巨大ロボ。

見る者全てを圧倒する巨体は、何故か自身の体を自分で攻撃していた。

『堪忍袋の緒が切れた！　許さんぞ！　コスプレ女!!』

「言ってはならぬことを！　言ってはならぬことぉぉぉぉぉぉぉぉ!!」

よく見れば白い装甲に包まれたロボの全身を、全身黒尽くめの不審者が飛び回っている。

不審者は鈍重なロボの攻撃を、時に木々を、時にはロボの装甲を足場に空中を飛び回って回避していた。

高嶺嬢で慣れてしまったが、よくよく考えれば化物レベルの身体能力だ。

見た目からして、おそらくあの黒ずくめの不審者がNINJAだろう。

巨大ロボとNINJA、どちらも貴重な特典保有者か。

人類同盟が先鋒として派遣した戦力は、どうやらとんでもない超戦力だったらしい。

ただ、その超戦力は現在、どういう訳か互いに仲間割れを起こしているようで、俺が足止めに出向くまでもなく勝手に時間を潰してくれている。

巨大ロボに至っては、自身の攻撃によって既に外装はボロボロ、控えめに言っても中破といったところか。

俺は奴らの戦いに巻き込まれないよう、少し離れた木の陰から戦闘を見守っている。

余波ですら死にかねないため、万が一を考えて俺の前方は従者ロボ2体で固めていた。

身長2m50cmもある鋼鉄の背中が頼もしい。

『私の顔に何度泥を塗れば気が済むのだ……コスプレ女ッ！』

「勝手に自滅してるだけでござろうよ、日本かぶれ！」

お前が言うな。

見事なブーメランを口にしたNINJAに、心中で思わず突っ込んだ。

「むっ、邪気か。……何奴だ！」

突然、それまで俺に気づくこともなく巨大ロボと激闘を繰り広げていたNINJAが、俺に向けて何かを投げ放った。

あっ、死んだわ。

視認できるはずもない攻撃に、俺は一瞬で生を諦める。

Good bye今世、Hiあの世！

しかし、NINJAの攻撃は俺に届く前に、前方を固めていた美少女1号の右腕によって叩き落とされた。

金属同士の甲高い衝突音と同時に、地面へ突き刺さったものは、ＮＩＮＪＡにとっての必需品、艶消しされた手裏剣だ。

手裏剣と言われて誰もが思い浮かべる一般的な四枚刃タイプの手裏剣は、地面に深々と突き刺さっており衝突の凄まじさを物語る。

もしも美少女１号がいなければ、俺の頭は汚い花火と化していただろう。

「まて！　俺は敵ではない！　日本人だ‼」

奴らの仲間割れを隠れて静観するつもりだったのだが、俺の存在がばれてしまったのなら仕方がない。

すぐに声を張り上げて、追撃しようとしていたＮＩＮＪＡを制止する。

その間、巨大ロボの方はダメージに耐え切れなかったのか、各部から煙を吐き出しながら無残にも膝をついていた。

その姿はたかがメインカメラをやられただけなんて、口が裂けても言えないほどに満身創痍と言えた。

「な、なんと⁉　失礼致した！　てっきり魔物かと早とちりしてしまったでござる‼」

樹上から飛び降りて、音もなく地上に降り立ったＮＩＮＪＡは、即座に俺の元に来るや跪《ひざまず》いて謝罪しだした。

土下座せんばかりのその勢いに、俺はガチモンの日本かぶれのヤバさを感じる。

こいつはやべぇぞ、脳内がなんちゃって時代劇だよ！

「い、いや、こちらも先に声をかけなかったのは、配慮が足りなかった。だから、あまり気にしないでほしい」

予想を斜め上に突き抜けてきたリアクションに驚いて、思わず素で返してしまった。

言った後で、これをネタに強請《ゆす》ればあっさり目的が達成できたと気づくも、後の祭りだ。

「流石は日本人！　謝罪に対して、逆に自身の過ちを反省し、相手を許す寛容な心。これぞ正しく謙虚という奴でござるな！　平和ボケワールドカップの殿堂入りチャンピオンは格が違う！」

NINJAは俺の言葉にすっかり感銘を受けてしまったようで、目元以外を覆う黒頭巾越しでも分かるほど鼻息荒く詰め寄ってきた。

日本人を持ち上げつつもさりげなく貶《けな》すとは、さてはアンチだなテメェ……？

勢いに押されて思わず仰《の》け反ると、NINJAは何かを思い出したかのように、一旦距離を取り直す。

「拙者としたことが失礼致した、まずは互いの名乗りでござるな。

拙者、フランス共和国の忍び、カトンジツを得意とするNINJAマスター、他の者からは白影《ハクエイ》と呼ばれている。以後、よしなに。

ちなみにあの巨大ロボの中身は、ドイツ人のフレデリックでござる。自分がジャパニメーションに出てくるガンニョムだと思い込んでいる気持ち悪い日本かぶれなので、くれぐれも用心なされよ」

礼儀正しくお辞儀をしたNINJA改め白影は、小声で巨大ロボの中の人も紹介してくれた。

自分を忍者だと思い込んでいる不審者丸出しの日本かぶれを見ながら、俺は悟る。

こいつは高嶺嬢とは別ベクトルでヤバい奴だ。

第五話　NINJAとのお話

「なるほど……つまりお主は、我々にこの先へはこれ以上進むな、と言いたい訳でござるな？」

俺よりも頭一つ分小柄な全身黒尽くめの不審者、NINJA白影は、俺の要求に対してこちらを挑発するかのような物言いで返した。

唯一黒に覆われていない目元から覗く蒼い双眼が好戦的に細められる。

頭巾から飛び出ている金のポニーテールがぶるりと揺れた。

「そういう意味ではないよ。この先で行われている戦闘は、俺達日本の優勢で進んでいるから、干渉しないでほしいと言ってるんだ」

目の前の白影から目を離さないまま、背後の森で跪いている巨大ロボを見る。

遠目でも分かるほど歪み、所々破損している全身の装甲からは、白煙が濛々《もうもう》と上がりだし、細部の視認を難しくしていた。

巨大ロボの方は、しばらく戦闘は無理だろうが、NINJAの白影だけでも先ほどの身のこなしを見る限り、俺と従者ロボ2体ではとてもじゃないが敵わない相手だ。

従者ロボはもしかしたら互角に戦えるかもしれないが、俺は瞬殺されること請け合いだろう。

「それは、我らに対し進むなと言ってるも同然であろう。主らの戦闘区域を避けるのなら大きく迂回する必要がある。あまり拙者を謀《たばか》ってくれるなよ?」

白影は両手を組み合わせ人差し指を立て、忍者特有のニンニンポーズをとる。

もしかしてこちらを威嚇しているのだろうか?

日本人からすれば滑稽でしかないが、腐ってもこいつはカトンジツを使えることを考えると、単純に笑い飛ばすこともできない。

正直なところ、彼女がとっているのは忍者のポーズではなく浣腸ポーズなのだが、それを指摘したら逆上されかねない。

小学生がよくやる間違いなのだが、正しい印の結び方は、人差し指を一本ではなく、中指も使って2本の指を立てるのだ。

「誤解を与えたならば謝罪しよう。俺は君達に対し、我が国が独力で遂行している戦闘に介入してほしくないだけなんだ。我が国の交戦地域に君達が侵入した場合、最悪は人類同士の意図せぬ同士討ちが発生しかねない。前に進みたいなら申し訳ないが、戦闘地域を迂回してもらえないだろうか?」

俺の言葉にNINJAは少しだけ考えたようだが、依然として彼女の両手は浣腸ポーズのままで、それを解くそぶりはなかった。

「……いや、駄目だ。日ノ本の言葉にイソガーバ・マワーレという諺《ことわざ》があるだろう。その言葉の通り、お主らの戦闘地域を迂回するとなると、我らにとってはゴジッポ=ヒャポー。偵察の任を受けた我らは、その提案を受け入れることなどアカゴ・ノ・テヲ=ヒネルようなものでござる」

浣腸NINJAは随所に日本の諺を使って、俺の提案を受け入れてくれた。

いや、本当は拒否する意味で使ったんだろうが、諺通りの意味で受け取ると、『急ぐ時ほど遠回りが良いとも言うし、迂回路なんて大して違いなんかない。その提案を受け入れることは簡単だ』という意味になってしまう。

きちんと意味を把握せずに、使い慣れない言葉を使って失敗している典型例だ。

これはちゃんと指摘してやるべきだろうか？

たとえこのまま受け取るにしても、戦力で勝るＮＩＮＪＡ達に土壇場でゴリ押しされてしまえば、俺に対抗する術はない。

ならばこの場は友好的な態度に徹して、相手の譲歩を引き出すか時間を稼ぐしかないだろう。

「なるほど、君の言いたいことは分かった。しかし、ＮＩＮＪＡマスター白影、君が使っている諺は、本来の意味とは異なる使い方をしているよ」

「な、なんと!?　そうでござったか、この白影、一生の不覚でござる！」

「その忍者ポーズもちょっと違うしね。よし、せっかくの機会だ。俺としてもこのままにしておくのも忍びない。良ければ色々レクチャーしようか？」

「真でござるか！　是非ともお願いするでござる!!」

あからさまな時間稼ぎの提案に、白影は垂れ目がちな蒼い瞳を輝かせる。

俺を疑う様子は一切見られない。

こいつ、ちょろいわ。

こうして、俺の正しい日本文化教室が始まった。

２時間は稼いでやるぜ！

「――っと、こういう由来があって、正しい忍者ポーズ、印はこうやって組むことになってるんだ」

「おぉ、そうでござったか……拙者、今までずっと浣腸ポーズだったのでござるなぁ」

恥ずかしいでござるぅ、と両手で顔を覆ってイヤイヤする浣腸ＮＩＮＪＡ。

後頭部のポニーテールが盛大に揺れている。

「ははは、間違っていようと、日本の文化を好きでいてくれる気持ちは、日本人としては嬉しいものだよ。日本人だったら、君のことを馬鹿にする人なんてそうそういないさ。そんなに恥ずかしがることじゃない」

日仏両国に生中継の中、自信満々に浣腸ポーズを決めていたとしたら、仮に俺だったなら滅茶苦茶恥ずかしいけどな。

黒歴史確定だよ。

内心を完全に隠しながら、浣腸ＮＩＮＪＡを慰める。

「うぅ、優しい言葉をありがとうぅ。トモメ殿は真に優しいお人でござるぅぅぅぅ」

いつの間にかこちらを見つめる白影の瞳は妖しさを帯びていた。

厄介な予感がする。

「うぅぅ、こんなにも優しくされたのは拙者がちっちゃかった頃だけでござるよぉ」

そう言って俺にすり寄る浣腸ＮＩＮＪＡ。

たかだか数時間話しただけなのに、随分と懐かれたものだ。

下手をすると、このまま人類同盟から離脱してチーム日本に加入したそうな空気を醸し出している。

それは流石に不味い。

貴重な特典持ちの引き抜きとか普通に国際問題だ。

ただでさえ他国に先んじて階層攻略しちゃって警戒され気味なのに、そんなことになれば各国との間で溜まっている外交問題が一気に噴出するぞ！

やべぇよ、キモオタにちょっと優しくし過ぎたか。

ゲテモノは高嶺嬢だけでもう手一杯なんだ。

今のところ人類最大勢力である人類同盟との関係悪化までセットでやってきては、俺のキャパシティーを限界突破だよ！

「そ、そんなことはないんじゃないのか？　親御さんとかの家族や友達とか、君に優しくしてくれた人なんて今までに山ほどいるだろう」

俺から関心を逸らすために浣腸ＮＩＮＪＡの家族や友達を挙げてみるが、その途端、彼女は本気で落ち込みだした。

あっ、これはあかんやつや。

「……誰も私なんて見ないよ」

ぼそりと。

真顔の白影が視線を下へ向けた。

あああぁぁぁぁぁぁぁぁぁぁぁぁぁ、やっちまったぁぁぁぁぁぁぁぁぁぁぁ!!

やべぇ、やべぇやー、やべぇすとぉぉぉぉぉぉぉぉ！！！

俺は自分が意図せず踏んでしまった特大の地雷に恐れおののく。

どうやらＮＩＮＪＡの家庭環境は良好とは言えなかったらしい。

浣腸ＮＩＮＪＡの一人称が、拙者から私に変わっていることもあって、ヤバさは一入《ひとしお》だ。

考えろ、考えるんだ、上野群馬《こうずけともめ》……！

この状況を打開し、彼女からの友好と信頼を得つつ、程よい距離感を保つことのできる名案を。

俺の虹色の頭脳がフル回転し、様々な回答の想定を行う。

結論。

諦めろん。

俺は面倒くさくなって思考を放棄しようとした、瞬間――

――突然、後ろに控えていた従者ロボの美少女１号が、俺の襟首を掴んで背後に跳躍した。


『今日の私は阿修羅すら凌駕する存在だ!!』


目の前、先ほどまで俺と白影が立っていた場所に、巨大な鋼鉄の拳が叩きつけられた。

大地が捲りあがり、舞い上がった土煙が眼前を覆う。

『人呼んで、ガンニョムスペシャル!!』

全てを力尽くで解決したガンニョムが、決めポーズをとっている。

しかし、悲しいかな。

俺の索敵マップには、緑の光点が２つ、依然として存在していた。

「……頭にきたでござる」

恐ろしいほど平淡な底冷えのする声とともに、ＮＩＮＪＡ白影が現れた。

あっ、これは本気の殺し合い始まっちゃうかなー？

美少女１号は俺を抱えたまま、巻き込まれないよう即座に後退を始める。

これ以上、この混沌とした環境には耐えられないぜ！

それに時間稼ぎはそろそろ終えても良い頃合いだ。

このまま放っておいたら人類同盟の二大戦力が潰しあってくれそうだし、クレバーなチーム日本は謙虚に去るとしよう。


「ヘイヘーイ、大きな案山子《かかし》と小さな蟲《むし》が、ぐんまちゃんに何してくれてるんですかー？」

くさむらから　高嶺嬢が　あらわれた！

第六話　三雄と赤い女傑

『やはり私と君は、運命の赤い糸で結ばれていたようだな……そうだ、戦う運命にあった‼』

いつの間にか破損していた所を自己修復していたガンニョムが、全高20mもの巨体でファイティングポーズをとっている。

その巨体はそこにいるだけで、他者を圧倒する威を放っていた。

西暦2045年の人類が持つ技術力を超越した謎技術で建造されているガンニョムには、人類最大戦力である人類同盟の中においてさえ超戦力という言葉が相応しい。

「ガンニョム殺すべし……！」

人はここまで殺意を凝縮できるものなのか。

静かに研ぎ澄まされた濃密な殺意を纏ったNINJA。

ネタっぽい特典であるにもかかわらず割とガチな戦闘力を秘めているカトンジツ実践セットは、中の人の性能が思いの外高かったためにガンニョムをも翻弄する超戦力となっている。

自称NINJA白影は、いつのまにか持っていた直径1mの巨大な手裏剣を構えて開戦の瞬間に備えていた。

「ヘイヘーイ、大きな案山子と黒い蟲が随分調子に乗ってるじゃないですかー!!

……………ぐんまちゃんへの攻撃、ちゃんと、見てましたよー」


ヤバい。

ヤバいヤバいヤバい！

ヤバいの三段活用なんてしてる場合じゃないくらいやべぇぇぇぇぇ!!

高嶺嬢 Lv999
くさむらから　高嶺嬢が　あらわれた！

高嶺嬢は俺を後ろに庇いながら、キレてらっしゃる。

10人の特典組の中でも、トップクラスの戦闘能力を秘めた三者の対峙。

間違いなく最強にして最狂は高嶺嬢だろうが、このまま戦闘になったら最初に死ぬのは余波に巻き込まれる俺だろう。

「高嶺嬢、俺は大丈夫だから。そんなに怒らなくても良いから。だから頼むよ、外交関係が俺を巻き込んで死にかねない」

「ぐんまちゃん……大丈夫ですよ。全部、私が斬っちゃいますから！」

斬っちゃダメなんだよなぁ……

何かのスイッチが入ってしまったのか、高嶺嬢は殺ル気満々だ！

我が国の外交関係的には全然大丈夫じゃない。

畜生、こいつじゃ話にならねぇ。

「おーい、白影、味方同士で戦うのはやめよう！　俺達人類にこんなところで戦力を消耗している余裕はないはずだ!!」

ちょうど高嶺嬢を挟んで反対の位置にいるＮＩＮＪＡに呼びかける。

彼女は俺の言葉にしっかり反応して、こちらに視線を向けてくれた。

「トモメ殿…………安心なされよ、こやつらを全て葬り、貴殿をお守りいたそう！」

そう言ってＮＩＮＪＡは景気づけに軽く火を噴いた。

ちがぁぁう！

発想が高嶺嬢と一緒だよ!!

しかも、カトンジツと叫んでないし印も組んでないのにカトンジツできちゃってるよ。

本当はアレ必要なかったんだな……

こいつらは駄目だ。

しょうがない、一番駄目そうだが、奴を説得するしかないか。

「ガンニョム！　現状で人類同士が争っても、敵を喜ばすだけだ!!　今の俺達を祖国が見てるんだぞ、これ以上の戦闘は人類への裏切り以外の何物でもない!!」

俺の言葉が聞こえたガンニョムは、意外なことに構えを少し緩めた。

『た、確かに、君の言う通りだ……すまなかった、少し興奮していたみたいだ。……くっ、我ながらなんという失態だ！　万死に値する!!』

おっ、一番難易度高そうに思えたけれど意外と話が通じるな。

思いの外、あっさりと戦闘態勢を解いたガンニョム。

言動はアレだが、案外頭を冷やせば中の人は常識人なのかもしれない。

しかし、ガンニョムが構えを解いたとて、残りのお嬢さん二人は依然として殺る気に満ち溢れている。

さてどうしたものやと思ったその時——

「——お前達、何をやっているんだ!!」

思わず身が竦《すく》んでしまう怒鳴り声と共に、索敵マップに多くの緑点が現れる。

どうやら人類同盟の本隊がようやくお出ましのようだ。

声がした方に目を向けると、以前の高度魔法世界第一層でシーラやアルフと一緒に俺達へ声をかけ、機械帝国第一層ではロシアのアレクセイと舌戦を繰り広げた赤髪の女傑が草をかき分けながら近寄ってきていた。

相変わらず顔が怖い。

人でも殺してきたのかな？

「様子を見て来いと言ったはずだが、どうして日本と対峙しているんだ⁉」

女傑は額に青筋を立てながらガンニョムに詰め寄る。

白影は樹上にいるので、物理的に詰め寄れなかったのだろう。

女傑が現れた背後からは、戦闘服や防具屋で購入したであろう異世界の防具を身に着けた一団が続々と現れていた。

2体の従者ロボが警戒して、俺の両隣に立つ。

「えっ、あぁ、いや、そのぉ……何を言っている！　生きる為に戦え、そう言ったのは君のはずだ！」

女傑の怒号にガンニョムは盛大にキョドった後、開き直ってキャラを突き通した。

あの凶相を相手に我を張るとは、中々肝の据わった奴だ。

「言ってない！　……いや、言ったけど！　この状況で何を考えているんだ、お前⁉」

女傑の突っ込みにガンニョムがビクリと震えた。

芸の細かい奴だ。

「それとアルベルティーヌ！　お前がついていながら、何をやってるんだ⁉」

ガンニョムは話にならないと判断したのか、女傑の矛先はＮＩＮＪＡ白影、本名アルベルティーヌに向いた。

「拙者が対峙したのは日本に非ず、そこにいるガンニョムと女怪にござる」

「余計に質《たち》が悪いわ!! 妄想癖で口調が可笑しい以外は、真面目な娘だと思っていたのに！」

女怪って高嶺嬢のことか？

そうだとしたら、やっぱり日本と対峙してることになるんじゃないのかな。

女傑は地団駄を踏んで、自分の判断ミスを猛烈に後悔していた。

周囲と俺達を絶えず警戒している他のメンバーとの対比に、凄まじい違和感を覚える。

人類同盟のメンバーの中には、俺達を憎々しげに睨みつけている輩もいるので、彼女が統制しなければ、何らかのイザコザが起きかねない。

伝統的な国家間の対立というものは、当事者が誰であれ厄介なものだ。

「ねえねえ、ぐんまちゃん」

「なんだい、高嶺嬢？」

「もう殺って良いですか？」

「勘弁してください」

こそこそと話しかけてきたかと思えば、とんでもない暴挙をやらかそうとしていた高嶺嬢。

かつて魔界第一層では樽の中身にビビっていた彼女が、今では自分から同胞を手にかけようとするなんて、随分と成長したものだ。

しかし、それを許すと日本VS人類VS異世界という絶望の未来が訪れるので勘弁願いたい。

俺からの問答無用の制止に、高嶺嬢は拗ねたように頬を膨らませている。

高嶺嬢は顔が良いから許されるが、二十歳の女が頬を膨らませるのも勘弁してほしいものだ。

それに彼女がやると口から火を噴く3秒前にしか見えない。

今なら、全員斬れるのに……そう呟いた彼女は、間違いなく国際指名手配待ったなしの危険人物以外の何者でもなかった。

第七話　人類同盟からの誘い

「すまない、随分と迷惑をかけてしまったようだ」

一通りガンニョム達から事情を聞き終えると、それまで放置されていた俺たちに向き直った女傑は申し訳なさそうに謝罪してきた。

本人としてはしおらしさを出しているのだろうけど、ビビリな俺からするとインテリマフィアの遠回しなみかじめ料要求にしか見えない。

だけど最初に謝罪が出てくるあたり、まだ人類同盟、少なくとも統率者の彼女は政治色に染まり切ってはいないようだ。

政治や外交を考えてしまうと、たとえ自分が間違いなく悪くても、よほど追い詰められない限り謝罪なんて出てこない。

だと言うのに彼女は、思わず委縮してしまいそうなキッツイ目を申し訳なさげに伏せて謝罪した。

小柄な高嶺嬢やＮＩＮＪＡと違い、俺と同じくらい、もしかしたら俺よりも背丈がありそうな目の前の女傑。

顔の造形は整っていないとは言わないが、美人というほどではない。

というか怖い。

しかし、彼女の仕草からは、高嶺嬢やＮＩＮＪＡにはない心の清らかさを感じた。

結婚相手に選ぶとしたらこの娘かな……

いや、やっぱ怖いわ。

「いや、元はと言えば、こちらの戦闘音が呼び寄せたようなもの。こうして何事もなかったのだから、気にしないでほしい」

高嶺嬢がここにいるということは、魔物集団との戦闘は終結したはずだ。

現在は、ここにいない6体の従者ロボが魔石の回収でもしているのだろう。

ならば、もう足止めの必要はない。

なんだかんだ、彼女らと話すのも初めてだし、今後を考えて友好的な関係を築いてしまおう。

ここで変に火種をつくっても面倒なだけだ。

「そう言ってもらえると助かる。申し遅れたが、私はエデルトルート・ヴァルブルク、ドイツの探索者だ。あの巨大ロボット、ガンニョムというらしいが、あれのパイロットであるフレデリック・エルツベルガーの相方でもある」

ほう……

つまりは、人類同盟の主導権は今のところドイツが握っているということか。

元々、ドイツは欧州の盟主的な立ち位置の地域覇権国家だったけれど、それが今では人類最大勢力の主導者とは。

超大国アメリカや他の列強がよくそれを許したものだ。

確かに、ガンニョムは白影に翻弄されはしていたが、ダメージ原因は専ら自滅だった。

本来ならば見た目的にも戦力的にも人類の決戦兵力たり得るだろう。

そして、それを保有しているドイツが主導権を握るのも、まあ、無理ではない。

しかしそうだとしても、人類同盟に名を連ねる堂々たる列強諸国を抑えて主導権を握るとは、目の前のエデルトルート・ヴァルブルクという女傑はそれなり以上の手腕を持っているようだ。

「俺の名前は上野群馬、彼女は高嶺華、既にご存じとは思うが日本の探索者だ。見たところ、エデルトルート達は随分と国際色豊かな大所帯なんだな」

エデルトルート達については、ロシアのアレクセイとの対立を観察していたので十分知っているが、それをここで教えるのは彼女達に要らない警戒を与えてしまう。

本来なら日本は彼女達と同じ西側諸国、第三次世界大戦でも同じ側だったのだし、人類同盟という組織に加わっていなければおかしい立場だ。

それなのに加盟していない現状は、人類同盟に日本への疑心を抱かせるには十分だろう。

彼女だけならばそこまで問題はないのだが、後ろに控えた日本を嫌う国家の探索者達はそうもいかない。

「ああ、私達は自国のみでのダンジョン攻略よりも人類同盟として、各国間で協力してダンジョン制覇を目指しているんだ。特典持ちもそこにいるガンニョムとカトンジツの他に、戦略原潜、強化装甲、水筒、葉巻を保有している」

そう言って懐から太い葉巻を取り出して見せるエデルトルート。

俺の記憶が正しければ、特典選択の時、戦略原潜や強化装甲が残っている中、葉巻が既に取られていた。

まだその時は状況を把握できていなかったのだろうけど、そこまでしてお前はタバコが欲しかったのか……

「へえ、それは凄い戦力だな。それなら規模、戦力ともに現状では人類で最大だろう」

「ありがとう、私達もそう自負している。まあ、実績だけは既に階層を３つ制覇している日本一国にすら負けるがね」

エデルトルートはナイフのように鋭い瞳を、僅かに細めて頬を吊り上げる。

顔が怖い。

何らかの利益を得ようとしている顔だ。

「いやいや、たまたま運が良かっただけだよ。俺達の実力なんて、君達人類同盟はもちろん、ロシアが中心となっている勢力にも負けているだろう」

俺の誤魔化しに、エデルトルートは可笑しそうに笑った。

「クックック……日本人の謙遜も、ここまで来るとただの嫌みだな。だが、確かに。ロシアが中心となっている勢力、国際連合はともかく、私達人類同盟の戦力は日本を完全に上回っている。それは紛れもない事実だ」

気づけば、彼女の背後にはガンニョムをはじめ、全身を重火器で武装した強化装甲、１００人を超える米軍兵士、５名の美少女を引き連れた水筒を持った男が勢揃いしていた。

そして国際色豊かな各国の探索者達が、様々な感情を含んだ視線を向けてくる。

「そこで君達日本に相談なんだが、君達も我らと戦列を共にしないかね？　我々は西側諸国を中心とした組織だ。日本だって我々と同じ側だろう？　人類同盟に日本が加わることはとても自然な流れだ。もちろん君達の実績も考慮して、相応の立場を用意している」

来たよ、勧誘。

どうせ目当ては俺達の戦力なんだろ？

それに日本は世界第２位のＧＤＰを誇る地域覇権国家だ。

敵対している国際連合に加盟されるなんて、まかり間違っても避けたいはず。

分かってるよ、そんなこと。

第三次世界大戦の頃も、西側は日本をしつこく誘っていたからな。

まあ、人類同盟に加わること自体には、そこまで抵抗はないんだ。

だけど、今回も先鋒として特典持ちが２名だけ派遣されていたことからも察せるが、人類同盟に加わることは、特典持ち以外の弾除けとなることと同義だろう。

しかもせっかく特典持ちが稼いできた魔石を、後方に居座るアメリカをはじめとした列強諸国と奪い合うなんてまっぴらだ。

順調に増えている従者ロボのお陰で、現状では人手が十分足りている。

日本政府の全面的支援による莫大な資金力によって物資も潤沢だ。

人類同盟に加わるメリットとデメリットを鑑みて、今、人類同盟に加わることは悪手と言って良い。

政治的立場は安定するだろうが、生命線の魔石獲得量は確実に現状より減ることになるだろう。

人類同盟側はこちらを威圧しているつもりでも、各国の国民に生中継されている現状、ここでは先に攻撃した方が人類への裏切り者となってしまう。

鬱陶しい自国への生中継もこういう時には便利だ。

いくら戦力を並べようと、撃てなければ意味がないのだ。

「すまないが、国際連合からもしつこく勧誘されているんだ。聞いたところ、君達人類同盟と国際連合って対立してるんだろう？　今の状況で君達の仲間になったら、こんな状況なのに人類同士の争いに手を貸すことになりかねないよ。悪いけど加入については、人類同盟と国際連合との関係が修復出来てからで良いかな？」

加入したくないからといって、人類同盟との関係を悪化させることも不味いんだ。

だから、適当にロシアへ罪を被せて、結論を先延ばしにすることにした。

臭いものには蓋をするのが、日本人の十八番なんだよ！

第八話　ＮＩＮＪＡ来襲！

女傑エデルトルート率いる人類同盟から加入を要請された後、親日国からは散々渋られ、反日国からは嫌みを言われながらも、何とか要請を後回しにすることができた。

「今は手を取り合えずとも良い、しかし、いつか必ずお前達を迎えに行こう」

去り際のエデルトルートの言葉が、帰途にある今でも耳に残っていた。

なにせ、あれこれ煩《うるさ》かった各国の探索者達を説得してくれたのは、外でもない最初に誘ってきた彼女だ。

どのような意図があるにせよ、彼女は日本の独自行動を今のところは容認してくれるらしい。

そこには彼女なりの思惑があるのだろうけど、今の俺にはそれが全く見えなかった。

なんとなしに先導して歩く目前の高嶺嬢を見る。

彼女は最初から圧倒的強者だった。

しかも3つの階層を制し、その度に進化した今となっては間違いなく人類最強と言って良いだろう。

人類同盟が誇るガンニョムだって彼女の前ではデカい案山子も同然だ。

魔界ダンジョンが第二層となった今でも、その戦力優位は揺らがない。

きっとこの階層も数日でボス撃破を達成できるはずだ。

しかし、だからこそ現状のままだと俺達チーム日本は危うい。

従者ロボも多少は役に立つとはいえ、高嶺嬢一人に依存した戦術なんて、二方面から攻められただけですぐに破綻する。

ましてや高嶺嬢は遠距離攻撃能力がない刀一本で戦う地上戦特化型だ。

高空からの遠距離攻撃にはほとんど対抗手段を持ち合わせていない。

せいぜいが地上から空に向けて竹槍を投げるくらいか。

彼女なら大和魂無しでも竹槍でB－29を墜とせそうだが、今は考えないことにしよう。

今後、人類同士のパワーゲームとなった時、主戦力の高嶺嬢と補助の従者ロボでどこまで抗えるのか……

階層攻略によって従者ロボの数も増えはするものの、従者ロボの数が多少増えたところでガンニョムと真っ向から対峙するのは荷が重い。

もう一人、高嶺嬢並とまでは言わないが、現状の階層ボスを単独で撃破でき、遠距離攻撃能力を持つ戦力が欲しかった。

いや、贅沢を言っているのは自覚してるけどね！

そんな万能兵器、いたとしたら人類同盟と国際連合がとっくの昔に取り込んでいることだろう。

くだらないことを考えていると、いつの間にかスタート地点に戻って来ていた。

堆く積まれた人類同盟の物資は、俺達が見た時よりもさらに量が増えている。

物資の四方には防犯対策なのか、無人のガンポッドが設置されており、周囲を警戒していた。

ご丁寧に縄張りもされており、進入禁止の看板まである。

俺達探索者は数日前まではただの学生だったはずだが、学生のお遊びとはとてもじゃないけど言えない雰囲気だ。

「やっと帰れましたー。流石にちょっと疲れちゃいましたねー」

高嶺嬢はそんなことも気にせずに、さっさと根拠地への扉を開けて帰ってしまう。

知能2は生きるのが楽で羨ましい。

まあ、今の俺達にとっては気にするほどのことでもないか。

祖国に生中継されているので、うっかりして彼らの弾薬庫に迷い込んで安全ピンを抜いた手榴弾を置いたままにしてきちゃうなどの露骨な嫌がらせもできない。

もしも生中継さえなければ、拠点に繋がる扉の前に地雷を埋めておくんだが……

馬鹿なことを考えながら俺は高嶺嬢に続いて扉をくぐった。

すると、扉の先には何故か俺を待ち構えていた高嶺嬢。

「おかえりなさい、ぐんまちゃん！」

自分も同行していたのに、ニコニコしながら高嶺嬢が俺を出迎える。

彼女の意図は理解できないが、ここは乗っかることにしよう。

「ただいま、高嶺嬢」


「お邪魔するでござる」


なんかついてきちゃった。

全身を朱に染めた高嶺嬢の笑顔が、あからさまに固まった。


目の前に並ぶのは、ごはんとみそ汁、鳥の照り焼きを主菜として、副菜に里芋の煮っ転がし、付合せにはきんぴらや牛肉のしぐれ煮などの４種盛り、種々の野菜が散りばめられた大根サラダ。

デザートには、プルプルに透き通った水まんじゅう。

家庭的の域こそ出ないものの、随分と手の込んだ夕食だ。

これを毎晩作っている高嶺嬢には、本当に頭が下がる。

「おぉ、念願の日本食！　拙者、遂に夢が一つ叶ったでござる!!」

「ちゃーんと、いただきまーすの挨拶しないとー、ダーメですよー」

すったもんだの末、ちゃっかり食事の席についているNINJA白影こと本名アルベルティーヌ・イザベラ・メアリー・シュバリィー、フランスの探索者。

俺達の後をついてきた理由を尋ねると、彼女の根拠地には白影一人しかおらず、なんとなく寂しいらしい。

家族の話題に引き続き、またもや地雷を踏みぬいた俺は、もはや居たたまれなくなって彼女を食事に誘ったのだ。

人類同盟からのスパイという線もあるけれど、俺たちの拠点に隠しておくようなものなど何もない。

それに高嶺嬢がいる以上、下手なことをしてもすぐに分かる。

食事の席では流石に白影も顔の頭巾は取っており、黙っていればフランス人形のような端正な顔立ちが露になっていた。

垂れ目がちな蒼い瞳の白影は、黙っていれば冷たい印象の高嶺嬢よりも可愛らしさの方を強く感じる。

肩甲骨まで伸びている彼女のポニーテールが、今の心境を示すかのように軽やかに跳ねている。

そんな彼女を見る高嶺嬢の顔は、俺を出迎えた時の笑顔のままずっと固定されていた。

同じ席に着く従者ロボは、我関せずといったふうにロボ同士、身振り手振りで会話？　をしている。

しかし、俺の斜め前に座る美少女1号が、先程から俺の足を踏み続けているのは何とかならないだろうか？

軍靴を履いているから何とかなっているものの、このままだと俺のあんよが潰れちゃいそうなんだが。

俺の足を踏み続ける美少女1号の脚部を踏まれていない方の足でコンコン叩きながら、退かしてほしいと頼み込んでいるが、聞こえていないかのようにそっぽを向かれてしまった。

それを見ている他の従者ロボがやれやれと言わんばかりに首を振っているのが印象的だった。

うん、完全に自我があるね、彼ら。

人工知能の反乱も夢物語じゃなく現実味を帯びてきている。

もはや特典名にあった裏切らないという単語に縋るしかない。

美少女1号の脚部をどかすことを諦めて食事を続けるが、どうにもこうにも場の空気がギスギスしている。

ゲストである白影がマイペースに食事を楽しんでいるのが、唯一の救いだった。

「なあ、高嶺嬢」

「なんですか、ぐんまちゃん？」

高嶺嬢の笑顔が硬い。

仕方ない、とりあえず媚びるか。

「この照り焼きすごく美味しいね。完全にプロだよ」

手始めに料理を褒めてみたが、その効果は覿面《てきめん》だった。

料理の一つを褒めただけなのに能面のような笑顔が、瞬く間に崩れ去っていく高嶺嬢。

見た目も美人だし家柄も良いし、てっきり褒められ慣れているかと思っていたが、彼女は褒められることに弱いようだ。

もしかしたら実家や学校でも安全装置の外れた純粋水爆の如き扱いをされていたのかもしれない。

「ふふふ、そうなんですか？　それならこの味付け、ちゃんと覚えておきますね！」

高嶺嬢がニヘラと笑う。

うん、能面みたいな笑顔よりも、こっちの方が俺は安心するな！

仕方ないじゃない、ビビりなんだもの。

「………ふーん」

第九話　ガチでシャレにならない伏線

「それでは、夜も更けてきた故、拙者はここらで失礼するでござる」

俺達日本の本拠地で夕食を共にしたＮＩＮＪＡ白影。

てっきり、泊まりたいと駄々をこねられるかと思いきや、時間を確認するとあっさり帰っていった。

拍子抜けしてしまったが、彼女は本当に食事を共にしたかっただけなのかもしれない。

改めて考えると、この根拠地は広い。

彼女にもこれと同等の物が用意されているなら、そんな場所で一人、食事をするのは、心細いことなのだろう。

だったら人類同盟の仲間達と一緒に食事をとれば良いと思ったが、それは言わぬが花なのかな。

彼女が言った去り際の言葉。

『もし、良ければだが、今度は拙者が食事に招いても良いだろうか……？』

その言葉に思わず肯定の意を返してしまったことは、人間として間違っていないはずだ。

高嶺嬢も流石に嫌な顔はしなかった。

主導者のエデルトルートがまだ甘かったから少し安心していたが、同盟内の政治関係は複雑なのかもしれない。

今日はちょっぴりぴん外道な真似をしてしまったせいか、情を刺激されると思わず絆《ほだ》されてしまう。

まさか俺にも罪悪感が……？

「ふーん、ふーん、ふんふん♪　ふーん、ふーん、ふんふん♪」

楽しそうな高嶺嬢の鼻歌が、食堂と繋がっているキッチンカウンターの向こう側から聞こえてくる。

やたらと上手い彼女の鼻歌をＢＧＭに、食後の緑茶を啜《すす》った。

苦みを極力抑えつつ、茶葉の風味が絶妙に引き出された緑茶は、疲れきった俺に一時の安らぎを与えてくれる。

白影を送った後にお茶を入れてくれた高嶺嬢は、俺が飲んでいる間、食べ終えられた食器をキッチンで洗っている。

食洗機があるのだから使えば良いのに、彼女は頑《かたく》なにそれを使いたがらなかった。

なんでも、自分の料理が食べ終えられた食器を洗うのが、どうしようもなく楽しいのだそうだ。

何とも変わった趣味だが、彼女が満足しているのだから俺が口を出すことではない。

隣のテーブルでは従者ロボ達がトランプで遊んでいる。

彼らにも個性があるらしく、ことトランプでは食事中ずっと俺の足を踏んでいた美少女1号が、圧倒的な強さを誇っていた。

今もポーカーでエースのフォーカードを繰り出した美少年2号をロイヤルストレートフラッシュで捩《ね》じ伏せている。

すげぇ！

……いや、ちょっと待て。

なんでロイヤルストレートフラッシュなんて出せてんだ⁉

0・000153％の確率だぞ。

流石におかしいだろ‼

俺の中で急速に膨らむ美少女1号へのイカサマ疑惑。

他の従者ロボも同様の疑いを抱いたらしく、美少女1号に詰め寄りだす。

しかし美少女1号は欠片も動揺を見せないまま次の勝負を促した。

刮目せよっ……！

「ぐんまちゃん、何見てるんですか？」

洗い物を終えた高嶺嬢が湯飲みを持って俺の対面に座った。

さりげなく減っていた俺のお茶を継ぎ足してくれた彼女の気遣いがありがたい。

「いや、ちょっとね。それよりも高嶺嬢、今日もお疲れ様」

「はい、お疲れ様です、ぐんまちゃん。……ふふ」

俺と高嶺嬢はお互いを労《ねぎら》うが、何故か彼女は嬉しそうにはにかんだ。

「ん？　いきなりどうしたんだ」

俺が尋ねるも、彼女は嬉しそうな笑みに照れくささを交ぜるだけだ。

「んー……秘密です！」

戦闘時に浮かべるものとは全く違う穏やかな笑み。

思わず、今の彼女こそが本来の姿なのだと思ってしまう。

「そう、それなら別に良いけど」

俺は出会った当初から、彼女の内面を理解することを放棄しているのだ。

今更、謎の一つや二つ、気にするまでもない。

狂気を覗くとき、狂気もまた己を見つめている。

こんな事態で俺まで狂気に呑み込まれるわけにはいかない。

しかし当の高嶺嬢は自分で秘密にしたというのに、大して気にしなかった俺の態度がお気に召さなかったらしい。

「んんぅ、その反応は寂しいですね」

少女らしく頬を膨らませて、俺の態度に抗議してくる高嶺嬢。

緊急事態発生！

緊急事態発生！

直ちに全力で身を守れ!!

彼女の戦闘能力が骨身に染みている俺は思わず内心で身構えてしまう。

もちろん、彼女が俺を攻撃することなんて余程のことがない限りないのだろうが、彼女のゴアモードを思い浮かべると、そのまさかを無意識で警戒する。

日常だと忘れてしまいそうになるけれど、我が国が誇るヒト型決戦兵器の安全装置は外れていて制御知能は2なのだ。

「ところで高嶺嬢、今日はずいぶんとＮＩＮＪＡの白影を警戒していたようだけど、彼女に何かあったのかい？」

ヘタレの俺は即座に話題を変える。

しかし確かに思い返してみると、高嶺嬢は食事中もずっと白影に対して態度を硬くしていた。

というか、まともに会話をしていなかった。

戦闘時はともかく、普段の高嶺嬢はちょっと天然が入っているけれど、素直で気立ての良いお嬢様だ。

そんな彼女があそこまで拒絶感を出すのも珍しい。

「うーん、なんて言えば良いんでしょう？　直感がね、囁《ささや》いたんです」

直感？

彼女のスキルの直感だろうか。

今まではスキル『直感』をただ単に勘が冴えるくらいに考えていたが、もしかしたら勘違いをしていたのかもしれない。

「えっと、上手く言えないんですけど……このまま、白影をぐんまちゃんに近づけると、きっと後悔するよ、って教えてくれたんです」

嘘でしょ!?

直感ってそこまで具体的に教えてくれるものなのか！！？

俺の鑑定や目星は大雑把にしか教えてくれないのに！

この時、俺は自分の持つスキルとの、あまりの格差に衝撃を受けていた。

だからこそ、高嶺嬢がポツリと呟いた言葉に気づかない。

「…………その時は……私……鬼になっちゃうんですよ」

「だから……もし、その時が来たら…………」

第十話　魔界ダンジョン本格開戦

生命の存在しない、深く、暗い森の中。

本来ならば不気味な静寂に包まれている森の中。

しかし、今は木々を圧し折る音と共に、大勢の魑魅魍魎が奏でる様々な鳴き声で満たされていた。

それもそのはず、少し前までは隠れ潜んでいるはずだった魔物達。

そんな彼らは現在、森の中央部に集結し、驚くほどの速さで巨大な陣地を築いていた。

オーガが抜きん出た膂力《りょりょく》で木々を軒並み切り倒し、ドラゴンがそれらを加工場まで運搬する。

フレイムウルフは自身の火炎を用いて、金属たる木々を溶かし、ゴブリンやコボルトの作製した型枠に流し込む。

金属が冷えたら、オーク、ガーゴイル、ハーピー、大蝙蝠が、製造した金属板を組み合わせ、要塞陣地を形作る。

既に完成している要塞中枢部、ペルシャ絨毯のような豪奢《ごうしゃ》な敷物が敷かれたそこに身を置く、深紅の巨狼とオーガと同等に巨大なゴブリン。

巨狼は艶やかな自身の毛並みを、部下のコボルトに整えさせながら寝そべっている。

『小鬼族《ゴブリン》の勇者よ、貴様の役目は隠密戦術により、猿共の戦力を確実に消耗させること。何故《なにゆえ》、旅団本隊を動かしてまで決戦を急ごうとする？』

小鬼族の勇者、そう呼ばれたゴブリンは、巨狼に応じないまま傷だらけの使い古された双剣を磨き続ける。

巨狼はその様子を横目に、まるでため息をつくかのように深く息を吐く。

『わざわざこのような大げさな砦を造ったうえ、儂《わし》まで呼び出すとは……些《いささ》か力み過ぎではないか。我らに課された役割は猿共の消耗、時を稼ぐことこそが本懐だ』

小鬼族や大鬼族《オーガ》にまで『鬼』と呼ばれた貴様が情けない、愚痴るかのように零された嫌みにも、ゴブリンは動じることはなかった。

『そこまでして恐れる必要もなかろうに。確かに今はまだ我らの兵共を揃えることは叶わんが、所詮は分不相応の力を手に入れただけの猿。彼奴等《きゃつら》の上位種たる我らが本腰を入れれば、貪《むさぼ》られるだけの餌よ』

『…………随分と衰えた』

『なに？』

初めて返ってきたゴブリンの言葉。

しかし意図の分からない言葉に、巨狼は思わず聞き返す。

ゴブリンは手入れの最中であった二振りの剣を置き、巨狼に顔を向けた。

僅かな失望の念が交じった視線に、巨狼は無意識に気圧される。

『後継を譲ったうえに、耄碌《もうろく》したか、紅き獣』

『……なんだと？』

侮蔑《ぶべつ》を隠すこともないその言葉に、今度は巨狼の顔が静かな怒りを纏った。

如何に跡を譲ったと言えど、その身に秘められた誇りと炎は、微塵も衰えたつもりはない。

そんな我が身に向けられた、明らかな侮蔑。

巨狼は自身の怒気を隠すこともしなかった。

『頭に乗った猿に、白雉の双腕は獲《と》られんよ。ただの餌に、我が盟友は狩《か》られんよ』

『…………』

波風一つ立たない静寂の水面。

そんな印象を与える男が瞳の奥に見せた、暗い炎。

『次の戦ならば、このような玩具も少しはマシになる。兵共も、戦を知らぬ民兵ではなく、幾らかマシな兵が並ぶことだろう』

先程まで熱心に手入れをしていた小傷が目立つ歴戦の双剣を、ただの玩具と切り捨てる。

『しかし、その時には敵も力を増している。ならば、いつ踏み潰そうと変わりはない』

ゴブリンはそう言い切ると、静かに目を閉じ、口を開けることはなかった。


「――――なんだ、あれは」

早朝、探索を始める前に無人機による偵察を行ったエデルトルート率いる人類同盟は、昨日までは影も形もなかった要塞陣地に、ただただ驚くことしかできなかった。

ご丁寧に周囲の木々まで伐採し尽くしたようで、魔の森のど真ん中は巨大な平原と化している。

「正しく、眠り姫だ」

まだ搭乗していないガンニョムパイロットのフレデリックが、その光景を見て相変わらず良く分からない感想を漏らす。

それによって気を取り直したエデルトルート。

何となく悔しい心中を表に出すことなく、ゲリラ掃討戦から要塞攻略戦への切り替えを行う。

「フレデリック、弾除け役ですまないが今回も前衛を頼む」

「俺はガンニョムだ‼」

しっかりと自己主張しながらも、自分の仕事が決まったフレデリックは、自身が本当の居場所と言い張るガンニョムへと乗り込んでいく。

それを皮切りに、矢継ぎ早に繰り出されるエデルトルートの指示の下、人類同盟は素早く態勢を整える。

要塞攻略への準備が完了するのに、1時間もかからなかった。

戦いの直前、昨日から様子がおかしかったＮＩＮＪＡ白影ことアルベルティーヌに声をかける。

「アルベルティーヌ」

「……」

しかし、彼女はエデルトルートの呼びかけに反応も見せない。

「おい、アルベルティーヌ！」

「…………」

強めに呼びかけるも、彼女は視線を向けることもなかった。

エデルトルートは溜息一つ、彼女の呼び方を変える。

「……白影！」

「何か？」

その途端、先程までの無反応が嘘のように、ＮＩＮＪＡ白影は間を置かずに反応を返す。

「先程から思い悩んでいるようだが、昨日何かあったのか？」

いつも口数は多い方ではないが、今日はいつにも増して口を開かなかった白影に、エデルトルートは一応の指導者として気遣った。

「……いや、何もござらんよ」

しかし、白影は彼女の気遣いを否定する。

確かに、一見して白影は口数が少ない以外はいつも通りのＮＩＮＪＡだ。

垂れ目がちな蒼い瞳が醸し出す可愛らしい印象を、硬派な口調で頑張ってクールでミステリアスな感じにしようとしている。

口調と見た目がおかしいだけで、他は至ってまともに思える。

「そうか？　それにしては――」

エデルトルートはそこまで言いかけて、思わず口を噤《つぐ》んだ。

「問題、ない……でござる」

頭巾から露出している目元、そこにある晴れ渡った空のように蒼い双眼。

そこにあった太陽は消え去り、澱んだ分厚い暗雲が垂れ込めていた。

人は、一体何があればここまで瞳を曇らせることができるのか。

彼女の胸の内には、どのようなモノが渦巻いているのか。

「…………そうか」

神ならぬ人の身であるエデルトルートには、その一欠片すら掴むことはできなかった。

『フハハハハ！　幕が開ける!!　真の地獄が幕を開けるぞ！！！　お前達は我が深淵を覗いて、息を保ったままでいられるか！！？』

ガンニョムのキチガイ染みた喚声が響き渡る中、人類同盟の進軍が始まった。

第十一話　魔界ダンジョン第二層　要塞陣地攻略戦

ドイツ、イギリス、フランスなどの欧州諸国、アメリカ、カナダなどの北米諸国、中華民国、福建共和国、インド、インドネシアなどのアジア諸国。

そのような広範な地域の国々が一般的に西側と呼ばれる国々を中心に寄り集まって結成された組織こそ人類同盟。

異世界との代理戦争における、地球人類側の最大勢力である。

加盟国数60ヵ国を誇るこの超国家連合は、ガンニョム、NINJA、強化装甲歩兵などの決戦戦力を複数有し、質・量ともに圧倒的なまでの戦力を誇っていた。

そんな人類同盟による魔界ダンジョン第二層での要塞陣地攻略作戦。

当初の作戦では圧倒的な装甲とパワーを誇るガンニョムを前面にして要塞正面を突破、その後、戦略原潜乗組員と強化装甲歩兵が内部に浸透し、要塞内の魔物集団を分断。

そうして分断された魔物集団を、無人兵器と探索者達で各個撃破、その間に要塞中枢部に潜入したNINJAが破壊工作を行う。

以上の作戦で、要塞陣地を攻略する予定だった。

しかし、その予定は、ガンニョムによる正面突破の段階で躓《つまず》いてしまう。

『馬鹿な……！　このガンニョムが、押されているだと⁉』

彼らにとって想定外だった要素は2つ。

連隊規模と予想していた敵の兵力が、予想の3倍近い旅団規模だったこと。

そしてガンニョムの搭乗者、フレデリック・エルツベルガーが想定外の大兵力に日和《ひよ》って二の足を踏み、要塞陣地外周部で進撃を止《とど》まってしまったこと。

これにより、人類同盟指導者エデルトルート・ヴァルブルクは即座に当初の作戦を破棄。

占拠した要塞陣地外周部に戦略原潜を2隻配置し、即席の前線基地として重火器による敵魔物集団の漸減《ぜんげん》を図った。

強化装甲歩兵と戦略原潜乗組員を中心とした射撃戦は、ガンニョムによる敵前衛の攪乱《かくらん》もあって優勢に進められている。

『フハハハハ！　このガンニョムを止められる者がいるものか‼』

飛行系魔物による航空戦力を有しているとはいえ、剣や槍、弓矢などの前時代的兵装しか持たない魔物達。

彼らは巨大な鋼鉄の壁と化した戦略原潜に取りつくこともできず、頭上から降り注ぐ幾多の火線によってバタバタと倒れていく。

『どうしたどうした！　お前達如きが私に傷つけることなんてできないのさっ！』

断続的な魔物達の突撃を、原潜上に伏せていた原潜乗員と探索者達が銃撃で以て歓迎する。

アサルトライフルが数に勝るゴブリンやコボルトを制圧し、重機関銃が頑強なオークやオーガを薙ぎ払い、無反動砲が巨体のレッサードラゴンを吹き飛ばす。

敵航空兵力には、高度なFCS(Fire Control System:射撃管制システム)が搭載されている強化装甲歩兵が、携行している12・7㎜M2重機関銃で接近を許すことはない。

『私は戦うことしか出来ない破壊者。だから、戦う。争いを生むものを倒す為に、この歪みを破壊する! そうだ、私が! 私こそが、ガンニョムだ!!』

敵部隊被害甚大、戦況は我ら人類同盟の優勢。

エデルトルートがそう確信した時、敵陣地内で気持ち良く自分語りしながら走り回っていたガンニョムが突如転倒した。

内心ウザったく感じていた原潜上のメンバーから小さくない歓声が沸いた。

転倒したガンニョムの脚部は破壊され、ガンニョムの自己修復機能が白煙を上げて修復を開始している。

『うわぁぁぁぁぁぁ』

「双剣を持ったオーガ……いや、あれはゴブリンか!? ゴブリンです! 双剣を持った巨大なゴブリンを観測! 奴がガンニョムの脚部を破損させたようです!!」

双眼鏡で敵陣地を観測していた者が、実行犯を早くも特定した。

突然の事態にフレデリックは混乱しており、すぐに体勢を立て直すことができないでいる。

「火線を巨大なゴブリンに集中させろ、ガンニョムの離脱を援護するんだ!」

エデルトルートの号令一下、半数の銃口がゴブリンに向く。

しかし、ゴブリンは素早くガンニョムの背後に回り込むことによって、射線から逃れたままガンニョムに追撃をかける。

『た、助けてくれー!!』

ガンニョムはジタバタと手足を闇雲に振り回すが、ゴブリンにそのような悪足掻きが通じるはずもなく、ガンニョムの装甲が少しずつ剥ぎ取られていく。

エデルトルート達が援護しようにも、ガンニョムの巨体に射線が遮られているため、援護のしようがなかった。

あわやガンニョム喪失か。

エデルトルートがそう思った時、それまで原潜上で射撃していた強化装甲歩兵がガンニョムの元まで駆け付け、ゴブリンに対し12・7㎜弾の雨を降らせた。

弾丸をゴブリンに当てることは叶わなかったが、それでも強化装甲歩兵の迅速な行動によってゴブリンの撃退に成功する。

直近の脅威がいなくなったことで、フレデリックもようやく冷静さを取り戻し、無事な両腕を使って地を這いながら人類同盟の前線基地に帰投した。

その姿は負け犬という言葉がこれ以上ないほど似合う哀れなものだったと、後方の司令部でポテチ片手に戦況を観戦していたアメリカ合衆国男性探索者は語った。

ガンニョムの救出に成功した人類同盟だが、大型ゴブリンの脅威は未だ存在している。

突出した戦闘能力を持つ大型ゴブリンには、こちらも突出した単体戦闘能力を充てるしかないのだが、現在対応できるのは強化装甲歩兵のみ。

しかし、強化装甲歩兵は中長距離での射撃戦を得意としており、近距離型の大型ゴブリン相手では、接近されてしまえば分の悪い戦いとなってしまう。

最も有効な戦力たるＮＩＮＪＡ白影は、開戦時にガンニョムの突撃に紛れて既に敵中枢部に潜入してしまっており、未だ連絡を取れないでいた。

彼女の行方を見失っているエデルトルートには、ガンニョムが倒れたことに気づいて彼女が引き返してくれることを祈ることしかできなかった。

だが、そんな彼女達人類同盟に後方から思わぬ援軍が到来する。

「おや、栄えある人類同盟の皆さんは、どうやら剣や槍で武装した原住民相手に随分と手古摺《てこず》っているみたいだな」

ロシア連邦の探索者アレクセイ・アンドーレエヴィチ・ヤメロスキー率いる国際連合38ヵ国72名の探索者達が戦場に到着する。

「本来だったら無視してやるところだが、今回だけは特別だ。これより、国際連合は人類同盟と共同戦線を張ることを提案する、どうだ？」

アレクセイからの共同戦線の提案、暗にこれから得られる戦果を折半する提案。

しかし、自己修復には多くの時間を要するガンニョム、脅威となる大型ゴブリン、攻勢を強める魔物集団。

これらを前にした人類同盟にとっては、国際連合からの提案に選択の余地などなかった。

「私は……人類同盟は、国際連合の提案を受け入れよう」

「よろしい、ならば今だけは、俺達は戦友だ」

人類同盟と国際連合、地球人類の半数近い国家を傘下に加える2大勢力の大連合が、魔界ダンジョンの大要塞を攻略するために結成された瞬間だった。

後に、国際連合指導者アレクセイは語る。

『あの時、気づかないふりして他のダンジョンに向かってれば良かったなー』

第十二話　わんわんお！

人類同盟と国際連合が熾烈な要塞攻略戦を仕掛けている頃。

人類と魔界の決戦とも言える戦場を迂回するように、森の中を進んでいる集団がいた。

迷彩の戦闘服にボディアーマーを着込み、手には28式6・8㎜小銃を携えた青年。

銀色の外装を迷彩色の装備で覆い、大型のバックパックを背負いながらも30式6・8㎜軽機関銃を携行した8体の機械人形。

そんな彼らの隠密装備を台無しにするかのような、白銀の軽鎧に金糸の縁取りがなされた純白の外套を纏った少女。

現在、実績という面において他の追随を許さない人類の最精鋭、日本国。

彼らは現在、決戦に参加することなく、誰にも気づかれないまま密かに進軍を続けていた。

「ぐんまちゃん、まだ着かないんですか？」

スタート地点から10㎞以上は歩き続けているのに、未だ魔物一匹見つけられていない。

それに焦れた高嶺嬢が俺をせっついてくるが、まだ到着予定地点まで5㎞ほどあるのだからどうしようもない。

「あと5㎞くらいだよ」

俺が隠すこともなくありのままを告げると、高嶺嬢は拗ねたようにため息を吐く。

そんなことをされてもしょうがない。

人類内部で壮絶な政治闘争を繰り広げる人類同盟や国際連合と共同戦線を張ることのできない俺達は、彼らの銃弾が届かない敵の後背に回り込んで攻めることしかできないのだ。

それに無人機による哨戒から、敵兵力は６０００を超えるほどの大兵力だということが分かっている。

流石に高嶺嬢でもこれほどの数を殲滅するのは骨が折れるだろうし、その前に後方で彼女を援護する俺達の弾薬が尽きること請け合いだ。

必然的にそれなりの数の敵兵を人類同盟と国際連合に受け持ってもらう必要がある。

その為にも、俺達が攻勢を始める前にある程度彼らが魔物達に損害を与えて、高嶺嬢と同等かそれ以上の脅威と見做《みな》されなくてはならない。

「退屈ですよー、ぐんまちゃーん」

ひたすら薄暗い森の中を歩き続けることに飽きた高嶺嬢が俺に寄り掛かってくる。

今日はまだ戦闘を行っていないためか、少女らしい花のような香りがした。

尋常ではなく高鳴る俺の心臓。

背中からは思わず冷や汗が流れた。

頼むから不意打ちで語尾を伸ばすのは止めてほしいものだ。

高嶺嬢は戦闘中に語尾を伸ばす癖がある。

それを彷彿とさせてドキドキしちゃうじゃないか。

不意に、腕の端末がチカチカ光りだした。

どうやら新たなミッションが発表されたらしい。

すぐに端末を確認する。

『ミッション　【距離が近すぎないか？】
魔の森に存在する木々や草花を採取してください
報酬：42式無人偵察機システム改
依頼主：日本国第１１３代内閣総理大臣　高嶺重徳
コメント：儂の孫から離れて！』

遂に無人機の改良が完了したのか。

この状況になってから２週間も経っていないというのに、国防省技術研究本部は随分と仕事が速い。

普通は兵器の改良、それも数年前に正式化された最新兵器ならば、改良には最短でも年単位の時間がかかるはずだ。

それを考えると大分無理をしたのかもしれない。

俺は改めて、日本という国家が全力で支援してくれていることを実感した。

「高嶺嬢、総理から注意されたので離れてほしい」

俺が端末画面を高嶺嬢に見せると、彼女は気怠そうな表情を僅かに歪ませる。

「御爺様は私のことを子ども扱いしすぎです！」

彼女は反抗するかのように、さらに俺の肩へともたれかかってきた。

申し訳ありません総理、俺はあなたよりもお孫さんであるヒト型決戦兵器の機嫌を損ねる訳にはいかないのです。

一応、離れてほしいポーズを見せた俺は、そのまま森の中を進み続けるのであった。


戦場の喧騒が遠く聞こえる森の中、かつて敵からは畏怖を、同胞からは敬意を込めて紅き獣と呼ばれた老大狼は呆れていた。

古き友に助力を請われ、隠居した身でありながら戦場に出てきた己《おのれ》。

敵を猿と侮る己に、徒手空拳とは言え、白雉の双腕と謳われた気狂い豚を三日で制した敵の脅威を説く友。

しかし蓋を開けてみれば、粗末な武器を持った民兵相手に攻めきれず、硬い鋼鉄の要塞に閉じ籠ってしまった敵。

次元統括管理機構とやらが与えた分不相応な兵器も、迂拙《うせつ》な運用で小鬼族の勇者一体に敗北してしまう始末。

はっきり言って、拍子抜けも良いところだ。

もはや己が出る幕など、このくだらない戦場にはないだろう。

彼奴等にとって最大の武力が易々と敗れ去った今、この地が踏破される可能性はない。

そんな老大狼が、僅かな供回りを引き連れて森の中を彷徨っているのは、陣地に紛れ込んだネズミの息の根を止めるためだ。

愚かにも炎を司るフレイムウルフを相手に炎で挑んできたネズミは、敵わないと見るや森の中に逃走した。

戦場に己を見いだせずにいる老大狼にとって、ネズミ狩りは格好の手慰みだった。

如何に上手く隠れ潜もうと、鋭敏な嗅覚にはネズミの匂いがしっかりと刻まれている。

戦場に似つかわしくない熟れた花弁の臭いから、ネズミが如何に浅はかな考えの下でこの地に足を踏み入れたのかが分かるというもの。

隠居したとはいえ、その匂いを辿ることなど児戯にも等しいことだ。

そうして戦場から遠く離れた森の中を進んでいると、ネズミの匂いとはまた別の、複数の同胞以外の匂いが嗅覚を刺激した。

オスが1匹、メスが1匹、良く分からないものが8匹。

あれ以上くだらない戦場を見ているのに嫌気がさしたために、ネズミを追っていた老大狼。

さしてネズミに興味がなかった己にとって、より数の多い敵がいるのならば、優先するのはそちらであった。

そして新たな匂いを辿って、老大狼は、遂にその敵と出会った…………出会ってしまった。

「わー、ぐんまちゃーん、おーきいワンちゃんですよー」

「そうだね、大きいね」

第十三話　群馬の油断

『紅き獣が討たれた』

その一報は衝撃と共に地球人類と一進一退の激戦を繰り広げる魔物達の間で瞬く間に駆け巡った。

それと同時に、別方向から出現した新手の敵に攻撃を受けている報告も広がっていた。

無数の強力な飛び道具を持った敵に対し、多くの犠牲を払いながらも互角の戦闘を繰り広げていた魔物達。

彼らにとって前線で指揮を執るゴブリンの勇者に並ぶ最強の二柱、その一角が呆気なく崩れてしまったのは計り知れない衝撃だった。

この一報は動揺を伴って、要塞陣地で決戦に加わっていた全ての魔物達に伝わる。

魔物達はただでさえ民兵、本職としての兵士ではなく戦士としての覚悟も煮詰まり切ってはいない。

そんな彼らにとって精神的支柱が失われるということは、指揮崩壊にも繋がりかねない致命的な打撃と言えた。

そんな魔物達の動揺を鎮めるためにも、指揮官にして階層主たるゴブリンの勇者は、否が応でも前線に留まらざるを得なかった。

片足を切り飛ばしたのにもかかわらず、瞬く間に修復して復帰してきた巨大な鉄人形に斬りかかるゴブリンの勇者。

白雉の双腕、幾多の戦友、そして紅き獣。

並みいる実力者を屠《ほふ》ってきた敵を背後に感じながら、知らず識らずのうちに剣の柄を握る手が力んでいることに、ゴブリンの勇者が気づくことはなかった。

今はただ、目の前の敵を斬ることにのみ集中する。

元より、他者に指示を下すよりも戦場の最前で剣を振るっていた我が身。

戦友の死など過去の戦場で腐るほど経験している。

兵の指揮が揺らぐ程度、珍しくもない。

敵の挟撃、未熟な部下、援軍のない籠城戦、全てが飽きるほど既知の状況。

歴戦の勇者にとって、動揺する軍を鎮める術など目の前の敵を倒す以外、知るほかなかった。

紅き獣を討った敵がどのような存在なのか、この時、ゴブリンの勇者はまだ知るはずもない。

『陣地後方の敵に当たっていた第5装甲歩兵大隊、消滅』

『予備兵力の第7騎兵大隊、消滅』

『旅団司令部、消滅』

次々と凶報が魔物達の間を駆け巡る。

勇名轟かす古強者共が、悲鳴すらあげることを許されずにただ消滅していく。

ついでのように長のいない司令部まで消え去った。

味方戦力の消滅を告げる報告が入る度に動揺が広まる魔物達を、ゴブリンの勇者は自らの武勇のみで統制していた。

しかし、既にこのダンジョンを守護する旅団の戦力は、前線の敵との損害も合わせれば半数を失っている。

通常の戦ならば部隊としての機能を失っていてもおかしくはない損害だ。

そのうえ軍の頭脳である司令部まで消滅してしまったのだから、最高指揮官たる自分が前線で剣を振るっていなかったら、旅団が崩壊してしまうことは馬鹿でも想像できる。

報告によれば、敵はたった1体の化物と8体の機械人形。

化物とはいったいなんなのだ?

報告してきた兵は恐慌状態のまま、朱い化物が、朱い化物が、と同じ言葉を繰り返すのみ。

正体は分からないが、その化物だけで2個大隊と司令部を消滅せしめたのは紛れもない事実。

可能ならば今すぐにでも後方の化物を討ち取りに行きたいところだが、前方の敵戦力も依然として強大だ。

自分の存在で何とか持ちこたえてはいるものの、度重なる動揺で指揮下の魔物達の士気低下は無視できないほどだ。

ゴブリンの勇者という要《かなめ》をなくせば、戦線は容易に崩壊することなんて目に見えていた。

このような時のために招集した紅き獣、軍の要であるはずだというのに早々と退場した奴へ心中で毒づく。

それと同時に、敵を侮るなかれと嘯《うそぶ》きながら、自身もまた敵を侮っていたことに今更ながら気づいた。

こんなことなら、己と同等の実力者を軒並み連れて来れば良かったか。

いや、どうせなら第一層の時点で戦列に加わっていればこんなことにならなかったのか。

もしくは、膨大な犠牲を呑み込んで最終階層まで待つべきだったか。

今更ながらに過去の選択に後悔する。

しかし、どれだけ後悔しようともはや手遅れ。

散っていった戦友達は帰ってこず、自身もまた、この地からの撤退は不可能。

ならばこそ、ゴブリンの勇者は決断せねばならなかった。

そして、ゴブリンの勇者は即座に決断した。

『最前列の第1、第2歩兵大隊を除き、全軍、後方の敵に突撃せよ！　この我に続け‼』

人類同盟と国際連合を抑えるための第1、第2歩兵大隊を除いた全軍。

階層主たる旅団長、ゴブリンの勇者に率いられた諸兵科連合2個大隊2000名が、号令一下、一斉に反転した。

ザッ、ザッ、ザッ、ザッ

一列に並んだオークの一団が大盾を隙間なく構え、歩幅に一部の乱れもなく迫ってくる。

「ヘイヘーイ、豚が雁首揃えてー、ここは屠殺場ですかー？」

高嶺嬢は金属の分厚い盾を気にすることもなく、鉄の盾ごとオークたちの上半身を斬り飛ばす。

斬り飛ばされた衝撃で宙を舞うオークの上半身。

後続の魔物達は自分達を守る為に犠牲となった戦友の肉片を浴びながらも、悲壮な覚悟で目の前の化物に突撃する。

「欲しがりさんがいっぱいいますねー！　焦らなくても仲間外れにはしませんよー！」

槍を構えた小鬼が。

火炎を口腔内に溜めた炎狼が。

地上龍《レッサードラゴン》に騎乗した大鬼が。

犠牲となった戦友を胸に刻んで踏み越え、覚悟と勇気と献身をもって自身の全力を叩きつける。

そこに民兵としての甘えは無く、死地に身を置く一柱の戦士としてガン決まった覚悟だけが身を動かす。

「ヘイヘーイ、雑兵風情が一丁前に戦争ごっこですかー!?」

その悉くを、高嶺嬢は蹂躙する。

種族、身分、強さ、一切の区別なく公平に振り撒かれる死。

跡には物言わぬ躯《むくろ》が静かに横たわり、新たな犠牲者に踏み躙られる。

「全てを蹂躙してあげますよー！」

彼らの行く先には朱い絶望がどこまでも深い口を大きく開けていた。


いったいどれほどの魔物を蹂躙したのだろうか。

少なくとも日間ノルマの１０００体は、とっくの昔に達成しているはずだ。

俺は遠くの方で暴れている高嶺嬢を時折眺めながら、従者ロボと共に残敵掃討と魔石回収に精を出していた。

「……戦いとは、虚しいものだなぁ」

他のオークよりも体が大きく装備も豪奢な個体の腹を掻っ捌きながら、戦場の虚しさを改めて実感する。

まだ生温さが残るお腹に手を突っ込んで、心臓付近にある魔石を探り当てる。

ブチブチと無数の細い紐を引きちぎる感触と共に、赤い液体に塗れた魔石を取り出した。

うん、良い魔石だ。

魔石の良し悪しは分からないけれど、なんとなく良さげに感じた。

森の中で出会った大きな犬っころもそうだが、明らかに強者感が漂うボスキャラ風モンスターでも、高嶺嬢の前ではその辺のゴブリンと変わらない扱いだ。

本来なら、彼らは相応の出番があったのかもしれない。

しかし、悲しいかな。

高嶺嬢という日本が生み出したヒト型決戦兵器は、魔物達の背景やら何やらを全て無視して、空気を読まずに斬殺する。

何となく言葉を話せそうな感じがしたのに、一言も口を開けないまま高嶺嬢と目が合ったのと同時に首根っこを掴まれ、脊髄ごと引き抜かれたあの犬っころは本当に哀れだった。

明らかに他のフレイムウルフとは大きさが段違いだったし、風格もなんだか凄そうだったというのに……

そして刀を取り出すこともなく、素手で身の丈を超える巨大な狼を惨たらしく殺した高嶺嬢に、久々のドン引きだ。

未だ戦いの続いている戦場だというのに、暢気《のんき》にそんなことを考えていたからだろうか。

要塞の残骸に隠れていた魔物の一団、俺は奴らが索敵マップに映るまで気づけなかった。

第十四話　日仏同盟

ほんの数十m先から迫る100体ほどの雑多な魔物集団。

頼みのメイン盾は数百m先で数千体の魔物相手に無双ゲームの真っ最中。

どう考えても間に合わない。

サブウエポンの従者ロボは分散して魔石を回収中であり、付近の2体が俺の危機に気づいて迎撃を始めるが、俺との距離が50mを切った魔物集団を止めることは難しい。

従者ロボの銃撃によって10体以上の魔物が斃《たお》れる。

それでもまだ数十体の魔物が集団を維持しながら俺へと向かってくる。

油断。

こうなった原因は何の捻りもない、ただの油断だ。

どうせ高嶺嬢が殲滅する。

ボスが来ようと殲滅する。

何かあってもロボがいる。

俺の気分は魔石採取職人。

こいつは良い魔石だ。

敵からの脅威度は高嶺嬢がぶっちぎりで、俺のところになんか兵力を割いている余裕はない。

そんなことを思い込んでしまった俺は、ついつい忘れてしまっていたのだ。

自分のステータスはゴミのように低く、戦闘経験なんて有って無いようなものだという事を。

その証拠に、20～30ｍまで魔物達が迫ってきているというのに、俺は未だに魔石採取用の単振動ナイフ片手に突っ立っている。

さっさと背中に担いでいる28式6・8㎜小銃を構えていれば、多少の抵抗はできたというのに。

なんて愚か。

なんて愚鈍。

なんて雑魚。

先頭を走るコボルトの構えた槍の穂先、よく磨かれた金属製の刃に自身の顔が映っている。

死を受け入れた、お爺ちゃんみたいな顔をしていた。

うん、最期を迎えるにしては良い顔だ。

いや、駄目だろ。

どう考えても、駄目な顔だ。

俺はこんなところで死なないぜ！

諦めません、勝つまでは!!

着用している32式普通科装甲服3型の胸ポケットから手榴弾を2個取り出す。

どちらもスタングレネード、強烈な光と音で周辺の敵を一定時間行動不能にするタイプの非殺傷系統の手榴弾だ。

敵を殺すことじゃなくて時間稼ぎが目的である以上これで良い。

即座にピンを抜いて地面に転がした。

起爆まで3秒。


俺は逃げ切るぜ！

火事場の馬鹿力を振り絞って思い切り後方に跳ぶのと、目の前まで迫った魔物集団が横合いから火炎放射で薙ぎ払われたのは、全くの同時だった。

無防備な敵に躍りかかる直前での突然の奇襲。

灼熱の炎に包まれながら混乱する魔物達に、上空から容赦なく鉄の雨が叩きつけられる。

一瞬で焼け焦げた肉塊と化した魔物達。


起爆まで2秒。


何が起こったのか、この場にいる誰もが理解できていなかった。

その惨状をつくり出した下手人は俺の眼前、丁度スタングレネードを転がした場所に、音もなく華麗に着地する。

ふわりと、金糸を束ねたかのようなポニーテールが美しく揺れた。

安全ピンが抜けたスタングレネードも揺れた気がした。

起爆まで１秒。

何故か所々焦げてチリチリになっている漆黒の忍者装束。

「トモメ殿！　貴方の忍び、ＮＩＮＪＡマスター白影、参上でござ――――！！？」

スタングレネード、起爆。


口上の途中で起爆してしまったスタングレネード。

元々が暴徒鎮圧用のため殺傷力は皆無に等しい。

しかし、それが足元で爆発してしまった者の末路は悲惨だ。

スタングレネードの樹脂製容器に開けられた無数の微小孔。

起爆の圧力により、微小孔から噴き出したアルミニウム粒子が直径５ｍの膜を形成する。

そして一気に空気中の酸素と結合し、発火することで、凄まじい閃光と音響パルスが空間を制圧した。

「アー！　アー！　アー！」

白影が少女らしくない叫び声をあげ、顔を両手で覆いながらゴロゴロと地面を転がる。

流石に耐久力が高いのか、白影は至近距離でスタングレネードを食らっているというのに目を押さえながら地面を転がれている。

常人ならば気絶してもおかしくはないというのに、その耐久力は流石自称ＮＩＮＪＡだ。

そのままにしておくのは助けられた身として恩知らず過ぎるので、転がっている白影を足で止めて顔にポーションをぶちまける。

ほら、1000万の目薬だ。

たんとお飲み！

「ゲボッ、ゴボォッ」

鼻の穴や気管にポーションが入ってしまったのか、白影が思い切り咽《むせ》る。

ただでさえスタングレネードの影響で顔中の穴という穴から液体を垂れ流しているというのに、親切心でやったことで事態を悪化させてしまった。

フランス人形のような美少女として、してはいけない顔になっている。

「よーしよし、よーしよし」

可哀そうになってきたので、かつてのスウェーデンコンビ同様、落ち着くまで背中を摩ってやった。

白影は俺に縋り付きながら、涙と鼻水とポーションをダボダボと垂れ流している。

この光景が日本とフランス全土に流れていることを考えると、この娘の結婚相手は国外に求めるほか無いのかもしれない。

いや、でも、大丈夫でしょ！

だって美少女だもん!!

俺が今してやれることは、この娘の明るい未来を信じて背中を摩ってやることだけだった。

俺が無防備になった丁度良いタイミングで魔物集団が現れ、全てを知っていたかのようなベストタイミングでＮＩＮＪＡに助け出されたことはこの際、置いておくことにした。

「――えふぅ、えふぅ、酷い目にあったよぅ、うぅぅ」

ようやく落ち着いてきたのか、白影は素の口調で泣き言を言えるまで回復していた。
まだ30分も経っていないというのに、スタングレネードの直撃から立ち直るとは。
階層攻略により身体能力が向上する探索者らしく常人離れした回復能力だ。
未だに俺の胸元にしがみつき服を色んな液体まみれにしていることは、助けてもらった手前見逃しておこう。

「白影、もう大丈夫か？」

「うぅぅぅ、もう少し、このまま」

俺の背中に回している手の力強さは、既に俺の筋力を超えていた。

大丈夫そうだ。

自分よりも頭一つ分小さな少女に筋力で負けていることは今更気にならない。

「良かった、大丈夫そうだな。それは良いとして白影、先程は救援ありがとう。助かったよ。

……………あと、なんかごめん」

最後の言葉だけ小声で、俺は救援の礼を言う。

どこから出てきたの、だとか、やけにタイミング良かったね、など言いたいこともあるが、言ったら恐ろしい闇が出てきそうで言えない。

できることなら俺のスタングレネードごと闇に葬りたい案件だ。

「大丈夫じゃないでござるぅ。拙者はトモメ殿の唯一の忍び、主の危機に駆け付けるのはＮＩＮＪＡとして当然でござろう」

いつの間に彼女は俺の忍びになったのだろうか。

というか、それは政治的に大丈夫なのだろうか。

日本と人類同盟の関係とか、人類同盟でのフランスの立場とか。

もしかして彼女が本当に俺の配下となった場合、俺がフランスの面倒も見なければならないのだろうか。


人間関係の整理。

人類同盟との関係悪化。

高嶺嬢の機嫌悪化。

フランスへの情報流出。

フランスへの外交的配慮。

フランス政府と国民への挨拶。

日本政府と国民への弁解。

新たに伸し掛かるフランス国民６０００万の運命。

追加される資源ノルマ。

プライスレス！

脳内に駆け巡る疑問と問題の嵐。

普段こんなことをやらかせば政権交代待ったなしだ。

そんな嵐は、俺を見上げる澱んだ蒼眼で強引に消し飛ばされる。

深い深い、どこまでも続く闇。

まるで彼女の忍者装束のような漆黒の闇が、晴れ渡った空を彷彿とさせる二つの蒼い宝玉を包んでいた。

「あの女怪よりも、拙者は役に立つであろう？」

ＮＩＮＪＡが　なかまになりたそうに　こっちをみている。

どうしますか？

・仲間にする

・仲間にしない

仲間にしないと、死亡フラグが立つんですね、分かります！

私、分かります!!

フランスと日本は、ズッ友だよ！

第十五話　乙女座の彼と牡牛座の私

『アアァァァァァア』

巨大なゴブリンの両手に持つ双剣。

続く連撃は嵐のように間隙無く私を攻め立てる。

息つく間もなく繰り出される速攻は、一振り一振りが剣士としての全身全霊が込められた必殺の一撃。

目の前の双剣使いが間違いなく一流のその先、剣術の到達点に足を踏み入れていることは歴然としていた。

世が世なら、剣聖と呼ばれているだろう稀代の剣士。

だけど、その剣筋は簡単に見切れてしまう。

「へイへーイ、その程度ですかー？　そんなんじゃ剣先で鳥が巣作りしちゃいますよー？　随分と弱いんですねー！」

嵐のように襲い来る必殺の連撃、剣士としての一つの到達点。

一体、これを凌ぎ切れる存在がこの世にどれほどいるというのか。

それでも、私はそれを上回る。

嵐には、流れに逆らわず、受け流すように相手の懐まですり抜ければ良い。

袈裟懸《けさが》けに斬り捨てようとした私の剣戟を、双剣使いは片腕を犠牲に躱す。

片腕を失いながらも刀を振り抜いた隙を突こうと、一振りの剣しか残っていない双剣使いが壮絶な三連斬りで魅せる。

剣聖が自身の死の間際に見出した絶技。

まるで三振りの剣が同時に存在しているかのような三連斬り。

三方向から襲い来る回避不能の必殺剣。

しかし、私にとっては蟷螂《とうろう》の斧に過ぎない。

相手を閉じ込めるかの如く振るわれる三連斬り、そんな絶技、簡単に踏み越えられる。

その程度で私を止めることはできない。

一の太刀は刀で受け流す。

二の太刀は体を逸らして躱す。

三の太刀は歩法で逃れる。

全ての太刀を素手で受け止めて刃をへし折っても良かったけれど、気分が乗らないのでそれはしない。

そして、全てを籠めた絶技を放ち、無防備な剣士に刀を振り下ろす。

『ガアアアアアアア』

驚いたことに、ゴブリンの剣士は私の一刀を逃れた。

無様に地べたを転がり、残ったもう片方の腕すら失いながらも、かの剣士は未だ息を保っていた。

これから逆転なんて誰が見ても不可能。

奇跡がどれだけ積み重なっても、私の勝利は揺らがない。

それでも、剣士の瞳に敗北は無かった。

ただ、勝利への執念だけを焼き付けている。

「ヘイヘーイ、意外と粘りますねー」

でも、もう御終い。

私から距離を取ろうとする前に、ゴブリンの首が宙を舞う。

手強い相手でしたねー。

最も強かったゴブリンの双剣使いが殺されたことで、魔物達の戦意は完全に潰《つい》えたのだろう。

生き残った数少ない魔物達が、私に背を見せ逃げていく。

散り散りに逃げられると、斬ることしかできない私では打つ手がない。

でも、大丈夫。

きっと彼が逃がさないから。

彼に付き従うロボットの掃射、逃げようとしていた魔物達が次々と倒れていく。

流石ぐんまちゃん、仕事が速い。

彼と出会ってまだ二週間も経ってないけど、お互いの息はビックリするほどピッタリ合う。

まだ今の環境に慣れてないけど、彼と一緒だったら、大丈夫。

きっと、これからも私達二人だったら、どんな相手にだって勝てる、どんな困難だって解決できる、どんなに辛く苦しくても乗り越えられる。

何の根拠もないけれど、不思議と私はそう信じることができた。

―― 覚悟せよ ――

だからこそ。
私は。
こんな言葉なんて。
聞きたくなかった。
「やったね高嶺嬢、仲間が増えたよ！」
全てが終わって彼の下に戻った私。
そんな私を待っていたのは、彼と、よくわかんない黒いの。
よくわかんないのがくっついてる。
よく、わかんない。
わかんない。
「……拙者は白影、中距離戦闘が得意。……よろしくお願いするでござる」
黒いのが私を睨んでいる。
なんで睨むの？
意味が分からない。
なんだろう、邪魔。
つまり、私の敵？

――敵だ――

直感が、眼前の存在を敵だと教えてくれる。

――斬れ――

斬れ、と直感が私に囁く。

――斬れ　斬れ　斬れ――

――斬れ　斬れ　斬れ　斬れ　斬れ　斬れ　斬れ――

――斬れ　斬れ　斬れ　斬れ　斬れ　斬れ　斬れ　斬れ　斬れ　斬れ　斬れ　斬れ　斬れ――

視界を朱が侵す。
黒いのが邪魔。
存在が不快。
もう、敵を斬ることしか考えられない。
「はい、はい、はい、そこまで！　そこまで!!　お願い！！！」
ぐんまちゃんが、私と黒いのの間で慌てながら制止をかけている。

ぐんまちゃんが困ってる。

「………私の名前は高嶺華、近距離戦闘が得意。……よろしく、お願い、します」

彼の困ってる顔は、見たくないなー。

黒いのは邪魔だけど。

ぐんまちゃんの顔を見て、仕方なく、本当に仕方なく、私は柄を握る手の力を緩めた。


――　後悔する　きっと　後悔する　――


残念、もうしてますよー。

あーあ、二人だけだったんだけどな。

なんとなく、直感が呆れたように溜息を吐いた気がした。


「クク……クハハハ、ハハハハハハハハ！　やってくれる、やってくれるじゃないか、ヤパァナァァァァ《日本人》!!」

エデルトルートは嗤っていた。

いつの間にか引き抜かれていたアルベルティーヌに。

引き抜いていったトモメに。

間抜けな自分に。

「はぁ…………引き抜かれてしまったものは仕方がない。今更どうこうしようと、もはや後の祭りだ。それでもまだ、私達人類同盟の戦力優位が揺らがないことを良しとしよう」

そう言って自分を慰める。

だが、やはり味方の引き抜きは辛い。

それが希少な特典持ち、しかも間違いなくトップクラスの実力者とあっては、色々な面で辛すぎる。

「はあぁぁ、なんでこんな目に遭うんだろうな……」

泣きそうな気分になる。

多少、大きめな身長とキッツイ顔つきで、勝手に一目置かれている自分。

しかし、そんな自分も20歳の乙女なのだ。

人類の命運がかかっている現状、頑張って人類同盟を率いているものの、それでも一杯一杯なのに、なんでこんな目に遭わなきゃならないのだろう。

数日前までただの学生だったのに。

みんなもみんなだ。

お前たちだってちょっと前までは、政治とか利権とか無関係の一般人だっただろうに。

なんでいきなり政治闘争バチバチやっちゃうの？

学生のノリで協力できたりしないの？

「彼女は予想以上に彼を愛していたようだな。ならば運命に宣誓しよう。私、ガンニョムは、ガンニョムを駆って彼奴らを倒すことをっ!!」

フレデリックが、また良く分からないことを言っている。

何度聞いても、こいつの言葉は良く分からない。

そもそも要塞陣地攻略作戦が頓挫したのはこいつが日和ったせいなのに、こいつにはちっとも反省の色が見えない。

「よもやこんな事になろうとは……乙女座の私には、センチメンタリズムな運命を感じずにはいられない……!!」

もしかしてこいつは煽《あお》っているのだろうか？

私を煽って楽しんでいるのだろうか？

圧倒的戦力であるはずのガンニョムを使いこなせないポンコツパイロットの分際で。

「お前ってやつは…………お前ってやつはぁぁぁぁぁぁぁぁぁ！！！」

「うひょぃっ！！？」

おうし座の私には、こいつを殴るのを止められずにはいられない……!!

「姉御が乱心したぞー!?」

「止めろー!!」

「全部日本が悪いニダー！！！」

「ヘイヘーイ、もうヤケクソですよー！　やっちまえー!!」

「ドイツ人と高嶺殿は野蛮でござる。トモメ殿、巻き込まれぬようこちらへ……」

「……なんか、ごめん」

魔界　第二層　魔の森林鉱山　キャナーダ
日本　フランス共和国　その他　　　攻略完了

第十六話　フランスという国

フランス共和国。

三度の世界大戦でいずれも自国が戦場となった。常に貧乏くじを引いている欧州の大国。かつては欧州大陸最強の名をほしいままにしてブイブイ言わせていたが、世界大戦では毎回なぜか割を食ってしまっている。

第三次世界大戦前は肥沃《ひよく》な大地を活かした農業大国であり、ＥＵの穀倉とまで呼ばれていた実り豊かな国家。

しかし先の大戦では、敵味方による度重なる化学兵器の使用で深刻な土壌汚染を被り、止めの戦術核兵器を用いた連続自爆テロによって、一時期は食糧不足の危機にすら陥ってしまった。

２０４５年現在は限られた清浄な土地で細々と自然農業を行いながら、主な食糧生産源を植物工場に移管している。

しかし飽食に慣れた６０００万の人口を養うには、植物工場では到底賄えず、海外からの輸入に頼らなければならない。

また、工業分野では大戦前は自動車製造業、航空宇宙工業、石油化学工業、原子力発電事業が主であった。

しかし大戦による工業地帯の壊滅と原子力発電所への攻撃によって、大戦終結直後は工業生産高が全盛期の1割にも満たない水準にまで低下してしまった。

2040年代になってようやく工業水準は回復してきたものの、放射能により汚染された旧原子力発電所跡は、戦後復興に深々と決して抜けぬ杭を打ち込んでいる。

外交状況としては、大戦によりEU（欧州連合）が崩壊した現在は、旧EU主要国や日本、北欧諸国などの友好国と共に、新たな国際秩序を模索しているようだ。

今回の件で周辺諸国全てに絶縁状を叩きつけ、遠く離れた極東の大国日本の軍門に無理やり割り込んできてしまったが、このダンジョン戦争が終わった後のフランス本国の身の振り方には注目していきたい。

諸外国との連絡が遮断されている現状、日本と同じように食料、エネルギー、各種鉱石など多くの資源を供給する必要がある。

フランス共和国という列強の一つに数えられる大国は、そのような微妙に頼りない国家だ。

そして、そんなフランスをこの度日本は併合することになりました！

「――という訳で、これからはフランス本国共々お世話になるでござる」

日本根拠地の食堂にて、NINJA白影は自国の状況を粗方説明すると、一切合切全てを俺にぶん投げてきた。

つまりは、ノルマが増えるよ！　やったね、ぐんまちゃん！　ということだろうか？

これからは日本国民1億3000万に加えて、フランス国民6000万の面倒も見なくてはならないのか……

2億人近い数の先進国民の生活維持か……

チェンジしてーなー!

資源大国とかとチェンジしてーなー!!

まあ、今更そんなことはできないのだが。

「それと拙者、実は日本語ペラペーラなので、日本の傘下に入った今、トモメ殿は無理に英語で話す必要もござらんよ」

いきなり日本語が堪能という隠し設定を披露するNINJA。

確かにここまでの日本かぶれで、逆に日本語を話せなかったならそっちの方が驚きだろう。

「あら、日本語話せるんどすね。ほんに、驚きたんやー」

何を思ったのか、いきなり京都弁で話し出した高嶺嬢。

そういえば彼女は京都出身だったな。

「ドス?　ホンニ?　タンヤー?」

白影も方言までは網羅していなかったのか、いきなりの京都弁に困惑しきりの様子。

何かしらのフォローを求めるように、俺の方をチラチラと見ていることが、彼女の心情を如実に表しているだろう。

「これくらいん言葉も分かれへんのどすかー?　もっと勉強しなはれ」

高嶺嬢は呆れたように鼻で笑う。

京都らしい腹黒嫌みスマイルだ。

あのなんだかんだで真直ぐで素直な良い子は、どこに行ってしまったというのか。

これが高嶺嬢の隠された京都面《ダークサイド》なのか……⁉

お前、そういうの本当にやめろよなー！

「高嶺嬢、ちゃんと標準語で話しなさい」

「えー、ぐんまはぁん……」

「高嶺嬢……」

「……うぅ、ぐんまちゃーん！」

俺が注意すると、高嶺嬢はいじけたようにテーブルへ頭を突っ伏した。

情緒不安定かっ⁉

「はぁ……すまないな、白影。とりあえず、今後の方針を考えるためにもフランスからのミッションを見せてくれないか？」

まずはフランス政府が現状で、何を求めているのか確認しないからには始まらない。

白影が腕の端末をポチポチいじると、俺の端末にフランスからのミッションが表示されるようになった。

『ミッション【資源の供給】
資源チップを納品しましょう
鉄鉱石：10枚　食料：10枚　エネルギー：10枚　希少鉱石：10枚

報酬：4000ユーロ
依頼主：フランス共和国32代大統領フランソワ・メスメル
コメント：早急に納入すること』

『ミッション【早急な資源の供給】
資源チップを納品しましょう
鉄鉱石：10枚　食料：10枚　エネルギー：10枚　希少鉱石：10枚
非鉄鉱石：10枚　飼料：10枚　植物資源：10枚　貴金属鉱石：10枚
汎用資源：10枚
報酬：9000ユーロ
依頼主：フランス共和国32代大統領フランソワ・メスメル
コメント：頼む、早急に納入してほしい』

『ミッション【切実に早急な資源の供給】
資源チップを納品しましょう
鉄鉱石：10枚　食料：10枚　エネルギー：10枚　希少鉱石：10枚
非鉄鉱石：10枚　飼料：10枚　植物資源：10枚　貴金属鉱石：10枚
汎用資源：10枚
報酬：9000ユーロ

依頼主：フランス共和国32代大統領フランソワ・メスメル
コメント：望みは何でしょうか？　何でも送ります』

『ミッション【食料援助のお願いです】
資源チップを納品しましょう
食料：30枚　飼料：10枚　植物資源：20枚
報酬：6000ユーロ
依頼主：フランス共和国32代大統領フランソワ・メスメル
コメント：お願いします。デモと暴動が止まりません。お願いします』

フランス大ピンチじゃん。
しかも、コメント欄を見る限り、完全に放置されてるよ！

第十七話　救世主万歳

フランスからのミッションを確認した後、急いでギルドに行き、フランス宛に資源チップを納品した。

いやぁ、久しぶりに焦ったね！

『ミッション【救世主万歳】
資源チップを納品しましょう
鉄鉱石：10枚　食料：50枚　エネルギー：30枚　希少鉱石：10枚
非鉄鉱石：10枚　飼料：30枚　植物資源：30枚　貴金属鉱石：10枚
汎用資源：10枚
報酬：19000ユーロ
依頼主：フランス共和国32代大統領フランソワ・メスメル
コメント：TOMOME、君だけがフランスの希望だ！　愛してる!!』

よっぽど追い詰められてたんだなー。

そして報酬がしょっぱい。

確か1ユーロが130円くらいだったから、19000ユーロで247万円か。

桁が足りなくない？

時価200億円のジャンボジェット機を複数機ポンッとくれる日本を見習えよなー！

とりあえず、俺達の常時生放送をフランス政府が見ていることを前提で、今度からはミッション報酬に換金物資を用意するよう伝えて食堂に戻る。

もしも俺が序盤に死んで高嶺嬢一人になっていたら、日本もあんな感じになっていたのか？

もしかしたら有り得たかもしれない惨状に思わず背筋が寒くなった。

食堂に戻ると高嶺嬢と白影、従者ロボ達が大人しく椅子に座っていたのだが、俺が少し席を外していた間にすっかり空気が重くなってしまったようだ。

片隅のテーブルでトランプしている従者ロボの音しか聞こえない。

高嶺嬢と白影はお互い会話もなく、虚空を見つめたまま沈黙を貫いていた。

重苦しい静寂が場を支配している。

コミュ障かよ。

「ははは、二人ともすっかり打ち解けたみたいだな！」

心にも無いことだが、言わないと本格的に日仏冷戦が勃発してしまう。

なぜここまで彼女達の機嫌が悪いのかは謎だが、仲間になったのだから、ある程度は関係改善してもらわないと俺が困る。

「白影、もう少し……高嶺嬢に対して警戒を解いてやってくれないか？　頼むよ、本当に、お願いだから、ね？」

とりあえず比較的危険度の低い白影に頼み込む。

こいつはこいつで生身でガンニョムに対抗できるやべぇ奴だが、機嫌の悪い狂戦士よりかはマシである。

コミュ力もカリスマも持ち合わせていない俺にできることは拝み倒すことだけだからな!!

「うっ、うぅむ……別に、警戒していた訳ではござらんのだが。……主の忍びなれば、主の命に従うのは当然。拙者、頑張ってみるでござるよぅ」

白影は少しだけ渋ったものの、俺を主と仰いでる自己設定上、俺の頼みを無下《むげ》にできなかったようだ。

妄想癖もこういう時は便利だな。

そもそもの原因がコイツの妄想癖だということは置いておこう。

まずはＮＩＮＪＡが堕ちた！

ちょろいわ、こいつ‼

「よし、高嶺嬢も、なっ？　頼むから、仲良くしてくれよー。お願いだよー」

いつもならちょっとお願いすれば素直に言うことを聞いてくれる高嶺嬢。

「………………」

しかし、今回に限っては仏頂面でそっぽを向いてしまった。

やはり何の相談もせずに白影を仲間に引き入れてしまったことで怒っているのだろうか。

それとも俺の知らないところで、白影と因縁でもあったのだろうか？

どちらにせよ、ここは真摯に接した方が良いだろう。

なにせ俺は紳士だからっ‼

「高嶺嬢、今後のダンジョン探索を考えると、君と従者ロボだけではどうしても戦力が足りない。今回の魔界を見ても思っただろう？　明らかに第一層と比べて魔物の数が増えている」

魔界ダンジョン第一層では多くても１０００体ほどの集団だった魔物。

それが第二層では６０００を超える旅団規模にまで数を増やしていた。

如何に高嶺嬢というヒト型決戦兵器を有していても、高嶺嬢が近接戦特化である以上は対処するのに限界がある。

「これからもダンジョン探索を続けていく以上、戦力の強化、人員の増員は必要なことなんだ。もちろん、俺としては探索者の増員は現状でこれ以上考えていない。あるとしても同盟関係として連携するという形になるだろう」

今は人類同盟、国際連合、その他第三世界の諸国家とは距離を置いているが、いずれダンジョン側兵力の拡大によって連携を取らざるを得なくなる。

そんな時、今のようにいちいちヘソを曲げられていては人類の勝利、ひいては日本の利権拡大は覚束ないだろう。

「だからさ、お願いだよ高嶺嬢。今後のためにも、白影、アルベルティーヌを受け入れてくれないか？」

俺のお願いに、高嶺嬢は困ったように眉尻を下げる。

吊り目がちなパッチリおめめの高嶺嬢も、今だけは垂れ目みたいになっている。

やがて、彼女は深い溜息を一つ吐いた。

「…………はぁ。……しょうがないですねー、ぐんまちゃんは」

やれやれとワザとらしく首を振りながら、高嶺嬢は苦笑いを浮かべた。

「もうこれ以上、変なのを拾ってきちゃ駄目ですよ？　変なのが変なことしないように、ちゃんと注意してなきゃ駄目ですよ？

絶対に、私から離れていったら駄目ですよ？」

「はーい！」

気分は捨て犬を拾ってきた小学生だ。

高嶺嬢の言葉に元気よく返事をするしか、俺にできることはない！

「ぐんまちゃんは全く、本当にしょうがない人なんですからー」

そう言ってキッチンに向かっていった高嶺嬢。

今日は歓迎会ですね、と高嶺嬢が小さく呟いた言葉が耳に届いた。

「拙者も手伝ってくるでござる」

この機会に仲を改善しようと思ったのか、白影も彼女の後を追ってキッチンに入っていった。

食堂に取り残される俺。

気づけば俺の隣に美少女1号が座っている。

ガンッ！

思い切り叩きつけられる美少女1号の脚部装甲。

その下敷きになる俺の足。

「イッタ!?　イッタァ！！？　イッタアァァァァァァァァ!!!?」

あまりの痛みに床を転がるが、美少女1号は気にしたふうもなく、トランプをやっている仲間達の下へ戻っていく。

えっ、なに？

反抗期なの？

俺は高嶺嬢達が料理を作り終えるまでずっと床で蹲っていた。

暴力は駄目だと思います！

『上野群馬　男　20歳
状態　肉体：疲弊　精神：疲弊
HP　7／9　MP　25　SP　6／14
筋力　11　知能　18
耐久　9　精神　17
敏捷　11　魅力　11
幸運　20
スキル
索敵　80
目星　20
聞き耳　50
捜索　45
精神分析　15
鑑定　40
耐魔力　15』

『高嶺華　女　20歳
状態　肉体：健康　精神：消耗
HP　30　MP　1／2　SP　30

筋力　32　知能　2
耐久　28　精神　24
敏捷　32　魅力　20
幸運　4
スキル
直感　75
鬼人の肉体　10
貴人の一撃　75
貴人の戦意　85
我が剣を貴方に捧げる　9
装備
戦乙女の聖銀鎧
戦乙女の手甲
戦乙女の脚甲』

『アルベルティーヌ・イザベラ・メアリー・シュバリィー　女　19歳
状態　肉体：健康　精神：疲弊
HP　12／14　MP　3／10　SP　12／18
筋力　16　知能　12

耐久 16　精神 6
敏捷 26　魅力 19
幸運 4
スキル
超感覚 25
隠密行動 25
投擲 15
耐炎熱 20
無音戦闘 15
妄執 45
装備
黒い頭巾
黒い装束
黒い手甲
黒い脚甲』

閑話　掲示板

【フランス産NINJA】ダンジョン戦争について語るスレ 269階層目【始めました】

1：　名前：名無しさん　投稿日：2045/05/25（X）XX：XX：XX

突然始まった並行世界とのダンジョン戦争
政府も経済も俺らも大混乱
まさかまさかの快進撃
そして予想外のフランス併合
ダンジョン戦争について、広く浅くまったりと語っていきましょう

前スレ【高嶺総理が】ダンジョン戦争について語るスレ　268階層目【遺憾の意】
http://xxx.xxx.net/bbs/read.cgi/danjon/204505250922/

我らが英雄ぐんまちゃんを愛でたい人はこっち
【油断大敵】上野群馬君を心配するスレ　その186【間一髪】
http://xxx.xxx.net/bbs/read.cgi/danjon/204505251549/

高嶺総理の御令孫についてはこっち
【R25】高嶺嬢を愛でるスレ　199人目【グロ中尉】
http://xxx.xxx.net/bbs/read.cgi/danjon/204505251802/

アルベルティーヌ（NINJA白影）についてはこっち
【日本かぶれな】NINJAを観察するスレ　その81【フランス人形】
http://xxx.xxx.net/bbs/read.cgi/danjon/204505251909/

熱心なサポーターの皆様はこちらへどうぞ
【頑張れ】現代の英雄譚を見届けるスレ　253冊目【日本代表！】
http://xxx.xxx.net/bbs/read.cgi/danjon/204505251212/

その他、各自が適切なスレに勝手に行きなさい

次スレを立てる人は>>960

2：　名前：名無しさん　投稿日：2045/05/25（X）XX：XX：XX
>>1乙

3：　名前：名無しさん　投稿日：2045/05/25（X）XX：XX：XX
>>1乙

16：　名前：名無しさん　投稿日：2045/05/25（X）XX：XX：XX
ぐんまちゃんが大和撫子に続いてフランス少女まで手を出しちゃったなー
爆発しねーかなー

19：　名前：名無しさん　投稿日：2045/05/25（X）XX：XX：XX
>>16　完全にハーレムだな
爆《は》ぜろ

23：　名前：名無しさん　投稿日：2045/05/25（X）XX：XX：XX
>>16　>>19　いや、そしたら俺らも爆ぜることになるんだが……

39：　名前：名無しさん　投稿日：2045/05/25（X）XX：XX：XX
そういえば、フランスの面倒も見なきゃならなくなった訳だが、
その分日本の資源がなくなるのか？

最初の頃の混乱がトラウマになってるんだが……

45：　名前：名無しさん　投稿日：2045/05/25（X）XX：XX：XX
>>39　安心しろ
今日一日だけで、あいつらは3000体以上のモンスターを狩ってる。
日本の経済成長に必要な資源が、だいたい魔石1000個
フランスの人口は日本の半分だから、単純計算で魔石500個

47：　名前：名無しさん　投稿日：2045/05/25（X）XX：XX：XX
>>39　どんな敵が出てきても、バーサーカー突っ込ませれば何とかなるから

48：　名前：名無しさん　投稿日：2045/05/25（X）XX：XX：XX
>>47　高嶺嬢マジチート

49：　名前：名無しさん　投稿日：2045/05/25（X）XX：XX：XX
>>47　伝説の戦車兵、上野群馬の勇姿も忘れないでください
【首都高最速】ぐんまちゃんの戦車シーン【伝説の戦車兵】
http://xxx.nucovideo.jp/watch/sm204505222130/

50：　名前：名無しさん　投稿日：2045/05/25（X）XX：XX：XX
おいお前ら、衝撃の新事実だ
アルベルティーヌ・イザベラ・メアリー・シュバリィー
父親は世界有数の航空宇宙企業ダッセーの代表取締役
母親は有名ブランド『クソヴィッチ』のチーフデザイナー
祖父は第29代フランス大統領
祖母は貴族出身
ぐんまちゃんは貴種ばっか引き当てるよな！

52：　名前：名無しさん　投稿日：2045/05/25（X）XX：XX：XX
　>>50　SUGEEEEEEEEE

53：　名前：名無しさん　投稿日：2045/05/25（X）XX：XX：XX
　>>50　完全にお姫様じゃないですかーやだー

54：　名前：名無しさん　投稿日：2045/05/25（X）XX：XX：XX
　>>50　総理御令孫に続いて、フランスのお姫様かよ
　やっぱり爆ぜてくれ！

55：　名前：名無しさん　投稿日：2045/05/25（X）XX：XX：XX
　>>50　おい、ぐんま！
　そこかわれ!!
　あっ、やっぱりいいです

121：　名前：名無しさん　投稿日：2045/05/25（X）XX：XX：XX
　まあ、なにはともあれ、仲間が増えて良かったね！
　フランス、これからよろしくな！

218：　名前：名無しさん　投稿日：2045/05/25（X）XX：XX：XX
　そういえば、最近やたらとUAVやアンドロイドの研究が
　活発になってるけど、これもダンジョンの影響？

225：　名前：名無しさん　投稿日：2045/05/25（X）XX：XX：XX
　>>218　せやで
　日本の官民連合は総力を挙げてぐんまちゃんと高嶺嬢をバックアップしてるんや

227：　名前：名無しさん　投稿日：2045/05/25（X）XX：XX：XX

　>>218　悲報！　俺氏、旧帝院生の２年目

　一週間前に修論の課題が突然UAV用大出力モーターに替わる

　学部で２年、院で１年の努力が無駄になった瞬間

229：　名前：名無しさん　投稿日：2045/05/25（X）XX：XX：XX

　>>227　露骨な方針転換乙

　日本のためだ、耐えろ

232：　名前：名無しさん　投稿日：2045/05/25（X）XX：XX：XX

　>>218　今は金に糸目をつけずに個人用装備と無人兵器の研究を推進してるからな

　俺は人工知能系の会社勤めだけど、うちの研究部門に国や各種社会団体から数百億の支援が送金されたときは、会社中が大騒ぎだったよ

　おかげで技術屋共は３徹４徹平気でしてる

　営業職の俺氏、定時帰宅で高みの見物

234：　名前：名無しさん　投稿日：2045/05/25（X）XX：XX：XX

　>>232　金に糸目をつけない個人用装備（ぐんまちゃん専用）

235：　名前：名無しさん　投稿日：2045/05/25（X）XX：XX：XX

　>>232　知ってるか？

　国会では今、全ての営業職を一時的に技術職へ転換させる緊急法案が可決間近

237：　名前：名無しさん　投稿日：2045/05/25（X）XX：XX：XX

　>>232　ようこそ、技術屋の世界へ（にっこり

238：　名前：名無しさん　投稿日：2045/05/25（X）XX：XX：XX
　うわあああああああああああああああああああ

410：　名前：名無しさん　投稿日：2045/05/25（X）XX：XX：XX
　航空産業の技術者であるワイ氏、政府から招待状が届く

432：　名前：名無しさん　投稿日：2045/05/25（X）XX：XX：XX
　>>410　缶詰工場の片道切符かな？

441：　名前：名無しさん　投稿日：2045/05/25（X）XX：XX：XX
　>>410　そういえばLJ-203の後継機造るって話があったな

456：　名前：名無しさん　投稿日：2045/05/25（X）XX：XX：XX
　>>441　現行機は大きすぎるから小型化して燃費を改善するんだっけ？

472：　名前：名無しさん　投稿日：2045/05/25（X）XX：XX：XX
　>>456　いや、A案じゃなくてD案が採用されるっぽい

480：　名前：名無しさん　投稿日：2045/05/25（X）XX：XX：XX
　>>472　マジか

483：　名前：名無しさん　投稿日：2045/05/25（X）XX：XX：XX
　>>472　経済効率最悪なあの頭悪い案が？？？

488：　名前：名無しさん　投稿日：2045/05/25（X）XX：XX：XX
　D案とはなんぞや

499：　名前：名無しさん　投稿日：2045/05/25（X）XX：XX：XX
>>488　ぼくのかんがえたさいきょうのりょかくき

504：　名前：名無しさん　投稿日：2045/05/25（X）XX：XX：XX
>>488　よく言えば日本の航空産業の到達点？

510：　名前：名無しさん　投稿日：2045/05/25（X）XX：XX：XX
>>499　>>504　なるほど、良く分からん
だけど頭の悪そうなプランってことは分かった

513：　名前：名無しさん　投稿日：2045/05/25（X）XX：XX：XX
>>510　お礼は？

517：　名前：名無しさん　投稿日：2045/05/25（X）XX：XX：XX
>>499　>>504　ありがとう

522：　名前：名無しさん　投稿日：2045/05/25（X）XX：XX：XX
>>517　いいよ

531：　名前：名無しさん　投稿日：2045/05/25（X）XX：XX：XX
>>517　ちゃんとお礼いえて偉い

555：　名前：名無しさん　投稿日：2045/05/25（X）XX：XX：XX
まあ、最有力候補だったA案がボツになってネタと化していたD案が今更採用になった理由
なんて一つしかないだろうけどね

569：　名前：名無しさん　投稿日：2045/05/25（X）XX：XX：XX
>>555　ぐんまのことかーーっ！！！

584：　名前：名無しさん　投稿日：2045/05/25（X）XX：XX：XX
>>569　理由に高嶺嬢が出てこないのは草

598：　名前：名無しさん　投稿日：2045/05/25（X）XX：XX：XX
>>584　絶対お金の面倒みれないやん

716：　名前：名無しさん　投稿日：2045/05/25（X）XX：XX：XX
悲報　高嶺嬢、高学歴だった

731：　名前：名無しさん　投稿日：2045/05/25（X）XX：XX：XX
日本一の名門お嬢様大学だっけ

740：　名前：名無しさん　投稿日：2045/05/25（X）XX：XX：XX
まあ、腐っても日本屈指の家柄で総理御令孫だからな

769：　名前：名無しさん　投稿日：2045/05/25（X）XX：XX：XX
>>731　元から界隈では有名だよ

772：　名前：名無しさん　投稿日：2045/05/25（X）XX：XX：XX
>>769　見た目は超絶クールビューティーだからな

778：　名前：名無しさん　投稿日：2045/05/25（X）XX：XX：XX
>>772　高校時代は生徒会長だったらしいよ

795：　名前：名無しさん　投稿日：2045/05/25（X）XX：XX：XX
>>778　意外だな　いや、そうでもないか

811：　名前：名無しさん　投稿日：2045/05/25（X）XX：XX：XX
>>795　THE高嶺の花って感じだもんな

822：　名前：名無しさん　投稿日：2045/05/25（X）XX：XX：XX
　>>811　黙ってればな

948：　名前：名無しさん　投稿日：2045/05/25（X）XX：XX：XX
　株価の下落も止まったし、切られた外注も続々と戻ってきてるな

959：　名前：名無しさん　投稿日：2045/05/25（X）XX：XX：XX
　>>948　戻るどころか正規登用されてる奴もガンガンおるで！

970：　名前：名無しさん　投稿日：2045/05/25（X）XX：XX：XX
　>>959　あいつらの快進撃を見る限り経済成長は右肩上がり確定だからな
　まともな企業なら外国人労働者の供給ストップによる人手不足は予見してるよ

983：　名前：名無しさん　投稿日：2045/05/25（X）XX：XX：XX
　>>970　国内に取り残されたままの外国人観光客がいるからしばらく大丈夫っぽいけどな

994：　名前：名無しさん　投稿日：2045/05/25（X）XX：XX：XX
　>>983　そいつら用のプレハブマンションも急ピッチで整備中だしな

998：　名前：名無しさん　投稿日：2045/05/25（X）XX：XX：XX
　>>1000　なら高嶺嬢のスク水写真流出

999：　名前：名無しさん　投稿日：2045/05/25（X）XX：XX：XX
　>>1000　なら群馬の黒歴史ノート発掘

1000：　名前：名無しさん　投稿日：2045/05/25（X）XX：XX：XX

>>1000　なら高嶺総理がぶちぎれてネットストーカーを全員粛清

第十八話　ゆるキャラの苦悩

白影の歓迎会も兼ねていつもより豪華な夕食が終わり、皆が寝静まった深夜。

白影は既に自分の根拠地に戻っており、俺の索敵マップには隣の部屋で眠っているであろう高嶺嬢の青い光点しか表示されていない。

俺は自室の執務机にて、端末画面に表示された高嶺嬢のステータスをずっと見ていた。

『高嶺華　女　20歳
状態　肉体：健康　精神：悲哀
HP　30　MP　1／2　SP　30
筋力　32　知能　2
耐久　28　精神　24
敏捷　32　魅力　20
幸運　4
スキル
直感　75
鬼人の肉体　10

貴人の一撃　75
貴人の戦意　85
我が剣を貴方に捧げる　9』

うん、『貴人の肉体』が『鬼人の肉体』に変化しているね。

以前のステータスに記載されていたスキルの数値を思い出す限り、『貴人の肉体』がカンストして『鬼人の肉体』に変化したと考えるのが自然か。

しかし、貴人から鬼人ねぇ……

どうにも、嫌な予感がする。

確かに高嶺嬢の戦いぶりは、貴人というよりも鬼人だけど。

何とも言えない、嫌な感じだ。

おそらく彼女の他のスキル『貴人の一撃』『貴人の戦意』も軒並み鬼人へと変化していくのだろう。

本来ならば、スキルの進化は喜ばしいことだけど、何故か素直に喜べない。

このままだと、何かとんでもないものが目覚めてしまう、そんな気がする。

既にとんでもない怪物だなんて口が裂けても言えないけれど。

そもそもスキルとは何なのか？

便利だし最初から持ってたし当たり前に受け入れていたけれど、いざそう考えると何も分からない。

スキルはどうやって俺達探索者の肉体に作用しているのか。

俺達にどうやってスキルを付与したのか。

何もかもが不明。
ただただ、疑問が深まるばかりだ。
…………よし、鑑定しますか！
なにせ俺の鑑定は、なんだかんだで40だ。
なにかしら分かるでしょ!!

『鑑定』

『スキル：次元統括管理機構が被侵略世界勢力へ付与する権能』

えぇぇ……
あっさり分かったわ。
そうか、権能なのか。
権能だからなんだよって感じだけれど、今はこれ以上分かりようがない。
スキルが俺達の性格や性質に影響することは無いってことは確かだな。
権能というからには俺達の性格や性質を表したものがスキルということか。
うん、むしろ怖いわ！
つまり、貴人よりも鬼人の方が高嶺嬢の本質ということだろう⁉
お嬢様の皮を被った狂戦士ってか！！？

知ってた!!

まあ、これは良いだろう。

高嶺嬢が暗黒面に堕ちたところで、俺には精神分析（15）がある。

流石に今すぐ凶暴化するわけではないだろうし、それまでに精神分析で上手いことやれば大丈夫でしょ！

さて、そんなことより鑑定だ!!


『鑑定』

『鬼人の肉体　10：HP・SP・筋力・耐久の成長速度（100）%向上
戦闘時、筋力・耐久・敏捷（10）%向上
瀕死ダメージ時、HP（10）／10で耐える』

Tueeeeeeeeeeee!!

高嶺嬢のスキルが反則級なんですけどおぉぉぉぉぉぉぉぉぉぉ！！？

いや、チートだわ、これ。

戦闘中の高嶺嬢は時々物理法則超越してるなって感じていたけれど、確かにこれだったら超越しちゃうわ、物理法則。

おそらく『貴人の肉体』の効果がHP・SP・筋力・耐久の成長速度向上で、他2つが『鬼人の肉体』で新たに追加された効果なのだろう。

えっ、戦闘系のスキルってみんなこんなもんなの？

おかしくない？

探索系との性能差に絶望しちゃうよ。

せっかくだから貴人系も鑑定する。


『鑑定』

『貴人の一撃　75：相手の耐久を（75）％貫通してダメージを与える
貴人の戦意　85：精神攻撃を（85）％軽減する』

Ｙａｂｅｅｅｅｅｅｅｅｅｅｅｅｅ!!

そりゃあロボットだろうが一撃だよ！

完全にヒト型決戦兵器だよ!!

まいったね、こりゃ。

探索系との露骨な待遇差に泣きそうですぞ？

まあ、冷静に考えてみれば、あれだけの無双をしていたのが高嶺嬢だけである以上、戦闘系でもここまでのスキルを持っているのは彼女のみだと推察できる。

もしこんなのが大量にいたら、俺は人類の勝利を信じて疑わない。

だが、問題は『我が剣を貴方に捧げる』だ。

明らかに一つだけ他のスキルと毛色が違う。


『鑑定』

『我が剣を貴方に捧げる：軍神は只、汝を選定す
証明せよ、汝の戦を
証明せよ、汝の枠を
証明せよ、汝の心を』

意味わかんない。

いや、本当に意味が分からないぞ？

どうせ俺への忠誠だろう、とか考えていた自分が、すごく恥ずかしくなるレベルで意味が分からない。

そういえば、このスキルだけ数値の増加が鈍いし、何らかの特殊スキルだろうか。

たぶん数値がカンストしたら、軍神とやらが力を貸してくれる的なサムシングだろうか。

うーん、悩むなー。

このまま放置していて良いものか。

そもそも軍神って誰だよ。

純粋な戦闘能力を考えて、日本の命運どころか地球人類の未来は高嶺嬢のやる気次第と言っても良い。

もしも高嶺嬢が何らかの原因で戦闘不能になれば、ダンジョン戦争の難易度はちゃぶ台返しクラスで跳ね上がる。

てやんでぃ、こんなクソゲーやってられるかってんでぃ！　ってね。

白影やガンニョム、戦略原潜など、他にも超戦力はいるものの、高嶺嬢はその中でも頭一つどころか、棒高跳び並みに飛びぬけている。

もしかしたら勢い余って月面着陸すら果たしているかもしれない。

それこそ神話で語られる英雄に比肩するくらいだ。

俺は彼女の刀からいつビームが出てきても驚きはしないね！

嘘です。

驚きます。

現状、俺達チーム日本、いや、フランスが仲間に加わったから日仏連合といった方が良いのか？

とにかく、日仏連合の戦力は決戦兵器1名、ＮＩＮＪＡ1名、従者ロボ10体。

それに本国から送られてきた42式無人偵察機システム改6機、改じゃないのが１２０機。

ボロボロで廃車寸前の23式戦車1両。

これが今の全戦力だ。

順調に増えてきているものの、今回の魔界第二層のように旅団クラス６０００超のモンスターが相手だと対処しきれるものではない。

予定よりも大幅に早いが、他の勢力と共同戦線を張らないと厳しいか？
だが、そうすると政治に足を引っ張られかねない。
得られる魔石も目減りすることだろう。
うわー、うわー、うわぁぁぁぁぁぁ。
八方塞がりだよー。
辛いよー。
政治なんて、外交なんて、他国なんて大嫌いだぁぁぁぁぁぁぁぁ!!
結局、俺が眠ったのはそれから2時間経って日付が変わった後だった。

第十九話　空爆からのゲリラ戦

『ミッション　【日本を救え】
資源チップを納品しましょう
鉄鉱石：１００枚　食料：50枚　エネルギー：２００枚　希少鉱石：１００枚
非鉄鉱石：１００枚　飼料：50枚　植物資源：50枚　貴金属鉱石：50枚
汎用資源：10枚
報酬：ＬＪ－２０３大型旅客機　４機
依頼主：日本国第１１３代内閣総理大臣　高嶺重徳

コメント：料理上手で男を立てる大和撫子は日本人の夢』

『ミッション【フランスを救え】
資源チップを納品しましょう
鉄鉱石：25枚　食料：50枚　エネルギー：50枚　希少鉱石：20枚
非鉄鉱石：25枚　飼料：30枚　植物資源：30枚　貴金属鉱石：10枚
汎用資源：20枚
報酬：エアバスA－620大型旅客機　2機
依頼主：フランス共和国32代大統領フランソワ・メスメル
コメント：妖精の如き美しさと純真さ、世界の憧れフランス少女を貴方に』

國《くに》が、泣いている。
国外との断絶。
食料の不足。
備蓄資源の窮乏。
國が、危機に陥っている。
亡国の憂き目にある二大国。
両国の民、総勢2億人の人々を救えるのは、俺達……たったの3人。
敵は数千、数万の兵力を持つ強大な並行世界。

敵わぬ戦いだ。

負けなど、初めから決まりきった兵力差。

しかし、俺達はやらねばならない……！

愛する祖国のために。

苦難に耐え忍ぶ、同胞のために！

肩を並べる戦友達のために!!

「――さあ、始めるざますよ！」

「行くでござる」

「ヘイヘーイ！」


さて、妙なノリになってしまったが、魔界第二層を制覇した俺達は、1日置いてから高度魔法世界ダンジョンに侵攻した。

本当なら愉快な天使達が屯《たむろ》している末期世界に行くつもりだったのだが、それにストップをかけてきた人類同盟。

どうやら、第一層の時に人類同盟が1週間かけてなんとか高度魔法世界を攻略したのに対し、俺達が3日で末期世界を攻略したことで、末期世界の方が難易度低めだと思ったらしい。

前回の魔界第二層を2日で攻略できたことも、彼らの考えを後押しすることになった。

そして現在トップを独走し、NINJAを引き抜いていった俺達への妨害も兼ねて、俺達と人類同盟の攻略ダンジョンについて話し合うことになったのだ。

丸一日かかってしまった外交交渉の結果、俺達日仏連合が高度魔法世界、人類同盟は末期世界へそれぞれ侵攻することとなった。

紳士協定として、他のダンジョンへの侵攻は受け持ったダンジョンを攻略してからでしか行えない。明らかにこちらが不利な条件だが、白影という貴重な特典持ちを意図しなくとも引き抜いてしまった手前、押し切られるように協定は結ばれてしまった。

まあ、過ぎてしまったことは仕方ない。

これで引き抜きの件がチャラになったと考えれば、ただ攻略先を交換しただけで特典持ちを確保できたのだから、楽な交換条件だったと思うしかないだろう。

目の前に広がる鉄とコンクリートで造られた巨大要塞からできる限り目を逸《そ》らしながら、現実逃避がてらこの状況に至るまでの経緯を思い出していた。

「この高度魔法世界ダンジョンは、第一層では塹壕戦の縦深陣地でござった。あの時は戦闘のたびに泥だらけになって困ったでござる。ですが、今回は泥だらけにならずに済むでござるな」

視界の端まで延々と続いているコンクリートの分厚く高い壁を眺めながら、白影が自身の経験で第一層との違いを述べている。

心なしか彼女の顔は楽観的な発言と異なって覚悟を決めた兵士の顔つきだ。

前回の人類同盟はあの見るからに組織化された軍事勢力と正面から殴り合いをしていたので、如何に相手が手強いのかを鋭敏に感じ取っているのだろうか。

もしかしたら、ダンジョンの中で最も人類に近い種族と殺しあわなければならない覚悟を固めているのかもしれない。

彼女と一緒にぼー、と要塞を眺めていると、哨戒に出していた無人機から次々と敵情が送られてきた。

巨大なコンクリートの壁の内側は、どうやら半地下式のトーチカや砲台が点在しているようだ。司令部や兵舎などの建物は見当たらない。

おそらく全ての施設が地下でつながっており、要塞本体も地下に埋まっているパターンだろう。

第一層では第一次世界大戦みたいな縦深陣地を造っていたが、第二層はガチモンの近代永久陣地か。

なんだろう……数日前まで普通の大学生だった個人にやらせるには、難易度高すぎませんか？　軍隊を持って来いや。

「よし、今回は要塞内でゲリラ戦かな」

とりあえずの方針をサクッと決めると、新しく納入された42式無人偵察機システム改を離陸させる。

改良前と比べて機体が一回り大きくなった42式改は、なんとなく小さくなったように思えるプロペラの駆動音と共にゆっくり飛び立っていく。

「高嶺嬢、白影、すぐに移動するから準備をしとけよー」

「拙者の心は常在戦場、いつでも行けるでござる」

「ヘイヘーイ、テンション上がってきましたよー」

しばらくして無人機を管制しているタブレットに、42式改が予定空域に到達したことが表示された。

高度魔法世界側は42式改の迷彩システムによって未だに探知できていないようで、迎撃が始まる様子はなさそうだ。

「では、作戦開始だな」

一応の掛け声とともにタブレットを軽くタッチする。

次の瞬間、眩い光が走ったかと思うと6つの爆炎が立ち上った。

少し遅れて空気を揺るがすほどの轟音が空間を駆け巡った。

炎は土煙に覆い隠されて、要塞の上空に6つのキノコ雲がゆったりと形成されていっている。

「開戦前の花火はぐんまちゃんの十八番《おはこ》ですねー」

42式改に搭載されていた一機当たり100kg近いC4爆薬。

爆発の見た目に反して施設の大部分が地下に埋まっている敵への損害は皆無に等しいだろうが、要塞に潜入するための良い目くらましにはなる。

流石に開けた場所で近代兵器をガン積みした要塞に、のこのこ近づいて行けるほどの度胸は少なくとも俺にはない。

要塞を見れば突然の爆撃に混乱しているらしく、散発的な対空砲火が見当外れの方向に放たれていた。

「攪乱作戦は一応、成功したみたいだな。高嶺嬢、白影……さあ、愉快で楽しいゲリラ戦を始めるぞ」

第二十話　余計なフラグは立てない主義の百獣の王（サーカス産）

天井、床、壁、それら全てが薄汚れたコンクリートで覆われている。

掃除はされているのだろうが、床や壁にはセメントの微粉末が付着しており、あまり綺麗とは言い難い。

まるで工事の最中で放置されたような内部ではあるものの、等間隔に設置された光る石が唯一地球とは異なる技術体系を感じさせてくれる。

天井や床に近い壁には排気用の通気孔が設けられており、微風が常に吹き出て密閉された内部空間に空気の循環を作り出していた。

科学と魔法、異なる技術体系ではあるが考えることに大した違いはないのだろう。

所々にファンタジーっぽさはあるけれど、概ね地球と同じような造りをしている。

通路の分岐点には火災や毒ガス対策の分厚い水密隔壁が設けられているが、専《もっぱ》ら緊急時用なのか、その扉は開け放たれていた。

その扉をくぐればそこから先はまるで別世界。

剥き出しのコンクリートは真っ黒にすすけており、融解して壁面に張り付きながらも光を放つ鉱石に照らされた真っ黒焦げの焼死体がいくつも転がっていた。

そんな光景が数十mはある真直ぐ延びた通路を埋め尽くしている。

当たり前だが、索敵半径80ｍを誇る俺の索敵マップには赤い光点は一つも存在していない。

夥《おびただ》しい数の灰色の点で迷路のような要塞内部が埋め尽くされていた。

「トモメ殿、ここいらの区画は制圧いたしたでござるぅ」

悲惨な集団焼身自殺現場をつくり出した人物、黒い装束を全身に纏ったＮＩＮＪＡ白影。

彼女は主《あるじ》に媚びる犬の如く、俺へ擦り寄ってくる。

その姿は日本に遜《へりくだ》る今のフランスの姿を表しているようで、何とも言えない気持ちになってしまう。

「良くやった白影、ご苦労様」

ありきたりな労いの言葉でも、嬉しそうにしている白影のなんとお手軽なことか……！

彼女は腕を組んでどことなく誇らしげだ。

その後ろでは、焼死体から黙々と魔石を回収している従者ロボの姿がある。

このダンジョン、高度魔法世界のモンスターであるエルフや獣人は、他のダンジョンのモンスターと異なり、体内に魔石を保持していない。

だからと言って、末期世界の天使達が如く、体の一部が死後に魔石へと変化する訳でもない。

高度魔法世界の魔石は、彼らが所持している武器から採取できるのだ。

どうやら彼ら高度魔法世界は動力源として魔石を利用しているらしく、武器に限らず大型の機器や自立稼働している機器などには、魔石が搭載されていることが多い。

なので極端なことを言えば、彼らと争わなくとも彼らの武器庫さえ見つければ、魔石の確保は完了したも同然となる。

同じダンジョンの第一階層を攻略した白影からの情報によって、事前にこれを知っていた俺達は要塞に潜入後、ちょちょいと捕虜を確保。

高嶺嬢と白影がふわっと尋問して、武器庫の位置をさらっとゲットし、そこへ向かっているのが今の状況だ。

エルフや獣人は日本語も英語も話せないので、尋問は凄惨を極めたが最後には身振り手振りでなんとか意思疎通に成功し、お互いｗｉｎ－ｗｉｎで尋問を終えることができた。

ちょっと良い子には見せられない惨状になっていたあいつ等も、用済みになって最後に逝くときは笑顔だったので結果オーライってやつだ。

そうして俺と白影、護衛としての従者ロボ6体は、捕虜からもたらされた情報と要塞内に潜入した無人機からの索敵支援の下、武器庫へ真直ぐ向かっていた。

高嶺嬢は従者ロボ4体と共に要塞正面戦力に突撃して、正攻法で魔石を収集している。

俺達が今いる地点は地下80ｍを超えているので、地上の様子は索敵マップで分からないが、きっと地上ではエルフ達が高嶺嬢のエレクトリック・ゴアゴア・パレードを満喫している頃合いだろうか。

ハハッ！　グロッキーランドへようこそっ！　グロッキーと一緒に遊んでおいでヨ!!

地下で丸焼きにされるのと、どちらが良いかは判断の難しいところだが、結局のところ結末は同じなのだから比べようもないことか。

なんにせよ、今日から俺達のノルマは魔石１５００個。

1日3時間戦闘を行うとしても、１分当たり8体以上モンスターを狩らなければノルマの達成はできない。

このダンジョンでは兵器とかから魔石を採取するのだが、とりあえず魔界と同じように撃破数で考えておく。

ヘイヘーイ、と狂気的な口癖と共にエルフを撫で切りにする高嶺嬢。

ニンニンポーズでカトンジツ！　と小学生低学年みたいなことをやりながら、獣人の丸焼きローストを手早く作る白影。

……なんだ、1分8体とか楽勝やん！

「ここが武器庫だな」

そうこうしているうちに頑丈そうな扉の前に着いた。

鍵穴は無く、従者ロボが4体掛かりで押しても引いても開く気配はない。

おそらく魔法的なサムシングでロックされているのだろう。

ここに来て思いもしなかった障害が立ちはだかりやがった！

C4爆薬だったらイケそうだが、要塞内部のような密閉空間でやっちまったら、俺達の来世への扉まで開きかねない。

「拙者にお任せでござる」

そこらのエルフか獣人でも捕まえようかと思っていると、白影がキリッとした目で扉の前に進み出た。

彼女はおもむろに人差し指を扉へ突き出す。

「カトンジツ！」

その掛け声と共に白影の指先から細い白炎がバーナーのように噴き出る。

白炎が当てられた武器庫の扉は瞬く間に赤熱されて溶け出してゆく。

彼女はゆっくりと指先を移動させて扉にぐるりと円を描いた。

「ワッショイ！」

人が潜り抜けられそうなほどの大きさの円を描き終えると、白影が渾身の蹴りを扉に叩き込む。

重い音と共に弾け飛ぶ扉の一部。

俺より遥かに華奢な少女から放たれたとは思えないほどの重たい一撃だ。

扉にぽっかりと開いた空洞。

裂け目は熱で赤みを帯びており、少し時間をおいてから通った方が良さそうだ。

「これぞホワイト＝シャドウ忍術、壁抜けでござる！」

白影がドヤ顔で明らかに新興流派の良く分からない忍術を言い放った。

技名はともかく、彼女の壁抜け（物理）で扉を焼き切ることができたのは事実だ。

機嫌を取るために適当に褒める。

「アイエェェェ！　流石ＮＩＮＪＡ、スゴイ！」

「むふふ、そうでござろう。拙者、役に立つであろう？　どんな道具よりも、役に立つであろう……？　本当に、役に立つであろう………あの女よりも」

何の脈絡もなくいきなりどす黒い闇を見せるのは止めていただきたい！

俺はあからさまに聞こえない振りをしつつ、未だ赤熱したままの扉の開口を跳びくぐった。

ヒーハー！

今の俺はサーカスのライオンだぜ!!

第二十一話　ストップ・息の根運動

ファンタジー世界の武器、とりわけ魔法使いの武器と言えば、何を思い浮かべるだろうか？

日本の創作物には王道の杖はもちろん、剣やら槍やらブーメランやら、様々な武器で魔法使いは敵と戦っている。

だが、俺が想像するのはやはり最も代表的な魔法使いの武器である杖だろう。

魔法使いと言えば杖、最早ある種の固定観念とも言える鉄板ネタだ。

そう思っていた時期が俺にもありました。

武器庫内に設置されたいくつもの棚。

そこに並べられた武器は、艶消しされた黒っぽい鉄の塊。

細長い筒と頑丈そうな機関部、樹脂で作られている肩当。

うん、銃だね。

発展した高度な魔法文明が行き着く先は、人類が育んできた科学文明と大差なかったようだ。

白影が指先バーナーで銃の機関部を適当に切断すると、中から魔石がコロッと出てきた。

40畳ほどの室内にこれでもかと並んでいる棚、そこにびっしりと収められた膨大な数の銃器を眺める。

銃だけでなく手榴弾とかもある。

これが伝説のホーリーグレネードか……

俺達２人と従者ロボ６体による、延々と続く単調かつ地味な戦争が始まった。


突然の爆撃によって混乱している最中《さなか》、ソレは突然やってきた。

私が担当している第19区画第27群第１６７観測所からは、運良くその光景を見ることができた。

観測用の魔道具を通して見た襲撃者の第一印象は、清冽《せいれつ》な美少女。

最低限の装飾ながら、まるでドレスを彷彿とさせる白銀の軽鎧。

細い金糸で縁取られた純白の外套。

白磁のような白い肌と作り物染みた端正な顔立ち。

爆撃による火災の光に照らされたその姿は、天から舞い降りた戦乙女、もしくは女神か。

風に揺れる漆の如く漆黒の長髪が、彼女の神聖さをより一層引き立てていた。

その光景を見た者は、誰しも同じ思いを抱いたのだろう。

彼女がいる光景を冒してはならない。

生物としての原始的な本能から湧き上がってくるような衝動に、この瞬間の私達は完全に支配されていたのだ。

炎の燃える音と要塞内部に詰めている者達による忙しない足音と怒号だけが遠くから聞こえてくる。

戦場でありながらまるで別世界の如く、その光景だけが切り取られているかのように錯覚する。

ようやく迎撃大隊が配置につき、彼らもまた、澄み切った清流を想わせる彼女の美しさに陶酔してしまった頃。

『ヘイへーイ、ストップ・息の根運動にー、ご協力お願いしまーす！』

無色透明な鈴を転がすような声が、その場にいる全員の鼓膜を撫でた。

「――弾幕を張れ！　あの化物を近づけさせるな!!」

「第272トーチカ沈黙、ヤツが内部通路に侵入しました！」

「迎撃に向かった第225歩兵中隊、通信途絶！」

「第317居住区画、応答ありません!!」

第19区画前線司令部にて、各所からの悲痛な報告が次々と入ってくるのを司令官である私はただ聞いていることしかできなかった。

各担当参謀がオペレーターを通して矢継ぎ早に指示を送るも、悉く後手に回る。

いや、後手に回るのなら良い方で、援軍として被害区画に向かうよう指示した部隊が既に通信途絶していた、なんて事態もザラだ。

正面スクリーンに映し出された要塞の広域地図は、虫食いのように被害区画を表示している。

敵は少女が1人と機械人形が4体。

一個師団が駐屯する私達要塞側と比べると、本来ならば龍とトカゲと言っても良いほどの寡兵だ。

しかし、現実には私達の方がトカゲとでも言うかのような蹂躙を受けていた。

既に被害は1個大隊にまで膨らんでおり、地表部のトーチカは二割が沈黙している。

如何に私達が民兵と雖《いえど》も、これほどの損害を易々と与えられる存在というのは、果たしてまともな生物と言えるのか？

時折、監視用の魔道具に映し出される敵の姿は、同胞の血と肉片により彩られた凄惨な様相だった。

神話に出てくる異形の死神を思わせるその姿。

観測手の中には発狂した者も出てくる始末。

「司令、敵の位置が分かりました！　敵は――」

ドゴォォォォオン

観測装置を管制していた者の声は、外開きの鋳造鋼鉄製耐爆扉が内側に弾け飛んだ轟音にかき消された。

至近距離での爆撃すら防ぎきる分厚い扉は、厚紙のようにひしゃげている。

『ヘイヘーイ、なんだかハイテクそうな部屋ですねー』

戦場に場違いな、子供のように純粋で愉しそうな声が、司令室に響く。

朱。

朱、朱、朱。

朱、朱、朱、朱、朱、朱、朱、朱………

映像越しではない。己の目に直接映る、鮮烈な朱。

鼻孔を貫通し、脳に直接突き刺さる濃密な鉄の臭い。

ソレの声以外、誰も口を開いていないにもかかわらず、同胞達の恐怖と痛み、絶望と諦観、悲哀と凄惨に満ちた絶叫が、未だ生ある者の心を侵す。


『さー皆さん、臓物をぶちまけましょー』

爛々と煌く茶色の双眼が、僅かに細められた。

第二十二話　フランス料理

根拠地に戻り、シャワーを浴びて探索の汚れを落とした後、食堂のテーブルに座る。

この瞬間、俺はようやくダンジョンから帰ってきたことを実感するのだ。

いつもはその後、高嶺嬢の夕食を調理する音をＢＧＭに物資の管理等の業務を行うのだが、今日に限っては、俺の隣にはいつもならキッチンで料理をしているはずの高嶺嬢が座っている。

「ぐんまちゃん、黒いのと二人きりで、何か変なことされませんでしたか?」

「大丈夫だ、問題ない」

俺と白影が高嶺嬢と別れて探索していたことに高嶺嬢が心配そうにしているけれど、この拠点に帰還してからかれこれ同じ質問を10回以上されている身としてはそろそろ勘弁願いたい。

敵の銃器を解体中、なんとなく白影との距離が近かった気もするけど、本当に何事もなく探索していたのだから。

「本当ですか? 本当に何もされてないんですね?」

まるで痴漢被害に遭ったけど、恥ずかしくて言えない女子高生を心配する警察官のように、高嶺嬢は俺に詰め寄ってくる。

そんなに言われると、何もなくても何かされたような気分になってくるから止めてほしい。

「いい加減、しつこいでござるよぉぉぉぉ!」

遠く、キッチンの方から有らぬ疑いに我慢できなくなった白影が、己の無罪を主張する。

「拙者は何もやってないでござるぅぅぅ! 誤解でござるぅぅぅぅぅ!!」

まるで痴漢を疑われた中年オヤジのように、冤罪《えんざい》を主張する白影。

彼女の姿は普段の全身黒尽くめな不審者ファッションではない。

キッチンにいる彼女に目を向ければ、黒地の麻着物に白い割烹着を纏った、ノスタルジックで大正ロマンな雰囲気を漂わせた完全日本かぶれスタイルの金髪美少女がいる。

今日のダンジョン探索は俺と白影が武器庫を確保し、高嶺嬢が敵の前線司令部を潰した段階で終了した。

それからお互いの根拠地に帰投しようとした際、白影が以前、今度は自分が夕食に招待するという約束を持ち出してきた。

その結果、俺と高嶺嬢はフランスの根拠地に招かれて、今の状況に至るという訳だ。

「うぅぅ……ぐんまちゃーん、ぐんまちゃーん、ぐーんーまーちゃーん」

白影へのあらぬ疑いを一旦止めた高嶺嬢は、何を思ったのか今度は俺との距離を詰めて体を擦り付けてくる。

久しぶりに飼い主に会った犬のような高嶺嬢。

なんだかんだ言って、今日一日別れて探索していたことが寂しかったのだろうか？

全身ゴアモードではない彼女からは、擦り寄ってくるたびにお花のような良い香りが鼻をくすぐった。

探索してシャワーを浴びた後だからか、どことなく湿った色気を感じてしまう。

高嶺嬢は黙っていれば冷たい印象すら感じるクールビューティーなので、中身に似合わず色気を感じてしまう時がある。

その度に俺は何かに負けたかのような悔しさを感じるのだ。

隣のテーブルで人生ゲームをしていた従者ロボ達が、一旦手を止めて俺と高嶺嬢を身振り手振りで囃《はや》し立ててきた。

彼らは絶対に裏切らないと書いてあったくせに、俺に対しての敬意が足りてないと思うんだ。

そして周りが俺達を煽る中で、トップ独走の億万長者である美少女1号だけが、微動だにせず俺にプレッシャーをかけてくる。

隣の美少年3号が彼女の10000ドル札を10000ドルの債券に交換しても、美少女1号の視線が俺から外れる気配はない。

その様子に気が付いた美少年1号がアワアワし始めた。

「ねえねえぐんまちゃん、私、今日もたくさん敵を狩りましたよ。ぐんまちゃんの言った通り、ちゃんと頑張りましたよ！」

褒めてほしそうな高嶺嬢。

ヒューヒューと言ってそうな従者ロボ軍団。

美少年3号にアイアンクローをかます美少女1号。

アワアワしてるだけでクソの役にも立っていない美少年1号。

うん、誰か助けてくれ。

「おいこら、女怪。トモメ殿にくっつき過ぎでござる！　不埒でござる！」

とりあえず高嶺嬢を労《ねぎら》っていると、ようやく調理を終えた白影が料理を運んできた。

鍋敷きと共に両手に抱えた鍋からは、探索後の腹ペコさんには堪《たま》らないビーフシチューのような良い匂いが漂ってくる。

「しっしっ、もう夕食だしさっさとトモメ殿から離れるでござる！」

美味しそうな匂いに釣られたのか、高嶺嬢は珍しく白影の言う通り俺から離れて、テーブルに置かれた鍋の中身を覗き込む。

鍋の中には大きめの牛肉とベーコン、種々の野菜がビーフシチューのようなスープと一緒に煮込まれている。

具材の匂いに紛れながらも、トマトと微かなワインっぽい匂いがした。

わぁ、ビーフシチューだぁ！

「ブフ・ブルギニヨン、ブルゴーニュ地方の家庭料理ですね」

高嶺嬢が呪文みたいな料理名を教えてくれる。

よくそんなマイナーな料理名を知ってるね。

ビーフシチューで良くないですかー？

「拙者の生まれはノルマンディーなんでござるがね」

まずは無難に国民食を出してみたでござる、そう言って少しだけバツが悪そうな笑みを浮かべながらも、白影はキッチンとテーブルを往復してどんどん料理を並べていく。

チーズの乗ったコロッケ、殻付きのアサリみたいなのが混ぜ込まれたサラダ、ロブスターを焼いたやつ、フランスパン。

一人でこれだけの品数を作ってしまえるのは素直にすごい。

フランス料理と言えばコース料理を思い浮かべることしかできなかった俺にとって、温かみを感じるフランスの郷土料理はどれもが新鮮であった。

「カマンベールのコロッケ、コック貝のサラダ、オマールエビのロースト、バタールですか」

へー、そういう名前だったんだね。

知能2のくせに変なところで教養を見せつけてくる高嶺嬢。

お嬢様は伊達ではないという事か！

従者ロボはいつの間にか人生ゲームを片付けて、テーブルにスタンバっている。

俺と高嶺嬢を囃し立てていた彼らの視線はもはや俺達に向いておらず、目の前に並べられている料理しか眼中にないようだ。

こいつ等は機械のくせに結構食い意地がはっている。

「さあ、出来たでござるよ。誰かに振舞った経験は少ないでござるが……拙者の料理、どうぞご賞味あれ」

その言葉と共に、手早く食事の挨拶を済ませたロボ軍団が目の前のご馳走にがっついた。

白影はせっせと俺と高嶺嬢に料理を取り分けてくれる。

和食を主戦場とする高嶺嬢とは趣が違うものの、白影のフランス料理も高嶺嬢と同じくらい美味しいものだった。

これを食べたら明日もまた頑張れる、そんな感じの温かみのある味だ。

隣で料理の味付けや調理法などを細々と分析している高嶺嬢から意識を逸らしつつ、俺は白影の夕食を楽しんだ。

明日もたくさん頑張るぞい！

第二十三話　高速の三日間

高度魔法世界第二層を攻略し始めて2日目。

『ミッション【日本は今日も元気です】
資源チップを納品しましょう
鉄鉱石：150枚　食料：50枚　エネルギー：250枚　希少鉱石：150枚
非鉄鉱石：150枚　飼料：100枚　植物資源：100枚　貴金属鉱石：100枚
汎用資源：150枚
報酬：LJ－203大型旅客機　8機
依頼主：日本国経済産業大臣　鈴木市太郎
コメント：日経平均株価、戦後初の40000円台突破！』

『ミッション【国内安定のために】
資源チップを納品しましょう
鉄鉱石：50枚　食料：50枚　エネルギー：60枚　希少鉱石：25枚
非鉄鉱石：50枚　飼料：50枚　植物資源：50枚　貴金属鉱石：20枚
汎用資源：25枚
報酬：エアバスA－620大型旅客機　2機
依頼主：フランス共和国32代大統領フランソワ・メスメル
コメント：ようやく暴動が治まりました　デモはまだ残ってます』

「さー、今日も元気に皆殺しですよー！」

「丸焼きでござる！」

絶好調な日本経済、沈静化を見せるフランスの治安。

両国の期待と命運を一身に背負った俺達は、今日も元気にエルフ祭りじゃあぁぁぁぁぁ！

この日、高嶺嬢が要塞の前線司令部を２つ潰して魔石を１５００個回収。

俺と白影のコンビは要塞の主要動力源を１つ潰して魔石を３５０個回収した。

地下に隠れている部分が広すぎて未だに全体像を把握できてはいないが、たぶん、要塞の１割は制圧しちゃった感じがする。

俺は従者ロボと協力して、要塞のコンクリート壁や床スラブを斫《はつ》って内部にＣ４爆薬を埋設していく。

役に立つかは分からないが、これはもはや趣味だね。

「今日の夕御飯は天麩羅《てんぷら》と御饂飩《おうどん》ですよー」

「おぉ、麺類はしばらく振りだから楽しみだな」

「……くっ」


高度魔法世界第二層を攻略し始めて３日目。

『ミッション【絶対無敵・日本経済】
資源チップを納品しましょう
鉄鉱石：１５０枚　食料：50枚　エネルギー：２５０枚　希少鉱石：１５０枚
非鉄鉱石：１５０枚　飼料：１００枚　植物資源：１００枚　貴金属鉱石：１００枚
汎用資源：１５０枚
報酬：ＬＪ－２０３大型旅客機　８機
依頼主：日本国厚生労働大臣　田中正栄
コメント：グンマミクスのお陰で失業率が１％台になったよ』

『ミッション【国内への物資補給】
資源チップを納品しましょう
鉄鉱石：50枚　食料：50枚　エネルギー：60枚　希少鉱石：25枚
非鉄鉱石：50枚　飼料：50枚　植物資源：50枚　貴金属鉱石：20枚
汎用資源：25枚
報酬：エアバスＡ－６２０大型旅客機　２機
依頼主：フランス共和国32代大統領フランソワ・メスメル
コメント：デモが鎮静化を見せています　首の皮一枚つながりました』

「ヘイヘーイ、エルフと獣人共がわらわらと湧いてきましたよー！」

「飛んで火に入る夏の蟲でござるなぁ！」

3日目にして敵は俺達の脅威度を正しく認識したのか、俺達のダンジョン入りと共にサイレンが鳴って、要塞のコンクリート壁に敵兵達がズラリと並ぶ。

俺達が入り口付近のセーフゾーンから出た途端、高度魔法世界謹製の魔道兵器の嵐が襲ってくるだろう。

「まあ、開幕ブッパは基本だけどな」

そんな不安は昨日のうちに俺が仕掛けておいたC4爆薬の爆破と共に消し飛ばす。

吹き飛ぶコンクリート、壁のように視界を覆う爆炎、空を埋め尽くす勢いの黒煙。

いやぁ、開幕ブッパって素敵ね！

「ひゃぁ、これがぐんまちゃんの十八番、汚い花火ですねー！」

「拙者のカトンジツと系統が似ているでござるなぁ。……これも運命という奴でござろうか？」

うっとりと妄想を繰り広げながら俺に寄り掛かる白影。

無邪気な笑顔で開幕ブッパを見ていた高嶺嬢の表情が、俺達を見てあからさまに固まった。

「……へイへーイ」

この日は狂った笑顔の高嶺嬢が、要塞の地上火砲群を駐屯兵力ごと全て叩き切り、魔石を2800個回収。

俺と白影のコンビはカトンジツで2つの区画を蒸し焼きにした。

熱がなかなか冷えないので、魔石の回収は明日に回す。

今日で要塞の4割は死滅したことだろう。

「今夜の夕食は拙者の故郷、ノルマンディーの郷土料理でござる！　愛情たっぷりの美味しい海鮮料理をご賞味あれ！」
「おぉ、フランスの海鮮料理は和食とは全然味付け違うから毎回楽しみなんだよ」
「…………へいへぇい」

高度魔法世界第二層を攻略し始めて４日目。

『ミッション【明るい未来のために】
資源チップを納品しましょう
鉄鉱石：１５０枚　食料：50枚　エネルギー：２５０枚　希少鉱石：１５０枚
非鉄鉱石：１５０枚　飼料：１００枚　植物資源：１００枚　貴金属鉱石：１００枚
汎用資源：１５０枚
報酬：ＬＪ－２０３大型旅客機　８機
依頼主：日本国文部科学大臣　小泉貫太郎
コメント：今年の大卒者、高卒者の就職率、今の時点で97％を達成！　１００％も夢ではない！』

『ミッション【パンと明かりと仕事を】

資源チップを納品しましょう
鉄鉱石：50枚　食料：１００枚　エネルギー：60枚　希少鉱石：25枚
非鉄鉱石：50枚　飼料：１００枚　植物資源：50枚　貴金属鉱石：20枚
汎用資源：25枚
報酬：エアバスA－６２０大型旅客機　２機
依頼主：フランス共和国32代大統領フランソワ・メスメル
コメント：なんでデモって無くならないんでしょうね？　おかしいなぁ？』

「へイへーイ、エルフと獣人共が私達の姿を見て逃げていきますよー」

「むむ、敵前逃亡は殺処分でござるよ！」

要塞に侵攻して4日目になって、敵から逃亡兵が出始めたようだ。

いや、あれは俺達が来たことを確認しただけだろうか？

どちらにせよ、用心するに越したことはなさそうだ。

今日は別れずに、一緒に攻略を進めるか。

「嫌な予感がしないでもない。今日は高嶺嬢も俺達と一緒に探索しよう」

「良いですね！　やっぱり戦ってる最中にぐんまちゃんの気配を感じないのは、不安だったんですよー！」

「そうでござろうか？　警戒のし過ぎだと思うでござるよぉ。別々に探索した方が効率的でござる！」

正反対の反応を見せる二人。

従者ロボは新たにダンジョンへとやってきた他国の探索者を、有無を言わせぬ無言の威圧で追い返している。

おいおい、さりげなく国際問題を振り撒かないでくれ。

俺は全力で見なかったことにした。

知らなかったんですぅ。

扉の前にたまたま無人兵器を置いていただけですぅ。

勝手に他国の人が無人兵器にビビって帰っちゃっただけなんですぅ。

「納得いかないでござる！　トモメ殿、再考の願いを上奏致す！」

「へイへーイ、無駄な足掻きは止めなさーい！」

「よーし、今日は俺頑張っちゃうぞー」

第二十四話　ガンニョムオタのアイデンティティー喪失

高度魔法世界第二層攻略を始めて5日目。

流石に5日目ともなると、スタート地点から見える景色も随分と様変わりしてくる。

侵略者を圧迫するコンクリートの壁は、度重なる爆撃と爆破によって基礎すら破壊し尽くされていた。

数えるのすら億劫《おっくう》になるほどの砲塔・機銃群は、内部の魔石を採るために解体されているのは良い方で、跡形もなくクレーターを形成しているものも珍しくない。

本来ならば地面の下にその身を隠している要塞本体も、地盤ごと抉り取られて各所にその身を晒《さら》している。

高度魔法世界が用意した巨大要塞は、端的に言うと5日目にして死に体だった。

今までの4日間で魔石を7000個以上集めているし、俺達の姿が見えても敵兵に動きが見られないことから、要塞機能の大部分は消失したとみて良いだろう。

威容を誇った巨大な近代要塞を、3人と10体がたった4日間で更地に変えた光景は、我がことながら良くやったと思うよ。

いや、本当に。

4日間の努力の結晶を眺めながらも、俺は装備の確認を怠《おこた》らない。

軍靴の靴紐は緩んでないし、戦闘服に解《ほつ》れもなければ、装甲服にはちゃんと装甲板が適正な位置に収められている。

主武装の26式5・7㎜短機関銃と副兵装の27式5・7㎜拳銃は昨日のうちに整備され、試射も先程済ませた。

魔石を取り出すためのサバイバルナイフ、38式単分子振動型多用途銃剣は、予備も含めて2本携帯している。

手榴弾は破砕型の他にスタン、スモークを2個ずつ持ってるし、ポーションだって耐衝撃ケースに8本収納してある。

うん、完璧だね！

「ぐんまちゃん、何か嫌な予感がします」

唐突に、高嶺嬢が昨日の俺と同じようなことを言い出した。

俺を見つめるその瞳は、不安というよりも、自分の考えていることが上手く言い表せないもどかしさを映している。

「そう言って今日も一緒に探索をするつもりか、女怪？　あまり私情を挟むのは感心せんぞ、と言いたいところだが……トモメ殿、今回ばかりは拙者も何か不快な感覚がするでござる」

高嶺嬢にサラリと喧嘩《けんか》を売りつつ、白影も高嶺嬢と同じ意見のようだ。

日仏が誇る直感と超感覚コンビの意見が合ったという事は、おそらく今日に何かが起こるのだろう。

いや、確実に何かあるはずだ。

むしろ、ここまでフラグを立てておいて何もなかったら、そちらの方が大事件だよ！

「うーん、そこまで言うなら今日のところは地下への入り口にカトンジツを流し込むだけにしておこうか。本格的な探索は、適当な他国の探索者が当て馬代わりに突入するのを見届けてからだな」

無人機は狭い要塞内部だと相性が悪いし、防爆扉を閉められていたら、それ以上先に進むことはできない。

だからと言って代えの利かない従者ロボを偵察に出すのはあまりにもリスクが大きすぎる。

高嶺嬢と白影は論外だ。

失った瞬間、戦力的には勿論だが、政治的にも非常にリスクが大きい。

だったら、日本とも俺とも関係のない他国民に突撃させるのが、一番リスクが小さいだろう。

俺達が何かするまでもなく、彼らは魔石や戦利品を求めて要塞に突入していくのだ。

普段は俺達の戦いに巻き込まれないため、遠巻きに見ざるをえなかった他国の探索者達にとって、俺達が邪魔することのない陥落間際の要塞は喉から手が出るほど欲しい獲物に違いない。

自分達の手を汚さずに、他国に鉄砲玉をやらせる……いいね！

これこそ第三次世界大戦によって死に体の近隣諸国を蹂躙し、地域覇権国家として西太平洋に君臨している日本のあるべき姿じゃあないか!!

ふへへへ、吹けば飛ぶような中小国家は、日本の鉄砲玉がお似合いなんだよぉぉぉぉぉ！！！

「いいですね！」

「いいでござっ……良いのでござろうか？」

おつむが虫けら並みの高嶺嬢はあっさり同意したが、常人並みの知能を持つ白影は、自分達がやろうとしている行為に疑問を持ちやがった。

なんだかんだ日本かぶれで妄想癖があって執念深いこと以外は真面目な娘だ。

外道になり切れないのも仕方がない。

「ううむ、高度な政治的判断は拙者には難しいでござるぅ」

と思いきや、心中の葛藤に早々と見切りをつけやがった。

この娘は意外と生きるのが上手いタイプなのかもしれないな！

「当てう……他国の探索者が突入するのはいつになるのか分からないし、ここはお茶でも飲みながらゆっくり――」

俺がそこまで言いかけた時、突然、大地が揺れだした。

「キャッ、な、何なのぉ!?」

「おっ、地震ですね」

白影は驚いて俺にしがみつき、高嶺嬢は地震に慣れた日本人らしくのんびりと揺れが収まるのを待っている。

体感的に震度4か5といったところか。

立っている分には問題ないが、歩くには少々難儀する感じだ。

「ト、トモメェ……」

フランス生まれの白影は地震に慣れていないのだろう。

もしかしたら初体験なのかもしれない。

恐怖に震えて涙目で俺を見上げてくる彼女を、とりあえずいつもの如くあやしておく。

「よーしよし、よーしよし」

「ちょっと、黒いのー？　ぐんまちゃんに抱き着き過ぎですよー！」

白影の状況に気づいた高嶺嬢が、無理やり彼女を俺から引き剥がそうとする。

止めてやれよぉ。

こんな時くらいは許してやれよぉぉ。

そんなことをしている間に揺れはどんどん大きくなり、地震に慣れている俺でも流石に立っているのが難しくなってきた。

高嶺嬢は動かざること山の如く抜群の安定感を見せていた。

要塞の方を見れば大地に巨大な地割れが幾つも発生しており、明らかに何かが地中から飛び出てきそうな雰囲気だ。

「高嶺嬢と従者ロボ！　すぐに信管付きのＣ４を地面の割れ目に投げ込むんだ!!」

空気の読める俺はすぐさま指示を出す。

激しい揺れの中だが高嶺嬢と従者ロボ達は持てる限りのＣ４爆薬を持ってスタート地点の外に行き、地割れの中心部にＣ４爆薬を投げ込み始める。

これで何事も無かったら、いたずらに爆薬を失ったことになるが、その時はその時だ。

ここまで派手に演出しておいて、何も出さないとか、そっちの方が大問題だろう。

しばらくすると、案の定、地割れの中心から巨大な黒い物体が、大地を割りながらその姿を晒した。

見上げるほどの巨体は黒光りする装甲で全身を包んでいる。

太い四肢は力強さに溢《あふ》れており、頭部の赤い単眼がキラリと光って自己主張している。

巨体に見合った大きさのトマホークを構えるその姿、正しくガンニョムだった。

「こっちの方が強そうだな」

「リック、涙目でござるぅ」

「大きな案山子ですねー」

俺達のボス戦が始まった！

第二十五話　唐突な必殺技

大地の揺れと共に、巨大な地下要塞から出現したガンニョム。

全高20mの巨人は、俺達を静かに睥睨《へいげい》する。

黒光りする頑強な装甲に身を包み、巨大なトマホークを構えるその姿は、御伽噺《おとぎばなし》の巨人のように現実離れした光景だ。

自分達とは存在の格が明らかに異なる存在。

見る者の抗う心を圧し折り、ただ畏怖のみを叩きつけるその存在感を周囲に振り撒いている。

科学とは違う、魔法という異なる技術体系が創りだした軍事技術の到達点。

その一つが、俺達の前に立ちはだかっていた。

「とりあえず、爆破しとくか」

俺はタブレットを操作して、予《あらかじ》めガンニョムの出現地点に投げておいたC４爆薬の遠隔爆破アプリを起動する。

開幕ブッパは男のロマンだよね！

画面の起爆ボタンをタッチ。

瞬間、轟音と共にガンニョムの下半身が赤黒い爆炎に呑み込まれた。

爆破の衝撃により陥没する大地。

せっかく地面を割って出てきたのに、地下へ逆戻りするガンニョム。

濛々と上がる黒煙は、心なしか絶望しているようなガンニョムを易々と覆い隠した。

「うひゃぁ、このダンジョンに来てから、ぐんまちゃんの花火が何度も見れて、流石に気分が高まります！」

「これがOMOMUKIというやつなのでござろうか……　風流でござるなぁ」

方向性は違うものの、イカレ具合は同等の感想を述べる二人。

高嶺嬢と白影は、刀一本で戦う超前衛職と範囲攻撃がデフォルトの火炎放射器という関係上、共闘するには相性が悪い。

どちらかを突っ込ませたら、片方は支援に徹する必要があるだろう。

敵はガンニョムで、当たり前だが素材は金属。

白影の火力でも熔《と》かしきることは可能だが、如何せんあれほどの巨体では時間がかかりすぎる。

基本的に彼女は有機物相手には無類の強さを発揮するものの、金属相手には相性が良くない。

一方高嶺嬢はなんか良く分かんないけど常に斬鉄剣を繰り出すうえに、チートスキルで相手の耐久をガン無視する俺ｔｕｅｅｅの権化。

彼女ならガンニョム相手でも、ちょっと大きな案山子《かかし》と変わらないだろう。

「よし、高嶺嬢、突撃だ。白影は火力を絞ったカトンジツで高嶺嬢を援護してやってくれ」

「ヘイヘーイ、案山子斬りの時間ですよー」

「拙者、忍び故に主君の命令は絶対であるからな。仕方ないでござるな、忍び故に」

解き放たれたサイコキラーのように駆け出していく高嶺嬢。

それを自己陶酔しながら渋々と追いかける白影。

下半身が地面にスッポリ嵌《はま》ったガンニョム。

なんだろう、勝負は既に見えている気がする……

何とか地面から抜け出そうとするガンニョムだが、自身に急接近する高嶺嬢を発見するや否や、間髪を容れずにトマホークを叩きつけた。

巨大な金属塊による大質量攻撃は、容易く地盤を割って大地ごと敵を粉砕する。

舞い上がった大量の砂埃《すなぼこり》により、高嶺嬢と白影の姿は見えない。

普通なら彼女達の生存は絶望的だろう。

地中貫通爆弾《バンカーバスター》のような一撃を至近距離で食らって、無事な生命体なんて存在するはずがない。

しかし、不思議なことだが、俺は微塵《みじん》も彼女達の生存を疑わなかった。

あの程度の攻撃で、彼女たちが死ぬはずがない。

俺の心中で、そんな確信があったのだ。

俺は彼女達の化物ぶりを知っている。

笑いながら敵を燃やし、嗤いながら敵を斬り飛ばす、彼女達を知っているのだ。

そして、俺の信頼は、ガンニョムの上半身を丸ごと呑み込んだ巨大な業火によって証明された。

地獄の窯から漏れ出たかのような業火は、ガンニョムだけに飽き足らず、その背後に存在していたありとあらゆる物体を呑み込む。

視界一面に広がる赤黒い炎。

その炎を見て、金髪蒼眼の少女の顔が、唐突に思い浮かんだ。

数十秒続いた業火が消えると、そこに存在していたのは醜悪な融けかけの蝋人形《ろうにんぎょう》。

後ろに広がる大地は赤熱した溶岩地帯と化しており、赤黒い光で空間を満たしている。

地獄絵図とは、正にこのことだろうか。

砂埃はとっくに吹き飛ばされており、純白の高嶺嬢と、漆黒の白影が傷一つない姿を現す。

今日はゴアモードにはまだ突入していないはずなのに、煮え滾《たぎ》る溶岩の光に照らされて、朱く染まる高嶺嬢。

その姿はもはや人とも思えない。

鬼人という言葉が何よりも似合っていた。


『ガアアァァァァァァァァァァァァァァァァ』


突然、ガンニョムから荒れ狂う獣の如き雄叫びが上がる。

驚いたことに、ガンニョムはまだ死んでいなかった。

不気味な音を響かせながら、不格好な両手を組み合わせて高々と掲げる。


『アッ！　アッ！　アッ！　アッ！　アッ！』


こちらの心臓を握りつぶすかのような強烈な殺意が、周囲に撒《ま》き散らされる。

あの両拳が叩きつけられた瞬間、今度こそ、間違いなく、その場にいる生物は生存を許されない。

しかし、高嶺嬢は、その場を動かず、ただ刀を静かに構えている。

あの頭のおかしい娘は、高々刃渡り１ｍほどの棒切れで一体、何を考えているのか⁉

「おい、お前ら！　何をしているんだ⁉　さっさと退避しろ‼」

『アアアアアアアアアアアアアアアアアアアアアアアアアアアアアアアアアアア！！！』

掲げられた両拳が、満身の殺意を籠めて、振り下ろされる。

未だ、動くことのない高嶺嬢。

白影までもが、カトンジツの反動なのか、膝をついている。

俺の脳裏によぎる政治的大失態の六文字。

いやいや、ちょっと待て！

ここに来てそれは非常に不味い。

ダンジョン探索の難易度がルナティックを超越するし、たとえ勝てても社会的に殺されかねない!!

お願い、待ってぇぇぇぇぇぇぇ！！！

「イヤァアアアアアアアア!?」

「天之時《てんのとき》　地之利《ちのり》　人之和《ひとのわ》　是則《これすなわち》　一之太刀《いちのたち》」

俺の魂からの叫びは、両拳ごと真っ二つに両断された哀れな巨人の姿によって、応えられた。

………………えっ？

なにあれ？

突然の出来事に俺の頭が付いていかない。

今まで戦闘能力はおかしかったけれど、一振りで鎌鼬《かまいたち》を作ったり、刀からビームを飛ばしたりと

いった物理法則的に無理のある攻撃は行わなかった高嶺嬢。

ここにきて、俺の物理法則への信頼が急速に崩れ始める。

「ふぅ、久しぶりに大興奮したので、ついつい必殺技が出ちゃいましたよー」

えっ、高嶺嬢って、必殺技持ってるの？

何の脈絡もなく発覚した衝撃の新事実に、俺は震えた。

そして俺の中の常識に、ファンタジーが混じりだした。

へー、人間って必殺技出せたんだー！

すげー!!

第二十六話　主人公、女を酔わせて責任を取る

「えっ、なに？　さっきのなに？　なんなのあれ」

未だに混乱から立ち直れない俺は、殺りきった感を醸し出している高嶺嬢の肩を揺さぶりながら問いただす。

天之時がうんたらかんたら、と言った途端、殺意剥き出しのガンニョムがものの見事に両断されていたのだ。

彼女の出鱈目《でたらめ》加減には慣れてしまったが、流石に今回ばかりはどうやっても納得できない。

そもそも刃渡り１ｍほどの刀で、巨大なガンニョムを一太刀で真っ二つに出来る訳がない！

物理的に!!

もう、何なの君⁉　ビームとか撃っちゃうの！！？

「ひゃわぁ、や、止めてくださいぃ、ぐんまちゃぁぁんぅぅ」

無抵抗で揺さぶられる高嶺嬢。

俺の腕をタップすることもせず、どうやら結構疲れているようだ。

その様子に心中の動揺が罪悪感に早変わり！

客観的に見て、一回り以上小柄な少女をガックンガックン揺さぶる男ってどうよ？

「ごめん、それで、あれって何なの？」

動揺が収まったからといって、頭を埋め尽くす疑問が解消されることは無い。

是非とも物理法則を完全に無視したあの攻撃について、詳細な説明を求めたいところだ。

「うぅぅ、ぐんまちゃんに酔わされちゃいましたよぉ……責任取ってくださぁいぃぃ」

高嶺嬢は俺の揺さぶり攻撃が致命的だったらしく、生まれたての小鹿のようにぷるぷる震えながら、俺に体を預けてくる。

数千体のモンスターを容易に蹂躙した彼女が、たかだか刀の一振りでここまで消耗するなんて……。

傍目《はため》からは、凄い速さで刀を振り抜いただけに見えたが、意外と体力を消耗するのかもしれない。

「分かった分かった。それは良いから、天之時うんぬんについて、説明してくれ」

「…………ふふふ。『天之時《てんのとき》　地之利《ちのり》　人之和《ひとのわ》　是則《これすなわち》　一之太刀《いちのたち》』のことですね。実家の蔵《くら》にあった巻物を読んだら、なんとなく出来ちゃった私の必殺技ですよ！」

いきなり元気になった高嶺嬢が、サラッと説明してくれる。

へー、なんとなくで必殺技って使えるようになるんだなー。

まあ、習得した経緯は置いておく。

『一之太刀《いちのたち》』と言えば、確か大昔の剣聖、塚原卜伝の奥義だったはずだ。

昔とは言え、日本であんな超必殺技が罷《まか》り通っていたとは考えたくないが、彼女が習得した必殺技は、おそらくその一之太刀ではないだろうか。

まあ、本家はあんなとんでも剣な訳ないだろうが。

それにしても、元気になったなら、いつまでも俺にしがみつかないでほしいんだが。

揺さぶっていた手前、離れろとは言えないし……

しかし、何気に重いので、いい加減離れてほしいなぁ。

いや、華奢で軽い方だとは思うんだけど、人並み程度の俺の力では、結構疲れるんだよね！

「トモメ殿！　白いのばかり狡《ずる》いでござる！　拙者も頑張ったのに……拙者の方が派手だったのに!!」

丁度良いタイミングで、膝をついていた白影が復活を遂げた。

確かに彼女は良く頑張ったよ。

その後の高嶺嬢の必殺技がインパクト強すぎて霞《かす》んでしまった感はあるものの、本来なら彼女が見せたカトンジツは、驚嘆して然《しか》るべきものだった。

白影のカトンジツに晒されたガンニョム以降の大地は、未だに赤熱しており、正直言うと洒落にならないくらい暑い。

ガンニョムの魔石なども回収しておきたいが、この熱ではしばらく様子見だろう。

ある程度熱が冷えて、ドロドロに融解している地盤が固まったら、従者ロボに採ってきてもらうか。

「離れるでござるぅ！　トモメ殿から離れるでござるぅぅぅ！　拙者も褒めるでござるぅぅぅぅぅぅ!!」

白影が高嶺嬢を引き剥がそうとするも、高嶺嬢は俺の体に顔を押し付けてイヤイヤと首を振るだけだ。

微塵も離れる様子はなく、筋力32の強烈な締め付けで、装甲服の装甲板がミシミシと嫌な音を立てだした。

ヤバイ、ヤバいぞ、ヤバすぎる!!

「白影も良くやったな。あのカトンジツは凄かった……本当に。カトンジツというか、完全に火砕流とか災害レベルのナニカだったたな」

視界一面が赤黒い業火で埋め尽くされた光景は、自分に向いていないと分かっていても、恐怖を感じざるを得ないものだった。

おそらく反応兵器を除けば、人類が行使可能な最も威力のある攻撃なのではないだろうか。

「むふふ、そこまで褒められると、照れちゃうでござるよぉ。拙者の忠義の炎も燃え上がるでござるぅ」

忠義の炎って何だろう？

まあ、いつもの妄想だろう。

俺は擦り寄ってくる白影を、わざと高嶺嬢とくっつくように寄せる。

毒には毒を以て制するのが一番だと思うんだ！

「おい、白いの、拙者の番でござる」

白影が高嶺嬢を押しのけようとするも、万力のような力で固定している高嶺嬢はビクともしない。

「お主はもう良いでござろう。そろそろ拙者に譲るでござる！」

無理やり退かそうとする白影に、高嶺嬢は俺の胸に顔を押し付け、無言をもって答えとする。

急激に悪化の一途を辿《たど》る白影の機嫌。

宝石のように綺麗な蒼い瞳は完全に据わっており、今にもカトンジツ、と叫びそうだ。

流石にやらないとは思うが、この女ならば殺りかねない、と心のどこかで思ってしまう自分がいる。

やばい、これはやばいぞー。

こんな至近距離でやられては、高嶺嬢は大丈夫だと思うけど、俺は間違いなく焼死体になるだろう。

それは不味い。

階層制覇直後に仲間割れで死亡とか、あまりにもアホすぎる。

そうこうしているうちに、白影がニンニンポーズを構えやがった！

クソ、こうなったら俺にできることは……

「よーしよしよし！　よーしよしよし！」

この後、白影を撫でまくる俺の右手は、小1時間ほど火を噴くこととなった。

なお、ガンニョムの魔石と、蒸し焼き状態の地下要塞に保管されていた魔石は、俺が彼女達を宥《なだ》めている間に、従者ロボが回収しました！

第二十七話　ヤバい女の内面

「うひゃぁ、このダンジョンに来てから、ぐんまちゃんの花火が何度も見れて、流石に気分が高まります！」

敵である鋼の巨人が爆炎に下半身を呑み込まれる光景に、女怪が喧《やかま》しい歓声を上げる。

東洋人であるはずなのに、陶器のように白く滑らかな肌を薄っすらと紅潮させているのは、決して炎が照らしているだけではないだろう。

忌々しい。

気を抜けば、私でさえ見惚れかねない美貌の女が、あの人に特別な感情を抱いていることに、何よりも腹が立つ。

「これがＯＭＯＭＵＫＩというやつなのでござろうか……　風流でござるなぁ」

本当はＯＭＯＭＵＫＩなんてフランス人である私には高等過ぎて分からないし、ギリギリ理解できる風流も、きっと脳内で多分に補正がかかっていると思う。

とりあえず日本っぽいことを言って、あの人の気を引きたい。

なんて浅ましさ。

思わず頭巾の下で、口を歪ませる。

あの人を横目で見れば、私や女怪に視線を向けることなく、崩れ落ちた巨人を静かに見据えていた。

きっと次の手を考えているんだろうか。

私達の言葉よりも、あんな鉄の塊に、あの人の意識が注がれていることに、どうしようもないほど嫉妬してしまう。

あの人の視線を私に向けたい。

あの人に私のことを考えてほしい。

お願いだから、こっちを向いてよ。

もっと私を見てよ。

私以外のことなんか、考えないでよ。

嫉妬と独占欲と支配欲が、私の中で渦巻く。

どこからか湧きだした黒が私を蝕《むしば》んでいく。

視界が徐々に狭くなる。

あの人だけしか、見えなくなる。

あの人が欲しい。

理由なんて分からない。

あの人に私を見てもらいたい。

あの人の中で、私以外なんかいらない。

黒い……　黒い、黒い、黒い、どこまでも黒い漆黒が、私を包み込む。

影。

私は、影。

誰の？
私は影。
あの人。
そう、あの人の。
あの人の、影。

「よし、高嶺嬢、突撃だ。白影は火力を絞ったカトンジツで、高嶺嬢を援護してやってくれ」

黒が白になる。
世界が色づき、白い光に満ちていく。
カトンジツ、私の炎。
どこまでも赤く、熱い、私だけの、炎。
あの人のために、燃え上がる、私だけの炎。
「ヘイヘーイ、案山子斬りの時間ですよー」
雑音が煩《うるさ》い。
でも、私は女怪を助けよう。
だって、それがあの人の望みだもん。
私は炎。
私は影。

あの人の影であり、あの人だけに燃え上がる炎。
「拙者、忍び故に主君の命令は絶対であるからな」
影に意思なんてない。
ただ、あの人に憑《つ》いていくだけ。
どこまでも、ずっと、ずっと、ずっと。
「仕方ないでござるな、忍び故に」
ずっと、ずっと、ずっと。
燃え上がれ。
どこまでも、どこまでも。
あの人だけの、私の炎。
いつの間にか、目の前に広がる巨人。
上半身だけが地面から飛び出ている、哀れな巨人。
惨《みじ》めにもがき、抗おうとする、あの人の敵。
巨人が赤い単眼を、私に向ける。
感じる敵意。
地面から抜け出そうとしていた両腕を振り上げた。
その手に持つのは、大きな黒い斧。
大振りに振り上げられた斧は、強い殺意と共に振り下ろされる。
このままでは、私はあの人の願いに応えられない。

でも、大丈夫。

だって、とっても遅いんだもん。

斧が叩きつけられて、大地が弾け飛ぶのを真下に眺める。

蔓延《まんえん》する砂埃《すなぼこり》は、宙を飛ぶ私の姿のみならず、忌々しい女怪も覆っていて、あれの姿が見当たらない。

このままいなくなれば良いのに。

そう思う気持ち。

あの女怪が、この程度でいなくなるわけがない。

そう断じる理性。

地面に降り立っても、視界は一面が砂で覆われている。

でも、敵の位置は分かった。

なんとなく、敵が息を吞《の》む気配がするのだ。

たぶん、すぐに次の攻撃が来るのかな。

でも、大丈夫。

だって、とっても遅いんだもん。

息を深く、深く、どこまでも深く吸う。

顔の下半分を覆う頭巾越しで、砂埃も立ち込める中、とても吸いにくいんだけど。

でも、沢山吸う。

両手を組み合わせて印を作る。

あの人に教えてもらった、私とあの人の、印。
右手があの人で、左手が私。
絡《から》み合って、印を作る。
私を思うあの人を感じる。
あの人が、私を思ってる。
あの人が……
私を、想ってるんだ！
応えなきゃ。
私を想うあの人に、応えなきゃ。
届け。
届け、届け、届け……
どこまでも！
どこまでも、届け、私の、この想い‼
私の、燃え上がる、炎！！！
想いの爆発。
燃え上がった炎、あらゆる業を燃やし尽くす地獄の業火。
燃えろ、燃えろ、燃えてしまえ！
広がれ、ずっと遠くへ、どこまでも‼
燃える、燃える、私の炎！

あの人だけの!!

私の炎！！！

刻みつけろ、私の想い!!!!


どれだけ時間がたったんだろう。

気づけば炎は消えて、目の前に広がる全てが赤く燃え上がっていた。

「——やるじゃないですか、黒いの」

隣に立つ白いの。

赤く、紅く、朱く照らされた、白いの。

その姿は、恐ろしいほどの艶やかさに満ちていた。

人外の如き美貌を歪める、白いの。


『ガアアアアアアアアアアアアアアアアアア』


荒れ狂う獣の如き雄叫びも、私と白いのには、届かない。

「…………少しだけ……負け、た、と、想い、ました」

膝をつく私。

前を向く白いの。

どちらの視線も、相手を向くことは無い。

「でも、負けません。絶対に、負けません。私は、負けません」

『アッ！　アッ！　アッ！　アッ！　アッ！』


煩い。

煩い、煩い、煩い、煩い煩い煩い煩い煩い煩い煩い煩い煩い煩い煩い煩い煩い煩い煩い煩い煩い
煩い。

煩い!!

「私は、彼の前では、負けられない」

煩い！！！


「おい、お前ら！　何をしているんだ!?　さっさと退避しろ!!」


あ、あの人の声。

逃げなきゃ。

体に力を籠めようとするが、地面に堕ちた私の身体は、ピクリとも動かない。

『アアアアアアアアアアアアアアアアアアアアアアアアアアアアアアアア！！！』
見上げると、朱い両拳が、満身の殺意を籠めて、振り下ろされようとしている。
だめ。
このままだと、あの人に会えなくなる。
それは、だめ。
絶対に、許されない。
赦《ゆる》せない。
「イヤァァァァァァァァァ⁉」
黒くなる。
私の全てが、黒に沈む。
何でも良い。
今は、あの人のそばに行きたい。
他は、何でも良い。
全てが、漆黒になる。
「天之時《てんのとき》」
漆黒が、黒になる。

「地之利《ちのり》」

視界から、黒が抜ける。

「人之和《ひとのわ》」

体から、黒がなくなる。

「是則《これすなわち》」

目の前に立つ、純白の外套。

黒とは違う、白。

「一之太刀《いちのたち》」

全ての絶望が、漆黒が、黒が、影が……　斬られた。

私は、負けた。

少しだけ、そう、思った。

「これで、勝ったと思わないでください」

これで、勝ったと、思うなよ。

高度魔法世界　第二層　古代要塞マジーノ線
日本　フランス共和国　　　攻略完了

第二十八話　人類同盟の会合

末期世界第二層
背丈の低い雑草が疎《まば》らに生える荒涼とした大地。

本来在るはずがない黒鉄の巨鯨が、１７１ｍの巨体を大地に横たえていた。

人類同盟が擁する戦略ミサイル原子力潜水艦コロンビア級、アメリカ海軍が２０３５年に就役させた世界最大の潜水艦。

その士官会議室にて、10人の男女が集まっていた。

「天使達との戦況は完全に膠着している。空を飛ぶ奴らに対して、俺達の持つ対空兵器では決定打を与えることはできない」

アメリカの探索者である大柄な青年が発言するものの、そんなことはここにいる者なら既に理解していることだ。

彼自身も話の内容を周知する意図はなく、改めて問題を提起しただけである。

「そうだな、そしてこの状況はオイラ達にとっちゃあ良いもんじゃない」

そう答えたのは、純白の軍装を纏った黒人の青年。

「オイラの兵士はもう１割が死傷して使いもんにならん。階層クリアしないことには、兵士の補給はできないし、このまま何も考えないで戦ってたらジリ貧だ」

そう言って黒人の青年、リベリア共和国の探索者アルフレッド・モーガンは、削られていく自身の戦力に歯噛みする。

彼の保有する特典、戦略原潜コロンビア級は、ダンジョンのフィールドが陸地しか存在しない現状、決して強力な特典ではない。

搭載している弾道弾トライデントミサイルも、威力が大きすぎて発射してしまえば自身も退避する間もなく巻き込まれてしまう。

「戦うにしろ、退却するにしろ、そろそろ何らかの策を考えなきゃなあ」

攻略が遅々として進んでいないのにも拘らず、頼みの綱である２隻の乗員３１０名は既に１割が死傷している以上、彼の脳内に退却の二文字が浮かぶのも無理はない。

人類同盟と銘打《めいう》っておきながらも、その実、先進国間の利権調整組織でしかない同盟。

アルフレッドにとって、人類同盟とは決して絶対の存在ではない。

個人的にも、政治的にも、他に身を寄せることのできる列強が存在するならば、そちらに移ることへ嫌悪感はなかった。

「それを今、考えているんだろうが！　お前に言われなくても、そんなことは百も承知だ」

アメリカの探索者が分を弁《わきま》えない底辺国家の言葉に苛立ちを見せる。

本来ならば、地球人類の最大組織たる人類同盟の幹部会合に出席することが許されない発展途上の小国。

会合の末席においてやることすら許しがたいのに、剰《あまつさ》え品のない言葉を長々と吐き出すなど、恥知らずにもほどがある。

「リベリアの探索者、同盟へのあなたの献身は分かっているわ。だけど、有効な対策を出せないのなら、会議の進行を妨《さまた》げる発言は慎《つつし》んでほしいの」

イギリスの探索者である赤毛の女性が、アルフレッドにフォローを入れるものの、結局言っていることはアメリカ人と同じだった。

アルフレッドはやれやれと肩をすくめて少しだけ身を引いた。

その仕草は周囲に苛立ちを募らせはしたが、それで場が荒れるほどではない。

人類同盟の指導者、形式的にはそうなっているドイツ連邦共和国の探索者エデルトルート。

たった10名の会合ですら円滑に協力できない有様に、彼女は内心溜息をつく。

「仲間割れは止めんか！　今は空を飛び回る天使共を如何に叩き落とすかだけを考えろ!!」

エデルトルートの一喝で、熱くなり始めた場が一旦冷やされる。

しかし、今度は誰も発言しない。

空を自在に飛び回り、火の玉や氷の塊、電気の槍など、摩訶不思議な攻撃を行う数千のヒト型生物なんて、少し前まで一般人だった彼らには、明らかに手に余る存在だった。

財政的余裕のある国家が戦闘機や戦闘ヘリ、ＵＡＶによる撃破を試みても、数千体の航空戦力相手では余りにも数が足りない。

かといって、地上からの対空射撃では、碌に当てることも叶わない。

本国からは毎日のように資源を求めるミッションが、悲痛なコメントと共に発表される中、獲得できた少ない魔石の権利を少しでも多く主張する日々。

中小国家はスズメの涙ほどしか分け与えられず、先進国も多くを分捕るものの、自国の需要には遠く及ばない。

日に日に悲愴感が増す祖国からの圧力と、もどかしくも打開できない敵のダンジョンに、人類同盟は焦燥に駆られることしかできなかった。

「やはり、日本を使うしかないのでは？」

中華民国、第三次世界大戦の結果、かつての中国が分裂した中の一つ、満州を中心とした北東部を領有する国家の探索者が、苦し紛れに案を出す。

「……日本か」

その国の名を聞いて、エデルトルートの顔が歪む。

なんだか良く分からないけど、いつの間にか大戦に参加していて、欧米諸国が気づかないうちに西太平洋を蹂躙していた国家。

どこに行っても熱狂的なファンが一定数存在し、それ以外にも概ね好印象を与えている国家。

気づいたらトップを盾にするナンバー２という一番美味しい立ち位置に、ちゃっかり座っていた国家。

今までは、そう思っていた国家、日本。

それが今では、押すに押されぬ人類の最高戦力にして、最先鋒、救世主に最も近い国家。

そして、人類同盟から戦力を引き抜き、あらゆる戦果を掻っ攫っていった国家。

「しかし、日本が参戦すれば、俺達の取り分は極端に少なくなる」

全員の脳裏に過《よ》ぎるのは、魔界第二層での記憶。

膨大な物資を消費し、数千のモンスターを磨り減らしたのにも拘らず、それ以上のモンスターを階層主ごと屠《ほふ》られ、攻略特典の過半を奪われた苦い過去。

「偵察結果によれば、機械帝国を攻略中の国際連合は、順調に攻略を進めているようだ。ここで我々が攻略特典を得られなければ、奴らに対するアドバンテージが逆転しかねないぞ」

忌々しいことにその通りだ。

機甲戦力を主として攻略を進めている国際連合は、機械帝国の巨大ロボ軍団に対して、膨大な物資を費やしながらも優勢に戦闘を進めているらしい。

このままいけば、あと1、2週間のうちに階層攻略を達成するだろう。

「何かないのか、我々の攻略が進み、特典の権利も減らず、国際連合より有利に立てる、そんな策は……」

「ある訳ねぇだろ、そんなもん」

「黙れ、アルフレッド！」

アルフレッドの茶々に、エデルトルートが声を荒げる。

彼女も色々と限界なのだ。

「あるかもしれない」

しかし、中華民国の探索者から、一つの光明が差し込んだ。

「私に、良い考えがある」

その光明が照らす先にいるのは、果たして…………

第二十九話　女死力と足りない敬意

『ミッション【労働法を遵守しましょう】
今日は根拠地から出ないでください
報酬：LJ－203大型旅客機　8機
依頼主：日本国厚生労働大臣　田中正栄
コメント：君らの労働問題でまさかの大規模デモ勃発！　今日は休んでくれ!!　頼む！！！』

『ミッション【協定破りも辞さない】
資源チップを納品しましょう
鉄鉱石：50枚　食料：50枚　エネルギー：60枚　希少鉱石：25枚
非鉄鉱石：50枚　飼料：50枚　植物資源：50枚　貴金属鉱石：20枚
汎用資源：25枚

報酬：エアバスA－６２０大型旅客機　２機
依頼主：フランス共和国32代大統領フランソワ・メスメル
コメント：他国との協定よりも、国内が不味いのです』

ダンジョン攻略を始めてなんやかんやで18日目。

日仏共に国内は大変そうだが、人類同盟と国際連合との協定の関係上、彼らが末期世界と機械帝国、それぞれのダンジョンを攻略するまで、俺達日本勢は動くことができないんだよね。

フランスには今まで余った魔石を回せば１、２週間は何とかなるだろう。

今日に至るまでひたすら突っ走ってきた訳だし、自分自身そろそろ休みが欲しいな、と思っていたところだ。

ここらで一旦一息ついて態勢を立て直すのも、今後のダンジョン攻略を考えれば必要なことか。

俺は食堂で緑茶を啜りながらホッと一息ついた。

緑茶本来の香りがすぅと鼻腔を吹き抜ける。

あぁ、高嶺嬢が淹《い》れてくれたお茶は相変わらず美味しいなぁ。

美味しすぎて何だか新感覚。

「ふーん、ふーん、ふんふん♪　ふーん、ふーん、ふんふん♪」

テーブルを挟んで俺の向かい側では、高嶺嬢が鼻歌を歌いながら縫物《ぬいもの》をしている。

何が楽しいのかニコニコ微笑みながら、手慣れた手つきで解《ほつ》れた迷彩服に針糸を通していく。

あれ、それって俺の装甲服じゃない？

一応、布地部分だけでも３００m先から撃たれた拳銃弾を防げるくらいの分厚い高耐久繊維で作られた、32式普通科装甲服３型ではないですか？

「ふん、ふんふん♪　ふん、ふーんふ、ふん、ふん、ふん♪　ふんふんふーふ、ふん、ふん♪」

無駄に綺麗な音程と、明確でありながら滑らかに移り行く強弱がつけられた鼻歌。

そんな鼻歌を歌いながら、顔色一つ変えることなく、ただの針で最新の高耐久繊維を易々と貫いてゆく。

今日は完全にオフなので、袖の広いゆったりとした白いブラウスに薄柳色のロングスカートという落ち着いたお嬢様スタイルの高嶺嬢。

いつもはストレートに梳《す》いている髪は、今日は髪形を変えてみたようで、後頭部で綺麗に編み込まれていた。

うん、彼女の女死力は本当に高いなぁ。

俺はお茶を飲みながら、しみじみとそう思った。

「そういえば、君達に聞きたいことがあったんだ」

俺の湯飲みのお茶が少なくなったことに何故か感づいた高嶺嬢が、自然な動作でお茶を継ぎ足してくれるのを後目《しりめ》に、隣のテーブルでジェンガをしている従者ロボに話しかける。

彼らは一瞬、手を止めてこちらを向くも、すぐに何事もなかったかのようにジェンガを続けやがった。

「おい、主《あるじ》兼上司を無視するなや」

いつも俺に突っかかってくる美少女1号へ軽く肘鉄を食らわせると、美少女1号はヤレヤレと欧米人っぽく首を振りながら体をこちらに向けた。

前々から思ってたけど、本当に君らって俺に対する敬意が足りないと思うよ？

まあ良い、せっかく時間ができたことだし、今までずっと疑問に思ってきたことを解消する良い機会だ。

「君らってさ、説明文に『成長する』って書いてあったはずなんだけど、全くその気配みせないよね」

俺の言葉に美少女1号はもちろん、ジェンガの真っ最中だった他の11体も動きが止まった。

そもそもこいつらのステータスは閲覧できないうえ、戦闘中の様子や荷物の積載量も変化してないので、こいつらが本当に成長しているのか俺には分からないのだ。

ご飯を食べるようになったとか、睡眠をとるようになったとか、挙句の果てに風呂に入り始めたなどの変化は見て取れるものの、成長と言えるような進化をする様子はない。

「そもそも機械の君らが成長するってのも、人工知能以外ありえなさそうなんだけどな。それにしても、武器屋や特典で君らのアップグレードに関することが何もないからさ。そこのところどうなのかな、って思ったわけだよ」

俺はてっきり階層攻略の特典や武器屋の新商品によって、従者ロボの改造部品やアップグレードが提示されるかと思っていた。

しかし、現実には数が増えただけで個体能力は強化されていないようだし、武器屋では本当に武器と弾薬しか売られていない。

俺の問いに答えようと、美少女1号がワチャワチャと手を動かしている。

その後ろでは、他の従者ロボが思い思いのポーズをとって自身の力強さをアピールしているが、答えにはなっていない。

食事はとれるものの、声は出せない彼らの身振り手振りでは分かれという方が無理がある。

筆談すれば良いのになー。

なんとか弁明しようとする彼らの慌てぶりを眺めながら、俺は単純にそう思った。

第三十話　休暇中の一大事

混迷を極めた従者ロボ成長問題は、筆談をしようにもまさかの文字を書く機能が搭載されていないことが発覚し、結局謎のまま終わってしまった。

装備によるステータス向上効果は適応しているみたいだし、最悪ステータスが成長しなくても何とかなるだろう。

従者ロボを100体揃えても片手間で壊滅できそうな、我が国の誇るヒト型決戦兵器を眺めながら俺は暢気にもそう思った。

当の決戦兵器は装甲服の補修を終えて、今度は毛糸で編み物を始めている。

流れるような手捌きで編み込まれていくが、何を作っているのかはさっぱり分からない。

というか、その編み物セットをいつの間に入手していたのかすら、俺にはさっぱり分からない。

俺って補給全般を管理してるんだよね？

「気になりますか、ぐんまちゃん？　お花のコースターですよ」

俺の視線に気づいたのだろう、高嶺嬢は手元からこちらに顔を向けて優しく微笑む。

へー、花かー。

作製途中だから良く分からないが、確かに言われてみれば花弁《はなびら》っぽい形に見える。

だが、元々花には興味がなかったせいか、ぱっと見ても彼女が何の花を模しているのか分からない。

「へぇ、上手いものだね。何の花なんだい？」

俺の素朴な疑問に、それまで流れるように毛糸を編み込んでいた高嶺嬢の手が不自然に止まった。

吊目がちな彼女の瞳が、僅かに伏せられる。

どうしたどうした？

もしかして何も考えてなかったとか、そんな知能2の面目躍如みたいなパターンか？

「……んぅぅ」

悩ましげなくぐもった声が漏れる。

「ちょっと気になっただけだから、そんなに気にしないでくれ」

別に高嶺嬢の作業を止めてまで気になっていた訳じゃない。

俺としては彼女が花を編もうと虎を編もうと構わないのだ。

折角の休みなんだから、自分の好きなように編めば良いじゃない。

むしろ花の女子大生が休日に編み物とか、そんなんで満足しちゃうの？　って感じだ。

「…………そうですね」

なんとなく、もどかしそうな様子だ。

いつもの本能で生きてそうな彼女らしくない。

まあいい、休日の楽しみ方は人それぞれ。

俺は高嶺嬢との会話を打ち切って、手元の端末に視線を落とす。

高嶺嬢と白影の端末をリンクさせたことによって、彼女達のステータスも俺の端末で一括して表示できるようになっている。

現在受諾している端末ミッションは、ダンジョン内の素材採取と技術情報の収集。

これに関しては、機会を見て機械帝国に潜入しなければならないな。

機械兵のパーツは本国の研究者や技術者から中々良い評判らしい。

末期世界は有用そうな技術なんてなさそうだし、放っておいても良いだろう。

まさか天使の生首を送るわけにもいくまい。

機械帝国に関してはロシアと話を付けることができれば良いのだが、こちらが要求する以上は絶対に何かしらの対価が必要になってくるはず。

面倒だし、国際連合がいない時を見計らってパパっと回収しちゃおうかな?

いや、国民の目があるから秘密工作は駄目か。

だとすると、何らかの事態を引き起こして国際連合単独での攻略を放棄させるか？

うーん、でも末期世界と機械帝国への侵入を禁じられている俺達では、国際連合を動かせるほどの工作はキツイなー。

俺は八方塞がりになってきた思考を止めて、端末画面を操作して俺達のステータスを表示させる。

『上野群馬　男　20歳
状態　肉体：過労（小）　精神：普通
ＨＰ　9　ＭＰ　28　ＳＰ　14
筋力　11　知能　18
耐久　9　精神　18
敏捷　11　魅力　11
幸運　21
スキル
索敵　90
目星　20
聞き耳　50
捜索　50
精神分析　15
鑑定　50
耐魔力　25』

『高嶺華　女　20歳
状態　肉体：健康　精神：幸福

ＨＰ　32　ＭＰ　2　ＳＰ　32
筋力　34　知能　2
耐久　31　精神　24
敏捷　34　魅力　20
幸運　4
スキル
直感　95
鬼人の肉体　15
鬼人の一撃　10
貴人の戦意　95
我が剣を貴方に捧げる　10
装備
戦乙女の聖銀鎧
戦乙女の手甲
戦乙女の脚甲』

『アルベルティーヌ・イザベラ・メアリー・シュバリィー　女　19歳
状態　肉体：健康　精神：焦り（小）
ＨＰ　14　ＭＰ　12　ＳＰ　20

筋力　16　知能　12
耐久　16　精神　6
敏捷　30　魅力　19
幸運　4
スキル
超感覚　40
隠密行動　30
投擲　30
耐炎熱　30
無音戦闘　25
妄執　55
装備
黒い頭巾
黒い装束
黒い手甲
黒い脚甲』

今更だけど俺のＭＰが無駄に高いな。
数値だけなら高嶺嬢のＨＰと良い勝負だ。

問題があるとするなら、使う当てがないことくらいか。

幸運もやたらと高いけど、残念ながら俺自身はその幸運を実感した経験はない。

白影は典型的なスピードタイプだ。

高嶺嬢以上に小柄で華奢な見た目にもかかわらず、筋力も耐久も俺より高いことにちょっぴりぴんショックを受ける。

精神状態が『焦り（小）』とあるけど、一体何があったのだろう。

しかし、相変わらず精神と幸運が低いなー。

高嶺嬢もそうだけど、彼女達は強さと引き換えに呪いでも受けているのか？

とは言っても高嶺嬢は流石に安定しているね。

知能とＭＰは相変わらずの糞ステだけど、筋力、耐久、敏捷が俺の３倍以上ってどういうことなんでしょう。

明らかにインド象よりも重そうなドラゴンを振り回している戦闘時の様子を見る限り、実際の筋力は俺の３倍どころか30倍すら超越していそうだけど……

恐らくステータス数値と実際の能力は、比例直線のような関係ではなくて指数関数的な感じなんだろうか？

そして順調に増えている鬼人シリーズ。

恐ろしい娘！

「トモメ殿、一大事でござるよ！」

俺がのんびりとステータスを眺めていると、白影が焦りながら食堂に駆け込んできた。

彼女も休日をゆっくり過ごしていたようで、服装がいつもの全身黒尽くめではなく、彼女なりの私服を着ている。

彼女の料理を食べているとき、毎回彼女は着物だったので薄々感づいてはいたが、白影の私服は見事に和装っぽかった。

白影の瞳と同じ蒼の振袖に濃紺の袴、足は焦げ茶のブーツを履いたそのスタイルは、正に大正《たいしょう》浪漫《ろまん》というべきか。

金髪蒼眼の彼女であるが、何故か見事にノスタルジックな大正浪漫とマッチしている。

高嶺嬢とは方向性の異なる、いや、時代の異なるお嬢様っぽさを醸し出していた。

ガチな日本オタって怖ぇぇ。

「騒がしいですねー」

先程まで黙々と花を模したコースターを編んでいた高嶺嬢が、露骨に顔を顰《しか》める。

めちゃくちゃ不機嫌になったぞ！

「トモメ殿、一大事なんでござるよぉ！」

しかし白影はそんな高嶺嬢に目も向けず、端末片手にお茶を啜っていた俺に詰め寄る。

ああっ、高嶺嬢が編物をテーブルに置いたぞ!?

くそ、こうなったら……

「どうした、白影？」

とりあえず、高嶺嬢は気にしない方向で話を進める。

いちいち気にしてたら、俺の胃がもたないしね。

仕方ないね。


「機械帝国を攻略中の国際連合が、スタート地点に集積していた物資を何者かに爆破されたのでござる‼」

「…………なんですと？」


おいおいおいおいおい…………　おいっ‼

本当に一大事だぞ、それ！！？

ビックリしすぎて俺の口調も白影に釣られちゃったじゃん！

スタート地点は一種の安全地帯となっていて、モンスターは侵入や攻撃ができないはず。

……ということはだ。

スタート地点に集積していた物資を爆破したのは、地球人類な訳で。

まさかの味方撃ちが発生しちゃった訳で。

下手すると他世界との種の存亡をかけた戦争の真っ最中に、地球人類間で戦争が勃発しかねない、ということだね……

やばいよ。

やばいね。

ヤバイ、ヤバイヤー、ヤバエスト。

いつかどこかがやるとは思っていましたが、まさかこんな状況に放り込まれて3週間も経っていないうちにやるとは思わないよね。

やってらんねぇよぉぉぉぉぉ!!

「爆破の原因は分かっているのか？」

もしかしたら、何らかのミスで勝手に自爆しただけかもしれない！

一発だけなら、誤射かもしれない!!

微かな希望を籠めて聞いてみる。

「何者かの破壊工作でござる。今のところ犯人は不明で国際連合が目下調査中。ただ、爆心地付近に人間の遺体と、幾つかの魔石が残っていたようでござった」

うーん、謀略くせぇ。

しかも国際連合だけでなく、俺達まで巻き込まれそうなにおいがしてやがる。

犯人候補は末期世界の攻略が難航している人類同盟か、さしたる成果を出せていない第三世界の連中あたりか？

どちらも実績、士気、魔石の獲得量が芳しくなかったはずだ。

それに対して国際連合は担当する機械帝国の階層攻略がそれなりに順調だったらしいし、ライバルの足を引っ張りつつ、俺達を利用して自分達の利益を得よう、とかそんなところでしょ。

バレバレなんだよぉぉぉぉぉぉぉぉ!!

第三十一話　事件考察

機械帝国第二層の攻略を優勢に進めていた国際連合。

何者かがその物資集積地を爆破した事件は、俺達日本勢をはじめとした地球の各勢力に影響を与える大きな波紋となるだろう。

爆心地から発見された人間１人の焼死体、幾つかの魔石。

犯人候補として考えられる存在は３つ。

１つ目は、国際連合と対峙しており、現在末期世界第二層の攻略が難航している地球人類の最大勢力、人類同盟。

彼らにとって、今回の件は対峙している国際連合の力を削り、探索も押し止めることができるものので優位に働いている。

２つ目は、人類同盟と国際連合の二大勢力に加入していない第三世界の国々。

未だ目立った成果や多くの魔石を獲得していない彼らにとって、今回の件による国際連合の機能低下は、優勢に進んでいた機械帝国第二層の攻略を横取りする良い機会となる。

もっと単純に、国際連合が機能停止している間に、機械帝国内のモンスターを何の気兼ねもなく狩れることも考えられる。

３つ目は、国際連合の自作自演、もしくは連合内部の犯行だ。

指導者のアレクセイ・アンドーレエヴィチ・ヤメロスキーの下で盤石な組織運営に見えていた国際連合だが、もしかしたら何らかの障害が発生していたのかもしれない。

その場合、他勢力からの工作に見せかけて損害を負い、人類同盟や俺達日本勢から支援を引き出そうとしていることが考えられる。

また、国際連合内の勢力争いにより、主導しているロシアの権勢を削ぐために行った破壊工作ということも考えられる。

しかし、とりあえず考えられるものを挙げてみたが、これらの候補には犯行を行った場合、いずれも致命的な不利益がもたらされるな。

なにせ、俺達探索者は自室やトイレ、お風呂以外の空間では祖国に生中継されているのだ。

何らかの後ろ暗いことをやろうものなら、本国の国民丸ごと十字架を背負いかねないぞ。

下手をすると、戦後に第四次世界大戦が勃発しかねない。

ただでさえ、第三次世界大戦で地球の半分が荒れ地となったというのに、第四次世界大戦なんてやろうものなら、今度こそ文明崩壊が起きてしまう。

第三次の時は上手いこと逃げた俺の祖国だが、ダンジョン戦争で俺達がトップを独走している現状、第四次だと真っ先に狙われるだろう。

うん、やべぇな。

「トモメ殿ぉ、これからどうなるのでござろうか？」

俺は不安げにこちらを見つめる白影を見やる。

今回の件を伝えてくれた彼女には、事の重大さが良く分かっているのだろう。

今までは一応相互協力の姿勢を見せていた人類が、今後どのような関係に変容してしまうのか。

握りしめられた彼女の小さな手が、微かに震えていた。

「無くなったのならまた物資を購入して、それで終わりじゃないんですかー？」

能天気に小学生みたいなことを宣《のたま》った高嶺嬢。

この程度いちいち聞くなよな、彼女の表情からは口よりも明確に自身の意思を伝えていた。

知能2だと生きてるのが楽そうだなー。

「……知能2は黙ってなよ」

ぼそりと呟かれた、言ってはいけない一言。

「！！？」

俺の心臓が跳ね上がる。

「？」

良かった、高嶺嬢は気づいてない。

誤魔化すために、彼女にニッコリ微笑んで、俺は今後の情勢を考える。

犯人が誰にしろ、焼死体の身元調査が急務だろう。

恐らくはいなくなっても構わなそうな第三世界のどこか、もしくは二大勢力に属する消滅しても多勢に影響のない小国家か。

大穴でアメリカの探索者だったらとても面白いことになりそうだ。

いずれにしても、各国間で疑心暗鬼が渦を巻き、国際連合の快進撃は停止するはずだ。

その場合、俺達日仏連合が求められるであろう役割は2つ。

1つ目は、今回の事件における中立の立場からの調査。

意図しないことだが、俺達日仏連合は名前の通り日仏だけの小勢力でありながら、人類屈指の戦力を保有し、ダンジョン攻略の最先鋒となっている。

その上、国際連合や人類同盟、その他の国々とは中立か友好的中立を保っており、非常に使い勝手の良い立ち位置だ。

しかも、白影引き抜き事件のために結ばれた協定により、しばらく探索は休止して手が空くことは誰もが知っている。

こんな状態で今回の事件調査を主導しないわけにはいかない。

調査するにせよ、他の第三勢力に押し付けるにせよ、まずは俺達が主導して解決までの道筋をつくらなければならないだろう。

一応、日本はGDP《国民総生産》世界第2位で世界に5ヵ国しか存在しない地域覇権国家の一角、超大国アメリカさえいなければ地球最強国家だ。

フランスも地域覇権国家ではないものの列強の一つに数えられる。

どちらもいわゆる責任ある大国だ。

2つ目は、今回の事件で大きな損害を被った国際連合への支援。

本来ならば人類の最大勢力たる人類同盟が主導すべきものだが、彼らは末期世界で泥沼の消耗戦を繰り広げている。

そんな現状、余裕のある俺達が、何らかの形で国際連合を支援する役割を担うことになるだろうし、国際連合からもそれが求められるはずだ。

その場合は階層攻略における取り分を明確に決めておかなければ、後々非常に面倒くさいことになる。

もちろん、断ることもできるけれど、そうなった時は、後々の外交関係が恐ろしいことになるので現実的ではない。

うーん、舵取りが難しいなー。

どう転んでも、俺達への負担がそれなりに重くなってしまう。

はっきり言って、面倒くさい。

いっそのこと、知らない振りして引き籠っちゃおうかな？

一応、協定を守る為にしばらく引き籠ってました、とでも言っておけば、ある程度言い訳にもなるだろう。

「白影、君は情報収集中、誰かに見られたりしたかい？」

「ふふふ、拙者は忍びでござるよ？　拙者の隠密は、何者にも見破ることなどできはしない!!」

流石ＮＩＮＪＡ！

少々不安だけど、ここは彼女のステータスを信じることにしよう。

「よし、じゃあ、何も知らなかったことにして、しばらく引き籠るか！」

魔石も今までの蓄えや既に納入した分を考えれば、１、２週間は耐えられる。

俺がそう思っていると、手元の端末がチカチカと光りだした。

『ミッション　【政治工作をしましょう】

国際連合の物資爆破工作の件を上手いこと利用して、我が国の国際的地位を高めましょう
中華民国、福建共和国、大韓民国、中華人民共和国、朝鮮民主主義人民共和国、ロシア連邦、アメリカ合衆国、インド、オーストラリアの地位が低下すれば尚良《なおよ》し
報酬：LJ－203大型旅客機　8機
依頼主：日本国外務大臣　菅義政
コメント：世界の皆には、内緒だぞっ！』

うわー。

凄い大雑把な指示がきたな！

というか、地位低下を狙う国に同盟国や友好国が交ざってるんですけど⁉

黒い！

どす黒いぞ、我が祖国‼

端末ミッションがギルドミッションと違って他国に公開されないからって飛ばし過ぎだろう。

欲張りさんめ！

「明日頑張ろう」

今日はちょっと考えたいし、ミッションで根拠地から出られないから、明日頑張ることにしよう。

「私はぐんまちゃんに付いていきますよ」

「裏工作なら拙者にお任せあれ！」

高嶺嬢と白影を見ると、ゴリ押しという選択肢が唐突に脳裏に浮かびあがる。

いや、しないけどね。

俺がかぶりを振りながらお茶をすすっていると、白影が高嶺嬢の手元をじぃっと見つめていた。

能面のような無表情。

視線の先は高嶺嬢が楽しそうに編み込んでいる花を模したコースター。

もしかして彼女も編物が趣味だったりするのかな？

「……リナリア、ねぇ」

第三十二話　名探偵ぐんまちゃん！

「いいか、君達はただ俺の後ろで突っ立ってるだけで良いんだ。決して、変な真似はしないでくれよ？　相手から手を出さない限り、絶対に攻撃行動をとるなよ？　絶対だぞ！　絶対に絶対だからな‼」

「もちろんです、ぐんまちゃん。私に任せてください！」

「拙者はトモメ殿の唯一の忍び。ならばこそ、主の利益を常に最優先して考えてるでござる」

俺のお願いに、決して明確な肯定を返してくれない高嶺嬢と白影。

彼女達の存在は不安でしかないが、流石に従者ロボだけで陰謀渦巻く中に飛び込む勇気はない。

既に人が最低でも１人謀殺されている以上、戦闘能力の低い俺の防備を薄くすることは無謀と言える。

国際連合への拠点爆破工作から一夜明けた早朝。

俺達日仏連合は首謀者の解明、そして何となく気に食わない国家の国際的地位低下を目的として、ようやく重い腰を上げた。

今回のような陰謀劇では、日本が保有するチート戦力の高嶺嬢は役に立たない。

いや、最後の手段として活用法はあるが、そんな状況は想像もしたくない。

ＮＩＮＪＡの白影は、情報収集能力や工作能力が優秀ではあるものの、フランス国民の目が常にある以上、あまりにもあからさまなことはさせられない。

結局は俺が主導して動き、何とかするしかないわけだ。

やれやれだね！

「流石に昨日の今日で、拠点の警戒をなくすことはしないか」

国際連合の拠点がある機械帝国第二層。

早朝であるにもかかわらず、スタート地点に設置された国際連合の拠点跡には、連合に所属する数名の探索者が見て取れた。

膨大な量の燃料弾薬を集積していた彼らの拠点は、それら全てが爆破されたためか、跡形もなく消し飛んでいる。

事件解明の切っ掛けが掴めないかと思い、現場に来てはみたものの、爆破工作の痕跡となるものは遠目で見ても残っていないのが容易に分かった。

考えてみれば数百、数千の巨大ロボと陸戦をやり合えるだけの燃料弾薬が誘爆したのだし、痕跡なんて残っているはずがないのだ。

しかし、それだと拠点跡地に人の焼死体が残されていたことが腑《ふ》に落ちないな。

普通はそれだけの爆発が起きれば、人間の身体なんてミンチどころか肉片すら残さずに蒸発してしまい死体なんか残るはずがない。

つまり、焼死体の人物は爆破が起きた後に運び込まれたか、爆破によってミンチにならない程度にはステータスかスキルに優れていたということか？

うーん、下手に魔法やらスキルやらがあるせいで、理屈がちょっと分かりにくいなー。

事件について考えながら拠点跡地を警戒していた国際連合の探索者達を見れば、突然現れた俺達に対してバリッバリの警戒態勢をとっていた。

俺達が通過した扉には、上部に日本の国旗が掲示されているので、俺達の身元は分かっているはず。

それにもかかわらず警戒をしているということは、国際連合の中では俺達も犯人の候補として考えられているということか。

まあ、仕方ない。

俺だって、もし爆破工作を仕掛けられたら、周り全てを警戒するだろう。

俺は努めてにこやかな表情を取り繕いながら、国際連合の下に歩み寄る。

ぼく、ぐんまちゃん、なかよくしようよ！

今の俺はゆるキャラグランプリ覇者になった気分だ。

周囲を重武装の従者ロボで固め、背後には人類屈指の戦力が2体控えているものの、俺自身はゆるっゆるだぁ！

「と、とと、止まれ、止まってください！　こ、ここの区域は、国際連合の管理区域です!!」

ガタガタと体を震わせて、探索者の一人が俺達を制止させる。

彼が着ている迷彩服についてる国旗マークは、上半分が青で下半分が黄色。

欧州のパンかご、ウクライナの人か。

第三次世界大戦では初戦でロシアに侵攻かまされたが、頑張って粘って一時期は逆侵攻までかけたけどガチになったロシアによってフルボッコにされた国だ。

それによってNATOがロシアとの戦端を開く覚悟を決めてしまい、中国も乗っかったことで第三次世界大戦に繋がってしまったのだ。

俺達に敵意がないのか、それとも銃を向ける度胸がないのかは分からないが、銃口は下に向けている。

他の探索者達は俺達への対応を彼に押し付けるつもりなのか、俺達を遠巻きに見つめているだけだ。

当時のNATO諸国もウクライナがロシアと殴り合っていた時は、こんな感じで遠目から支援だけしてたのかな？

薄情だねー。

俺はニッコニッコしながら、彼との距離を詰めていく。

銃を向ける度胸がないと分かったなら怖いものなしだぜ！

俺が歩を進めるたびに、彼の震えが大きくなるもお構いなしだ。

もちろん、俺の後ろで膨れ上がっている殺気には、全力でスルーする。

「と、止まれぇぇぇぇぇぇぇ」

ウクライナの彼が緊張に耐えられなくなったのか、遂に銃口をこちらに向けた。

や、やべえ、調子乗り過ぎましたわ！！？

今更ながらに自分の気が大きくなり過ぎていたことを自覚する俺。


「ヘイへーイ」


「ひ、ひぃぃ」

ピンチかと思いきや、ウクライナの彼は銃を取り落として腰を抜かしてしまった。

いったいどうしたというのだろうか？

ぐんまちゃん、わかんなーい。

俺は十分、拠点跡地に近づけたので、最近存在を忘れかけていたスキルを発動する。


『目星』


目星、それは何らかのキーアイテムを見つけるスキル。

序盤のダンジョン探索では、とんでもない戦利品を探し出してくれた困ったちゃんだ！

目星による反応は、爆心地っぽい場所から少し外れた地点に1つだけ見つかった。

腰を抜かしたウクライナの彼や、遠巻きで完全にビビっている他の探索者を無視して、反応のあった場所に近づく。

地面をよく見ると、何らかの物体が埋まっていることに気づいた。

「美少年7号、そこを掘れ」

従者ロボに地面を掘らせると、外装の金属がドロドロに融け爛れていた装置らしき物体が見つかった。


『鑑定』

『壊れた装置：何の装置か分からない。 Made in Korea』


「へー」

だいたい察した。

ちなみに国際連合に参加しているのは北朝鮮、North Koreaだ。

次は焼死体だな！

ぼく、ぐんまちゃん、今の気分は名探偵！

第三十三話　国際連合との交渉

『壊れた装置：何の装置か分からない。 Made in Korea』

機械帝国第二層の国際連合拠点爆破事件の現場で発見した壊れた謎の装置。

俺の持つ鑑定スキルによると、この装置の製造国はＭａｄｅ　ｉｎ　Ｋｏｒｅａ、つまりは大韓民国であることが分かった。

大韓民国、通称韓国は国際連合と対峙している人類同盟に所属する国家。

国際連合に属する朝鮮民主主義人民共和国、通称北朝鮮とは第三次世界大戦で総人口の３割を失う血みどろの激戦を繰り広げた熱血国家だ。

そんな韓国の装置が、国際連合の物資集積地に紛れ込むとは考えにくい。

なにせ強烈に対峙している陣営に所属している国家の製品だ。

韓国を装った他国の犯行の線ももちろん存在する。

だが、本国からの補給に制限のある現状、素直に韓国が何らかの形で犯行に関わっているとみた方が自然だろう。

本来ならば、この情報が手に入った段階で事件解明は７割方終了したようなものだが、残念ながらそうはいかない。

なにせ、この情報は俺のスキルで得たものだ。

鑑定結果は俺に対してしか表示されない以上、韓国製なんて情報は根拠があやふや過ぎて証拠として使用できない。

まあ、それでも使いようはあるんだけどね。

「――話は分かった。だが、情報源を明かせないのなら、その情報に価値はないぞ」

テーブルの向かいに座る国際連合の主要メンバー。

その中心に座する国際連合盟主ロシア連邦の探索者、アレクセイ・アンドーレエヴィチ・ヤメロスキーは、俺達が持ってきた装置を手に取りながら顔を顰《しか》めた。

今いる場所はロシアの根拠地。

ここは国際連合の本拠地としても使用されているようで、俺達が案内された部屋には、大きな円形のテーブルが設置されていた。

あの後、俺は近くにいたウクライナの探索者を高嶺嬢と白影、従者ロボで囲みながら、アレクセイとの面会希望を伝えたのだ。

幸運にもウクライナの探索者は話の分かる男だったようで、俺の希望を全面的に受け入れてくれた。

そうして整えられた国際連合主要メンバーとの会談。

俺が小細工抜きで冒頭に証拠となる装置を提供した結果がアレクセイの反応である。

「そうだろうな。相手側もそう反論するし、常識から言って拠点跡から発見されたその装置が韓国製だとは証明できないだろう。だが、何の手掛かりもない中だと参考程度にはなるだろう？」

そうだ、別に俺達日本勢の目的は事件を解明することじゃあない。

事件を利用して日本の地位を高め、他国の地位を低下させることができればそれで良い。

もちろん、ベストなのは日本主導による事件解明だろう。

だけど、調査機器や設備、人員、なにより時間の限定されたこんな環境下では、まともな調査なんてできやしない。

　だったら、被害を受けて犯人捜しを血眼になって行うであろう国際連合を程良く助けつつ、人類同盟への敵愾心《てきがいしん》を煽るしかないね！

「参考、か。俺としては日本が国際連合と人類同盟の関係を悪化させようと画策しているようにもみえるのだが？」

　アレクセイがねちっこい目をこちらに向ける。

　情報源を明かせと暗に言っているご様子。

　彼の言うことも尤もだ。

　逆の立場なら俺でも同じように考える。

　しかし、俺の目的は事件解明なんかではない。

　他国に恩を売りつつ嫌がらせができれば良いのだ。

「君達国際連合がどう思おうとも構わない。情報源を明かせないのは、俺達日仏連合の勝手な都合だ。だが、それでも日本は、このような人類存亡の機の中、利敵行為を働く国家に対する正義感と、被害を受けた国際連合に対する善意に基づいて、君達に情報を提供しよう」

　真摯《しんし》に伝えた俺の言葉に、猜疑心《さいぎしん》に満ちていた相手側の顔色が露骨に変わる。

　ふふ、チョロイな。

　所詮は一般人の若造と小娘共。

　ちょっと誠実に振舞えばコロッと転がるぜ！

「……トモメ達が提供してくれた装置を証拠として、犯人を糾弾することはできない。それでも、貴国の支援には、感謝しよう」

アレクセイは流石に場の雰囲気には流されていないものの、『日本は味方』という流れには逆らえないようだ。

冷血そうに見えてこの男もまだまだ甘さが抜けていない。

しょうがないか、こんなことになってまだ3週間も経ってないんだしな。

そんな短い期間なのに、人類の手で同胞が殺されている事実が少しだけ悲しいね！

「構わない。俺達は一般的な倫理に基づいて行動しているだけだ。ただ、今分かっていることは、その装置が韓国製であるということだけ。ヒントにはなるものの、決定打にはならない」

韓国製かどうかは断定されていないが、韓国の地位低下を狙って、韓国製だということが前提で話を進める。

悪いな韓国、俺、キムチ嫌いなんだわ！

冷麺は好きだよ。

美味しいよね、盛岡冷麺。

「だからこそ、事件解明のために更なる調査が必要だ。俺達日本は拠点跡で発見された焼死体の開示を求める」

俺の要求にアレクセイの眉がピクリと動く。

他のメンバーも顔色が少し悪くなっていた。

元々一般人だった連中に、人間の焼死体は刺激が強すぎたのか？

俺のスキルで焼死体を鑑定すれば、その人物の情報がだいたい手に入るはずだ。

もしかしたら殺害された状況についても、分かるかもしれない。

分からなかったら今日は残念会で高嶺嬢達と焼肉パーティーだ！

焼死体の開示は更なる他国への嫌がらせのためにも、なんとしても認めさせたい。

「何のために？」

「死体の身元調査だ」

アレクセイは俺の言葉に黙り込んで深く考えている。

国際連合としても死体の身元調査くらいは既に行っているだろう。

もしかしたら、それによって何らかの情報がつかめたのか？

「爆破事件後、国際連合が急遽調査した結果、全ての探索者のうち、行方の分からない人間は57名存在している。そのうち、3日以内に行方を暗《くら》ました人間は14名。14名の中から死体の身元を絞り込むことは、現有の設備、機器、人員ではできなかった」

俺を見つめるアレクセイの目が、日本はどうするつもりだ、と尋ねている。

まさか俺のスキルを開示する訳にもいかないので、含みを持たせて笑うことしかできない。

「俺達日本は、身元を絞り込む方法を保有している。

もう一度言おう、日本は焼死体の開示を求める」

第三十四話　ぐんまちゃんの名推理

「――爆破跡地で発見された死体は、ここに保管されている」

アレクセイに案内された場所はロシア連邦の根拠地内ではなく、エストニア共和国の根拠地にある一室だった。

エストニアは東欧に位置するバルト三国の一角。

大きな戦争が起こるたび、ロシアかドイツのどちらかにオヤツ感覚で呑み込まれるちんけな小国だ！

「……うぅ」

「……ひぅ」

アレクセイの後ろにコバンザメの如くくっついているエストニアの探索者達。

気味が悪そうに死体を保管している扉を眺めているあたり、自分の本拠地に死体を置いておくことは彼らの本意ではないのだろう。

では、何故こんな場所に死体が置かれているのか？

……うん、小国って辛いなぁ？

「おい、開けろ」

ロシア人のアレクセイが乱暴に吐き捨てる。

エストニア人の青年が一瞬嫌そうな表情を浮かべるも彼に選択の余地はない。

文句も言わずにすごすごと扉を開けた。

「…………うっ」

開けた瞬間、漂ってくる何とも言えない悪臭に、アレクセイが堪らず口元を手で覆う。

ダンジョンで嗅ぎ慣れた臭いに交じって、腐臭が鼻孔を刺激する。

「……っ」

後ろに違和感があって振り向けば、高嶺嬢と白影が揃《そろ》って俺の裾を握っていた。

ダンジョン内では容赦なくモンスターを蹂躙していた彼女達も、同胞たる人間の死臭はこたえるようだ。

忘れがちだが、二人ともこんなことに巻き込まれる前は二十歳の箱入りお嬢様。

そんな彼女達をこれ以上死体検証に付き合わせるのは流石に酷であろうか。

「君達はここで待っていなさい」

少々不安だが、高嶺嬢と白影は部屋の外に置いておくとしよう。

国際連合との交渉に連れてきたのは彼女達だけなので、俺とアレクセイだけで部屋に入る。

エストニアの男女はアレクセイが何も言わないのを良いことに、高嶺嬢達と同じく部屋の中に入ってはこなかった。

如何にもな雰囲気の薄暗い部屋の中、何もない空間の中央にある盛り上がった黒いシートが、異様な存在感を放っている。

耐えがたい悪臭のせいなのか、アレクセイが無言のままシートを取り払う。

シートの下にあったのは、真っ黒な人形。

良く見れば、全身が焼け焦げた人間の焼死体。

焼け焦げた皮肉が骨に張り付き、醜悪な骨格模型と化している。

うわぁ、グロッ！

焼死体は白影のNINJA的なカトンジツのおかげで慣れていたが、こうしてダンジョン以外で見ると、また別種のグロさを感じてしまう。

これからこの焼死体を調べるのだが、日本人として仏さんに会ったらまずは合掌。

ちょっぴり臭いけど我慢して、両膝突いて手を合わせる。

焼死体となった人物も、本来なら祖国と人類のために戦うはずの人間だった。

それが人類同士の諍《いさか》いで、命を落とすことになろうとは、俺としても思うところがないわけではない。

俺の目的はこの人物が死ぬ原因となった爆破事件の真相解明ではないが、今だけは彼もしくは彼女のために冥福を祈ろうじゃないか。

「…………」

しばらくして目を開ける。

視界に飛び込む黒焦げ骸骨。

うわぁ、グロッ！

近くで見ると、余計にキモいわ!!


『鑑定』

『腐った人間の丸焼き：焼き過ぎて食べることはできない。　中華民国出身の男性』


……うん、突っ込みどころはあるが、今は無視しよう。

そうか、中華民国か。

へー、なんだかややこしくなってきたなー。

とりあえずアレクセイの目を誤魔化すため、無人機管制用のタブレットを取り出して彼に画面が見えないよう操作する。

各無人機のコンディション画面を流し読みしているだけだが、事情を知らない彼にはタブレットを用いて何らかの調査を行っているように見えることだろう。

もちろん、このタブレットにそんな機能なんて存在しない。

精々カメラが付いている程度だ。

しかし、そんな事情を知らないアレクセイは、俺の持つタブレットに熱い眼差しを向けていた。

その視線からは、タブレットのスペックに関する知的好奇心と、何が何でも手に入れてやろうという気迫が感じられる。

今日もロシア人は元気だなー。

「よし、分かったぞ」

「本当か⁉　そんなタブレットでこうも早く調査が完了するとは……日本の技術はやはり侮れないな」

アレクセイが良い感じに勘違いしている。

俺はこのタブレットで調査してるなんて一言も言ってないのにな。

悪いなアレクセイ、騙される方が悪いんだ！

「死体は中華民国人の男性だ。死亡時刻は…………30時間くらい、前、かな？」

引っ掻き回せそうなので、適当な情報も追加しておく。

「なんだと⁉　人類同盟に所属している中華民国が、なぜ俺達の物資集積所に……それに死亡時刻は30時間前、爆発が起きた時間と異なっている。一体、これは……」

アレクセイが予想以上に混乱してくれている。

うんうん、良い傾向だね！

これで犯人候補は中華民国、韓国の他に第三国の可能性が浮上している。

よし、ガンガン畳みかけるぜ‼

「アレクセイ、ここを見ろ」

俺は死体の腹部を適当に指さす。

アレクセイが指先に視線を向けるが、俺が何に気づいているのか理解していない。

だが大丈夫、安心しろ、俺も分からないから。

「何かに刺された痕がある。恐らく死因は爆破に因るものではなく、刺されたことに因るものだろう」

「なっ、そんな……」

ショックを受けている様子のアレクセイ。

普段冷徹を装っている彼の表情は、先程から顔芸の如くころころ変わっていく。

名探偵的に、ここで一言、決め台詞が必要だろう！

よし、やったるで!!

「爆破されたのは国際連合の拠点、そこで見つかった韓国製の装置、中華民国人の死体、そして死体は爆破前に刺殺されていた………」

アレクセイが俺の独白に聞き入っている。

蒼白になった彼の喉が、ゴクリと動く。

「犯人の狙いは、国際連合への妨害工作、中華民国への攻撃、韓国への嫌疑……」

盛り上がってきた！

盛り上がってきた!!

盛り上がってきましたよぉぉぉぉぉぉぉぉぉ！！！

「この事件、真相は――」

「トモメ殿、犯人が分かりましたぞ!!」

「えっ、あ…………うん」

おいアレクセイ、その憐れむような目は止めろぉぉぉぉぉぉ！！！

第三十五話　怒りのフジヤマボルケーノ

国際連合拠点爆破事件、一応の連帯を見せていた人類間の信頼関係を大きく揺るがしたこの事件。

その結末は事件が与えた影響と比較して、余りにも呆気なく終わった。

俺達日本勢と同様に独自の調査を進めていた人類同盟による、犯人の発見及び捕縛。

事件の発生から1日しか経っていないにも拘らず、鮮やか過ぎる手際だった。

人類同盟が突き止めた犯人は、シーラという名前のスウェーデン王国の探索者。

うん、やけに聞き覚えのある名前だ。

彼女は功績をあげることができず、ダンジョンも二大派閥と日本勢の独壇場であることに焦り、浅慮にも妨害工作を行ったらしい。

犯行途中の彼女に気づいた中華民国の男性と、スウェーデンの男性が彼女を止めようとはしたものの、二人とも彼女の凶刃の前に倒れた。

へー、知らない所で死者が一人増えてるよ。

しかも、俺の知り合いっぽい気がするよ。

シーラは中華民国人の死体はどこかに埋めて、スウェーデン人の死体は国際連合の拠点諸共爆破したそうだ。

おいおい、俺の鑑定結果と明らかに違うんだけど！

碌な調査機器のない現状では、シーラの凶行は露見しないはずだった。

しかし、事前に中華民国人男性は、同国の女性探索者に連絡を取っていたのだ。

それ以降連絡を絶った中華民国人男性、国際連合の拠点爆破、これらをつなぎ合わせた中華民国女性が主導して、シーラが犯人であることを突き止めた。

人類同盟から説明された事の顛末《てんまつ》は、こういうことだった。

犯人を捕縛した人類同盟と被害を受けた国際連合との合同裁判は、明日ドイツ根拠地内の大ホールで行われる予定だ。

こんな状況下で貴重な戦力を二人も殺害し、膨大な物資を爆破したシーラに下る罰は、果てしなく重いものとなるだろう。

現在、人類同盟の中心的役割を担うドイツ根拠地に監禁されている彼女の未来は、決して明るいものではない。

なんにせよ、これにて一件落着。

大きく揺らいだ人類間の信頼関係は、二大派閥の合同裁判という形で固め直すことになる。

人類同盟に大きな借りができたことによって、国際連合は同盟に妥協せざるを得なくなり、結果的に二大派閥の連携につながるだろう。

雨降って地固まる、とは正にこのことだな。

いやぁ、良かった良かった！

…………良くねぇよ!!?

スウェーデン組は確かに目立った成果を上げていないものの、先進国らしく最新鋭の装備と充実した補給によって、堅実に魔石は収集できていたと聞いている。

ダンジョンへの探索だって、国際連合がいようと誰がいようと、出入りは自由だ。

多少はモンスターが取られることもあるのだろうが、全く魔石を収集できないほどじゃあない。

それに焼死体がスウェーデン人ということもおかしすぎる。

俺の鑑定結果は間違いなく中華民国人だった。

そして何より、爆破地点から発見された韓国製の装置！

スウェーデンの探索者が、わざわざ起爆装置に韓国製品なんて使う訳ないだろう!?

探索者に支給するような物資は、基本的に自国生産品か、最先端かつ信頼性のある同盟国の製品だけだ。

スウェーデンと韓国の間には同盟関係も技術協力も存在しない以上、自国の軍事製品、それも爆弾の起爆装置に韓国製品を採用するなんてありえない。

それにスウェーデンは戦闘機の開発能力もあるほどの工業国だ。

起爆装置程度なら自国で生産できる。

まず間違いなく、スウェーデンは冤罪《えんざい》だろう。

人類同盟からの説明、今まで得た証拠、そして今の状況を考える限り、真犯人は中華民国の女探索者がやべぇくらい怪しい。

同国内での主導権争いのために、起爆装置に細工してパートナーを謀殺し、ついでに全ての罪をスウェーデンにおっ被せていたとしても、俺は驚かないね!!

もちろん、この事は国際連合のアレクセイにきちんと伝えた。

彼も直前まで俺と一緒に探偵ごっこをしていたこともあってか、すんなり俺の言い分に理解を示してくれた。

しかし、ここで俺達が持っている情報を出して人類同盟に反論しても、既に犯人ということになっているシーラが同盟の手の内にある以上、状況を覆すことは難しい。

むしろ、さらに現状が混迷化し、事件の解決を先延ばしにしようとする連合と、事件の早期解決を望む同盟という、連合にとって非常に都合の悪い絵面になりかねない。

結果として、国際連合の首班たるアレクセイは、人類同盟の主張を受け入れて、合同裁判を開くことになったのだ。

借りをつくった連合は裁判中の取引、および裁判後の派閥間交渉において、同盟への譲歩を余儀なくされる。

今回の件で同盟は、連合の力と勢いを削りつつ、自身にとって有利な状況をつくり上げることになるだろう。

彼らの描く裁判後の絵面には、現在暇を持て余している強大な戦力である俺達日本勢も勿論含まれることになる。

人類同盟による政治的な勝利と言えるだろう。

以前、魔界第一層で共にダンジョン探索を行ったスウェーデン人のアルフが殺され、シーラも悲惨な結末になろうとしている。

そのことに関しては、ちょっと悲しいけど、でも人生ってそういうものだよね。

しかし、俺達が誰かの思惑通りに転がされ、良いように使われるのは我慢ならねぇ!!

激おこどころじゃねぇ、激おこぷんすかフジヤマボルケーノだよ！！！

こうなりゃあ、とことん引っ掻き回すしかねぇなぁ。

「……白影」

「なんでござるか？」

「ちょっとお願いしたいことがあるんだけど」

「……？　拙者にできることなら、なんでもするでござる」

第三十六話　陰謀爆発はじめてのさいばん　前

ドイツ連邦共和国　根拠地　大ホール。

裁判のために特設された大ホール。

そこには主催する人類同盟と国際連合はもちろん、これから行われるダンジョン内初の裁判を一目見ようと、大勢の探索者が詰めかけていた。

決して狭くはない大ホールだが、数百人の人間が発する熱量は、否応無しに室内の熱気を上げていく。

中央に設けられた裁判スペースは、裁判官席と被告台だけの極めてシンプルな造り。

弁護人席が設けられないそれは、これから行われる裁判という名の一方的なリンチを意味していた。

裁判官席の中央に座する人類同盟の指導者であるエデルトルートは、観衆の喧騒渦巻く中、ただ黙しているのみ。

彼女の隣には国際連合の首班アレクセイが座っているものの、その座席位置は中央からやや外れており、この裁判の主導権が既に同盟の手中であることを暗に示している。

俺達日本勢は勢力として小身ではあるものの、同盟と連合のどちらにも一定量の影響力があることから、裁判官席から見て右側の最前列に席を用意してもらった。

俺の両隣に人類戦力のツートップが座り、周囲に重苦しい威圧を振り撒いているためか、俺達の周りは人々が密集する中でポッカリと空洞を作っている。

そして裁判官席から見て俺達とは反対側、中央を挟んで俺達の正面に座っている数人の男女。

その中央に座る女性が、こちらに睨め回すかのような視線を送っていた。

席の配置を考えれば、彼女が人類同盟側の調査を主導し、犯人を見つけ出した中華民国の探索者だろう。

ボブカットの黒髪と右目の近くにある泣き黒子《ぼくろ》が印象的な、ねっとりと粘着質な色気のある美人さんだ。

裁判のためなのか、艶やかな赤いチャイナドレスを着ている彼女は、大層に足を組んで自らの美脚を曝《さら》け出している。

周りの男共はあからさまに視線を彼女の足に集中させており、鼻の下を伸ばした間抜け面を出身国の全国民に放映していた。

もし俺が彼女の近くにいたのなら、もれなく彼らの仲間入りをしていたところだ。

いやぁ、危なかったね！

そうこうしているうちに、ホールの入り口から大きなざわめきが発生しだした。

いよいよか。

「罪人が通る！　道を空けろ!!」

未だ罪が確定していないにも拘らず罪人呼びか。

ここが一般社会から隔離された環境でなければ、人権問題で自分が罪人になりかねないな。

俺は隣に座る白影に視線を向ける。

お願いしたことは、やっておいてくれたよね？

「……？」

白影は突然俺から視線を向けられたことに、一瞬何のことだか分からなそうに首をかしげる。

しかし、すぐにハッとすると、俺を包み込むかのような優しさと、決して折れない強い意志の込められた瞳を向けてくれた。

「大丈夫でござるよ。拙者は何があろうとトモメ殿のお側にいるでござる。ずっと一緒でござる」

クソ！

全然通じてないじゃないか!?

「ちょっと黒いの!?　なに、ぐんまちゃんに変なこと言ってるんですか!!　しっしっ、ウチのぐんまちゃんに近寄らないでくれませんかぁ!?」

おっとー、ここで高嶺嬢の参戦だ！

高嶺嬢は白影が関わると導火線がビビるくらい短くなる。

俺は間違いなく荒れるだろう二人の口喧嘩を放っておき、いよいよ姿を現した事件の犯人という
ことになっているスウェーデンの探索者にして俺の知り合いであるシーラを見る。

久しぶりに見た彼女は心労のせいなのか、それとも監禁された環境が想像以上に悪いものだった
のか、ゲッソリと痩せていて、今にも死んでしまいそうな雰囲気を纏っていた。

うーん、正直なところシーラの処遇がどうなろうと、あまり関心はなかったんだけど……

実際に彼女の姿を見てしまうと、どういう訳だか同情心や慈愛の心が沸々《ふつふつ》と湧いてきてしまったぞ。

「シーラ……」

心に隙ができたためか、思わず口から声が漏れてしまう。

ザワザワと数百人の観衆が口々に話し合っている中、俺の漏らした声は雑踏の中に消えてしまう
……はずだった。

「…………トモメ？」

しかし、何故かシーラが俺の声に気づいちゃった！

光が完全に消え去っている碧眼と目が合う。

あっ、ヤバい。

「トモメ！」

それまで引き摺られるように被告人用の壇上まで連れて来られたシーラが、突然堰《せき》を切ったかの
ように暴れだした。

彼女の両脇は体格の良い原潜乗組員であろう米軍兵士が固めており、消耗しきった女の力でどう

こうできるものではない。

だが、それを全ての観衆が分かっているかは、また別だ。

「トモメェ、助けて、助けてよぉ!!」

そこかしこで、突然暴れだしたシーラに対する恐怖の声、驚きの声、蔑みの声が聞こえだす。

助けを乞う彼女の悲痛な声も、観衆にとっては狂乱女の叫び声にしか聞こえない。

不味い流れだ。

このままでは、いよいよもって彼女の命運は終わりかねないぞ。

「静粛に！　静粛に!!」

裁判官席からエデルトルートとアレクセイが声を上げるも、騒ぎ出した群衆に届くはずがない。

俺の正面に座る中華民国の女は、その様子を眺めながらねっとりした笑みを浮かべていた。

あああ、不味ぃ。

主導権を完全に握られて、最後まで持ってかれる流れになるんじゃぁぁぁ！！？

くっ、かくなる上は仕方ない。

目立たないようにこっそりと、裏から奴らの策謀をめちゃ糞に掻き回してやるつもりだったが、
そのプランはもう止めだ。

西太平洋の覇者にして東アジアの王者、太陽に照らされた日出ヅル国は、王道を征くんじゃぁぁ
ぁぁぁぁぁぁぁぁ！！！

「高嶺嬢、ここは一発お願いします」

「へいへーい」

第三十七話　殺気爆発はじめてのさいばん　中

「もう嫌ぁ、こんなの、もう嫌なのぉぉ……助けて、トモメェエ、助けてぇぇぇぇ！」

同胞を殺され、自らも裏切りのレッテルを貼られて罰されようとしている捕らわれの乙女。

彼女の悲痛な叫びは、しかし、周囲を取り囲む数百人のざわめきが掻き消す。

口々に彼女への心無い言葉が吐き出され、雑多な悪意が独りの少女に突き刺さる。

殺意、悪意、害意、敵意、ありとあらゆる悪性感情が、空間を満たしている。

それは絶望の淵に立たされた少女を、地獄に沈ませるのに十分な重さで伸しかかった。

幾多の欲望に搦め取られた贄の乙女。

しかし、そんな様を見せても、観衆の攻撃性は増すばかり。

哀れにも、その心が伸し潰されようとしていた。


そして。

「へいへーい、だまれだまれー」

本物の殺意が。

全てを圧し折った。

死。


その場にいる全ての生命体が、自身の死を本能に刻み付けられる。

人間風情など触れることすら叶わない、次元の違う化物。

遥かな高みから己を伸し潰した殺意。

魔界第一層　暗黒洞窟サウース・アフリーカ　１６８２体。

末期世界第一層　神殿都市バッチィ＝カン　２１１５体。

機械帝国第一層　純友不動産　シンジュク＝グランド・タワー　２８９体。

魔界第二層　魔の森林鉱山キャナーダ　４２８９体。

高度魔法世界第二層　古代要塞マジーノ線　７５２６体。

最も多くの戦場を駆け抜け。

最も多くの敵を殺し。

最も多くの勝利を掴んだ。

人類が誇る最強の剣。

全てを朱く染める鬼。

その殺意を初めて叩きつけられた人類は、自身の心を圧壊させ、屈服するしかなかった。

それまで収まる気配のない狂乱に支配されていた大ホール。

それが今では、なんということでしょう。

完全な静寂が支配する空間内。

人々は魂の抜かれたような表情で、膝を突いて、己の赦しを請うように、ただ涙を流すのみ。

「やってやりましたよー」

たった一言でこの空間にリフォームした匠は、ボールを咥《くわ》えた飼い犬のように、俺へ纏《まと》わりついてくる。

いやぁ、ちょっとビビらせてやろうとしただけなんですけどねぇ？

流石にこの惨状は、予想外ですわ！

「トモメ殿、今なら全員サクッと燃やせますが……」

いつもの如く高嶺嬢に対抗心を燃やした白影が、自らも手柄を立てようと、物騒極まりない提言をしてくれる。

それを実行した場合、ダンジョン戦争終結と同時に日本とフランスへ全世界からＩＣＢＭ《大陸間弾道弾》が飛んでくるだろう。

「わ、私だって！」

謎の張り合いを始める高嶺嬢。

頼むから、君達はもう何もしないでくれ。

俺は改めて周囲を見渡す。

先程まで泣き叫んでいたシーラは、ついに心が限界を迎えたのだろう。白目を剥《む》いて、口を半開きにしながら気絶している。

俺の正面に座っていた中華民国の探索者は、床で膝を抱えながら何か母国語でブツブツと呟いている。

裁判官席に座っているエデルトルートとアレクセイは、顔を青白くさせながらも、歯を食いしばってこちらを睨みつけていた。

うん、イケるな。

「よし、みんな落ち着いたことだし、裁判、始めよっか！」

今のうちに裁判しようぜ!!

皆へばってるし、俺が裁判官兼弁護人兼検事役な！！！


「これより、国際連合拠点爆破事件における、人類同盟及び国際連合による合同裁判を開廷する！」

エデルトルートの号令の下、死んだ表情の観衆が見守る中、スウェーデンの探索者シーラを裁く裁判ごっこが始まった。

結局、正気を保っていたエデルトルート達によって、俺の独断専行を推し進めることは叶わず、人々の回復を待ってから開廷する運びとなった。

人類同盟と国際連合の上層部による裁判官。

明らかに真犯人くさい中華民国が主導する事件説明。

晒し物にされるシーラ。

取り囲む世界各国の探索者達。

先程と何も変わらない状況。

唯一異なるのは、俺達日仏連合の周囲に空いていた空間が、ビックリするほど広がっただけだろうか。

そんなに怖がるなよぉ。

「初めに事件の経緯を説明する――」

主催者にして裁判長を兼ねるエデルトルートの口から、シーラが国際連合の拠点を爆破し、邪魔になったアルフと中華民国の探索者を殺害した一連の経緯が語られる。

黒幕の思惑通りなら、ここで観衆に対し、事件の犯人がシーラであることと、彼女の残虐性を知らしめたいところなのだろう。

だが現実は無常なり。

未だ魂が戻ってきていない観衆は、誰一人としてまともにエデルトルートの話を聞いていない。

これには、精神を持ち直し、再び余裕そうな笑みを浮かべていた中華民国の女も、忌々し気に顔を歪める。

彼女の表情を見るだけで、俺のお顔はほっこり笑顔だ！

「――以上が、人類同盟による調査の結果判明した被告人の犯行内容である。異議のある者がいたら、名乗り上げよ！」

ほとんどの人間がまともに話を聞いていない中、人類同盟が主張する事件の経緯説明が終わった。

よし、ここから俺とアレクセイによる強引な物証と死体鑑定結果を武器に、反撃しちゃうぞい。

俺が、そう思っていた矢先だった。

中華民国の女が立ち上がる。

「御集りの皆様、私《わたくし》は、今回の事件における人類同盟の主席調査員、中華民国の袁梓萌《エンズィメン》と申します」

中華民国の女、袁は妖花の如き笑みを浮かべる。

俺には、その笑みがまるで獲物に絡みつく蛇のように見えた。

「今回の事件で、私は唯一の同胞を失いました。

この女に、殺されたのです」

袁がシーラを指さす。

「今回の事件で、人類の雄たる国際連合は、多くの物と時間を失いました。

この女に、奪われたのです」

光を失った観衆の目が、シーラにぼんやりと向けられる。

「今回の事件で、人類はかけがえのない絆と信頼を壊されました。

この女に、壊されたのです」

エデルトルートをはじめとした裁判官席に座る面々が、複雑な表情を浮かべてシーラを見る。

「この女は、人類を裏切ったこの女は、あろうことか己の同胞までも、手にかけたのです。このような存在を、果たして放置していて良いのでしょうか？」

袁の大げさな手振りと同時に、群衆の所々から、彼女に賛同する声が散発的に上がる。

まあ、それに続く気力は、ほとんどの群衆が持ち合わせていないのだけど。

サクラなんだなぁ、俺はにっこりしながら、ほのぼの気分だ！

「皆様、地球の未来を救わんとする英雄の皆様！　悪です、ここに、悪がいるのです!!　悪を野放しにして――――」

ぐんまちゃんは、ほのぼの気分を、みんなにおすそ分けしたい！！！

「高嶺嬢、もう一発、お願いします」

「ヘイヘーイ！」

第三十八話　捏造爆発はじめてのさいばん　後

死屍累々《ししるいるい》。

臨時の裁判スペースとして設けられた大ホール内は、そう形容してしまうほどの惨状だった。

人類の戦闘力ランキングでぶっちぎりの第一位高嶺華。

他の人間とは生物として隔絶した存在からの一喝は、その場にいたありとあらゆる生命体に対し、無差別に強烈な精神ショックを与えた。

床に倒れ伏し、気絶している者はまだマシだ。

ダンゴ虫のように丸まってガタガタと震えている女性。

早口で何事かをぶつぶつ垂れ流している大男。

直立不動で硬直状態の青年。

ひたすら自分の服を口に詰め込んでいる少女。

みんなちがって、みんないい。

いや、よくねぇな！

「うぇ、ぅわぁ、うぅぅぅぅ」

先程までノリノリで煽りスピーチをかましていた中華民国の探索者である袁《エン》は、床にへたり込んで瞳からぽろぽろと大粒の涙をこぼしている。

もう少しでチャイナドレスの中身が見えそうだけど、謎の光が邪魔して見えそうで見えない絶妙なバランスを保っている。

うんうん、これで暫《しばら》くは奴の口を利けなくしてやることには成功したな。

へへ、ざまぁねぇぜ！

「トモメ・コウズケ」

裁判官席に座るエデルトルートに名を呼ばれる。

なんだろう？

「以後の裁判において、ハナ・タカミネの退廷を命じる」

な、なんだってー。

まさかの高嶺嬢レッドカード。

憔悴しきった様子のエデルトルートからは、何がなんでも自分の指示を押し通す強い意志が感じられる。

馬鹿な⁉

高嶺嬢は一声あげただけだぞ！

偶々同じタイミングで周囲の人間が恐慌状態に陥っただけなんだ‼

それを高嶺嬢の仕業とするなら、証拠を出して見ろよ！

証拠をよぉ！！！

「異議あり！　エデルトルートの指示は論拠に欠け――」

「ハナ・タカミネの退廷を命じる。従わない場合、我々ドイツ連邦共和国の本拠からの、日仏連合の退去を命じる」

やべぇぞ、この女いきなり最後通牒突きつけやがった！

逆らうこともできるが、今の段階で人類同盟と事を荒立てたくはない。

それに高嶺嬢は既に、この場にいるほとんどの人間の心を圧し折ってくれた。

もう知能2の彼女にはとりわけ仕事なんてない。

ここは恩着せがましくエデルトルートの指示に従った方が得策か。

「エデルトルート、我々に対する君の指示は論拠を欠いている」

ただでさえ目つきの鋭いエデルトルートが、表情をさらに険しくする。

こわい。

「だが、今回のイベント主催者は君だ。ここは君の指示に従おうじゃないか」

敢《あ》えて『裁判』ではなく『イベント』という言葉を使う。

俺達日本勢にとって、ここで行われているのは裁判なんかではない。

ただの裁判ごっこだ。

もちろん、憔悴しているとはいえ、エデルトルートも俺の意図をしっかり理解しているだろう。

彼女は険しい表情をそのままに、深々と溜息をつく。

ちなみに彼女の隣にいるアレクセイは、子供のように泣き喚きながら、さりげなく彼女の豊満な胸部に顔を埋《うず》めていた。

くっそ！

めっちゃ羨《うらや》ましい!!

俺も埋まりたい！

「黒いの、後は頼みましたよ」

「言われるまでもない」

豊かな乳とただの胸板が何かやり取りしているが、今の俺にはアレクセイの頭によって形を変えるエデルトルートの豊満な胸部にしか意識を向けることができなかった。


「――えー、それでは、裁判を再開する。この事件について、何か――」

「異議あり！」

30分ほどの休憩後、法廷で再び裁判ごっこが始まった。

袁がグロッキー状態な今、いよいよ俺のターンが回ってくる。

唯一の懸念点は、俺の相棒であるアレクセイもグロッキーな点だが、まあ、仕方ない。

コラテラル・ダメージというやつだ。

「今回の国際連合拠点爆破事件において、日本国と国際連合で共同の調査を行った結果、先程人類同盟側の事件詳細と食い違う証拠が発見されている」

俺がアレクセイに目配せすると、彼は今にも死にそうな様相ではあるものの、懐から爆破跡で発見された装置を取り出して、観衆に対して見せるように掲げた。

よしよし、これで無反応だったら張り倒していたところだ。

「その装置は我々独自の調査を行った結果、大韓民国で製造されたものだと判明した。当たり前だが、国際連合の物資に人類同盟所属国家である韓国の製品が紛れ込んでいるわけがない」

ここで反論の一つでも飛んできそうなものだが、俺が事前の段取りを丹念に行っていたためか、袁の一派は酷く消耗した様子で声を上げる様子すら見られない。

段取り八分、仕事は二分とは良く言ったものだ。

「また、爆発跡で発見された焼死体は、我が国の独自技術による鑑定の結果、中華民国の男性であることが判明した。この事実は、先程の人類同盟による事件詳細とは決定的に食い違っている！これでは人類同盟に所属している中華民国の探索者が、国際連合に無断で拠点に侵入したことになる‼」

嘘は言ってない。

日本は俺を保有しているし、俺の技術は日本の技術だ。

つまり、日本の独自技術なんだよ！

「そ、それは違うわ！　そんなのただの捏造《ねつぞう》よ。中華民国は国際連合の拠点内に侵入なんてしていないわ!!」

流石に他勢力への無断侵入には噛みついてきたか。

もちろん、この反応も予想済みだ。

「我々国際連合は、今回の中華民国による無断侵入に対し、断固として抗議する」

ロシアが日本に注意を向けていた中華民国の無防備な横っ面を殴りつける。

中華民国は日本の主張を完全に鵜呑みにしているロシアを愕然とした表情で見ていた。

ぷぷっ、政治の舞台で裏からの根回しなんて当然よね！

袁が堪らず人類同盟の首班であるエデルトルートに助けを求める視線を送り始めた。

残念ながら、フォローなんて入れさせないぜ！

こっから先は、ずっと俺のターンだ!!

「そもそもだ、今回の事件で人類同盟から容疑者とされているスウェーデンの女性探索者についてだが。フランスの独自調査によると、事件発生時間において、多くのアリバイが寄せられているんだぞ？」

「えっ？」

「なんだと？」

「ふぁっ？」

「いや、それはないでしょ!?」

俺の発言に、アレクセイ、エデルトルート、シーラ、袁から驚きの声が上がった。

ふふふ、俺が事前に仕掛けたワイルドカードを、今、切る！

俺が隣の白影に目を向けると、彼女は一つ頷いて立ち上がる。

「フランスがスウェーデンと友好的、もしくは中立の国々に対し、独自の聞き取り調査を行ったでござる。結果、多くの探索者から、事件発生時間において、スウェーデンの女性探索者についてアリバイとなる証言を得られたでござる」

白影は堂々とした態度の下、朗々たる口調で正々堂々、とんでもない嘘っぱちを盛大にぶちかました。

第三十九話　恫喝爆発はじめてのさいばん　終

「多くの探索者から、事件発生時間において、スウェーデンの女性探索者についてアリバイとなる証言が得られたでござる」

これまでの茶番は一体何だったのか!?

この裁判を終始見守っていたであろう諸国民の叫びが、思わず聞こえてきそうな。

それほどの重大事実をぶちまけた白影。

大ホール内にどよめきが満ちる、と思いきや、どよめいているのは専《もっぱ》ら人類同盟の人間のみ。

その他の人間は、それまでの魂を抜かれたような憔悴しきった様子から一変、一歩間違えれば殺されると言わんばかりに緊張しているようだ。

いったい彼らに何があったというのか？

ふしぎだなー。

「なっ、それは事実なのか⁉」

この裁判ごっこにおける裁判長役を務めていたエデルトルートが、絶叫染みた声を上げる。

その表情には驚愕と焦りの感情が浮かぶ。

そりゃあそうだ。

なにせこの裁判は人類同盟の調査で突き止めた犯人を、人類同盟が主導する形で国際連合と合同開催した国際裁判によって裁いているのだ。

犯人であるシーラにとって有利な証拠とは、調査を行った人類同盟にとっては不利な証拠。

シーラの勝利は、同盟の政治的敗北。

同盟の首班たるエデルトルートが焦るのも仕方がない。

しかし、この場には彼女以上に危機感を覚えている人間がいる。

「馬鹿な、そんなことあり得ないわ！！？」

中華民国の探索者、袁梓萌《エンズィメン》。

人類同盟内で事件調査を主導し、この裁判とその後の政治取引の絵面を描いていた牝狐。

彼女にとってシーラの無罪とは、同盟内外での自身の影響力低下だけに終わらない。

シーラが解放されてスウェーデン本国との連絡が再開すれば、殺害されたスウェーデンの男性探索者アルフに関する真相も判明する。

それは今回の黒幕にとって、致命的な事態になりかねない。

なにせ探索者の様子は、常時所属国に生放送されているのだ。

もしかすれば、芋蔓式《いもづるしき》に今回の国際連合拠点爆破事件やそれに連なる二人の探索者殺害事件も真相が判明するかもしれない。

そうなるとシーラと自分の立場が入れ替わった裁判が行われることになる。

その光景は、黒幕とその所属国にとって絶対に避けなければならない未来だろう。

人類同盟側の慌てぶりを見て、俺は思わずニヤリと笑う、といきたいところだが、同盟に勘繰られるのも嫌なので、真面目な表情で通す。

ごめんな、度胸無しで。

「繰り返すが、これは拙者の調査で判明した、紛れもない事実。我々日仏連合は、スウェーデンの無罪を主張するでござる」

白影の堂々とした宣言。

それはシーラの有罪を主張する人類同盟への宣戦布告にも見えた。

騒《ざわ》めく同盟の人々から、裏切り者、という言葉が聞こえだす。

まあ、彼らの気持ちも分からなくはない。

元々白影は人類同盟に所属していた。

それを俺達日本の傘下へと鞍替えし、今ではこのダンジョン戦争において数少ない利益を上げている国家の一員となっている。

そして今回の同盟と真っ向から対立する主張。

これでは、同盟の人間が彼女を裏切り者と非難するのも無理はない。

「国際連合は日仏連合の主張を支持する」

事前の手筈通り、国際連合首班アレクセイが俺達の主張を後押しする。

これで人類同盟の主張を覆せば、国際連合との外交的立ち位置が容易に逆転する。

その後の調査次第では、今回彼らが失った物資を利子付きで回収することも可能だろう。

「人類同盟はアリバイの捏造を主張する」

人類同盟は間髪を容れずにこちらの調査結果を否定してきた。

実際、紛れもない捏造なので、彼らが言っていることは正しい。

まあ、それを証明する手段は、全て消してあるんだけどね。

「ならば証言者に出てきてもらおう」

白影はそう言うと、徐《おもむろ》に片足を持ち上げて――


ダァン！！！


思い切り床に叩きつけた。

人類同盟関係者の騒めきが一瞬で止まる。

とてもではないが、協力者に向けたものとは思えないほどの乱暴な合図。

しかし、効果は覿面《てきめん》だった。

「お、俺は事件が起きた時、魔界第二層にいたシーラを見たぞ！」

一人の観衆から、アリバイとなる証言が上がる。

それを皮切りに、堰を切ったかのように次々と第三国の探索者達から、シーラのアリバイが口々に語られた。

初めからそれを言えよ、人類同盟関係者はそう思ったことだろう。

「なっ、嘘でしょう……？」

袁が信じられない表情で、床にへたり込む。

クックック、多少悪知恵が回ろうとも所詮は元一般人。

ちょっと小突いてやれば、こんなものか。

俯《うつむ》きながら肩を震わす彼女を鼻で笑う。

「……よ」

うん？

「……そよ」

なんだなんだ？

「嘘よ!!

これは日本の捏造よ！

あり得ないわ！　そもそも、これだけアリバイがあるなら、最初から言いなさいよ！！！」

烈火の如き怒りに染まった袁が、紛れもない真実を主張する。

だが、場の流れは完全に俺達のものだ。

今更彼女一人が喚いたところで、人類同盟側の不利は覆らない。

「アリバイの供述には、何らかの取引が行われた疑いがあります！　中華民国は、証言者に対する別個の聞き取り調査を求めます!!」

袁が余計なことを口にする。

煩い女だ。

俺がアレクセイに視線を向けると、彼は一つ頷いた。

「国際連合は裁判の円滑な進行のために、中華民国に対して自制を求める」

『なっ⁉』

アレクセイからのあからさまな妨害に、袁は勿論、人類同盟関係者が驚きの声を上げた。

彼はそれに構わず、言葉を続ける。

「国際連合は第三国の中立性を評価し、容疑者に対するアリバイ供述を承認する。よって、容疑者であるスウェーデンの探索者に対する無罪を認め、彼女の解放を求める」

アレクセイによって一気に言い切られた無罪判決。

人類同盟、国際連合、第三国の観衆、罪人であるシーラ。

誰もが強引な展開に呆然とする。

ホール内に沈黙が満ちた。


パチパチパチ……

俺が大きな拍手をする。

パチパチパチ！

白影と国際連合関係者がそれに続く。

パチパチパチパチパチパチパチ！！！


第三国の観衆からも拍手が続いた。

ついでとばかりに多くの歓声も上がる。

「まだ、裁判は終わってないぞ！　人類同盟はこんな結果認められない！」

「なんで!?　なんでなのよ！　こんなの絶対おかしいわ！！！」

エデルトルートと袁の声は、その他大勢の拍手と歓声に呑み込まれて、誰にも届くことは無かった。

これでシーラは無罪放免。

その後、スウェーデン本国からアルフの映像資料を送ってもらって、国際連合と共同で調査を進めれば、諸問題が一気に解決。

連合とシーラは賠償を請求し、俺達日本勢はダンジョン攻略の制限に対し白紙撤回を求める。

良し、一件落着だな！

第三十九話　恫喝爆発はじめてのさいばん　終

「解決してないからな！　まだ解決は全然してないからなー!!」

エデルトルートの遠吠えを背中で受け止めながら、俺と白影はシーラを連れてそそくさと会場を後にするのだった。

第四十話　助けられた命

「ふう、ようやく一段落でござるな」

アレクセイと俺達によって強引に閉廷させた国際裁判。

白影のＮＩＮＪＡ力と国際連合の人盾戦術により、なんとかシーラを連れて国際連合の本部であるロシア連邦根拠地にたどり着くことができた。

「ああ、ここまでくれば人類同盟の手は届かないはずだ」

アレクセイが椅子に腰かけて息を整えながら、皆を安心させるように言った。

脱出の際、米英独伊の探索者を張り倒して注意を惹きつけた彼は、傍《はた》から見ても分かるほどボロボロだ。

今回の件で人類同盟との確執はさらに深まってしまったが、彼はとてもスッキリした顔をしていた。

「ククク、いけ好かない奴らに一発入れることができたし、事態を収拾した後は今回の附《つ》けをたっぷりと搾り取ってやるだけだなぁ」

アレクセイはとても楽しそうだ。

それは別に構わないのだが、俺達の取り分を忘れてもらっては困る。

「アレクセイ、今回、俺達日仏連合は随分とそちらに協力したんだが……」

俺達が求めるものは、ダンジョン攻略における制限の破棄。

国際連合と人類同盟が攻略を担当している末期世界と機械帝国への攻略制限撤廃だ。

ダンジョンで得られる魔石資源や制覇時の特典など、俺達が欲しているものを手に入れるには、これは必要不可欠の条件。

これだけは譲れない。

「日本人は本当にハッキリと要求しないいんだな。今回の件でそちらの立場も随分と変わったようだし、今後の振る舞いを一緒に考えてやろうか？」

ニヤニヤと厭《いや》らしく笑うアレクセイ。

白影の片手がニンニンポーズをとる。

「ああっ、いや、勘違いしないでくれ。俺は君達との仲を悪くするつもりはない。国際連合は今回の日仏連合からの支援に感謝し、出来る限りの便宜《べんぎ》を図ろう」

そう言って両手を上げるアレクセイ。

「俺達としてはダンジョンへの攻略制限協定の撤廃を要求したい。人類同盟へも同様に、それを要求してほしい。それと、国際連合加盟国に残留している日仏邦人に対する優先的な保護を強く求める」

できれば技術情報や最新兵器の譲渡も求めたかったが、欲張って彼らからの心証を徒《いたずら》に悪化させる訳にもいかないな。

本命は攻略制限協定の破棄だが、今回ちょっとばかし日本の外交関係を悪化させてしまったので、最後に本国へのアピールも忘れないぜ！

「もちろん協力しよう。我々としても今回の事態の収拾について、引き続き協力を求めたい。無理やり終わらせてしまったが、実際のところ、我々の施設爆破の真相は未だ解明されていない」

アレクセイは白影の方をチラチラ見ながらも、快く俺の要求を受け入れてくれた。

まだしばらくは今回の件に付き合わされそうだが、この様子ならもう少し盛ってみても良かったかな？

そう思いはするが、本命の要求を通せた俺はようやく一息吐けた。

そして、肩の荷が下りたことで、ずっと俺にくっついている娘っ子にも構ってやれる。

「トモメェ……ぇぐ、トモメェ……」

裁判会場となっていたドイツの根拠地から連れ出すことに成功したシーラは、先程から俺の胸に縋り付いてずっとこんな調子だ。

「よーしよし、よーしよし」

背中を摩ってやるも、シーラに泣き止む様子はない。

まあ、仕方ないか。

20歳の少女が、人類の裏切り者という人類史でも類を見ないクッソ重たいレッテルを貼られていたのだ。

それも同胞を含む二人の殺人容疑付きで。

普通なら間違いなくトラウマものだ。

「トモメェ、トモメェ」

今回の裁判では、人類同盟は、いや、中華民国はシーラを処刑しようとしていた。

それはこの娘も分かっていたはず。

誰一人頼れる人間のいない中、大勢の悪意に晒されたていた彼女。

時間にすれば二日にも満たない期間ではあるものの、彼女にかかっていた肉体的、心理的な負担は推し量れるものではない。

彼女が負った心の傷を、俺に縋り付いて癒せるのなら安いものだ。

「シーラ殿、流石にくっつき過ぎではないか？　年頃の女子として、恥じらいに欠けているでござるよ」

そう言ってシーラを引き剥がそうとする白影。

こんな時くらい止めてやれよぉ。

「うー、うー、うー」

シーラは可愛らしく唸《うな》り声をあげて必死に抵抗している。

その様子を見て、つい昔行った群馬サファリパークのコアラを思い出した。

ふれあいコーナーで抱っこしてみたら、俺にしがみついて中々離れなかったんだよなぁ。

飼育員の兄ちゃんが二人掛かりで離そうとしても、プギープギーと鳴きながら決して俺を離そうとしなかった群馬サファリパークのコアラ。

あいつは元気にやってるだろうか？

「くっ、この娘、意外と筋力値が高いでござる！　もしや筋力16の拙者以上……!?　泣いている姿に騙されていますぞ、トモメ殿！」

敏捷以外は人間の域を出ていない白影は、シーラを引き剥がすのに苦戦していた。

あれ？

白影って俺よりも筋力値高いよね。

つまり、彼女が引き剥がせないシーラの筋力値も、必然的に俺より高いことになるな。

あれ、おかしいな。

俺って5つの階層を制覇して、かなりステータスは成長してるはずだよね？

うわっ……

俺の戦闘力、低すぎ……？

俺が自分の貧弱ボディーに絶望しているうちに、シーラは白影に引き剥がされていた。

ステータスの差が、戦力の絶対的な差でないことを教えられた気分だ。

シーラの表情は白影への憎悪に染まっており、なんだかすっかり泣き止んでいるご様子。

いやぁ、スウェーデン女性って逞しいんですね！

「……トモメ」

俺に見られていることに気づいたシーラ。

一瞬で顔がバイキングから乙女に早変わり。

「えっと、その……

あのね、今回は助けてくれてありがとう。アルフも殺されて、誰も助けてくれないって思ってたから……」

涙ぐむシーラ。

白影との激闘を見てからは、なんとも判断に迷う。

「うぅ、伝えたいこと、沢山あるのに……なんでかな、言葉にできないや」

裁判で見た時とは違う、光り輝くエメラルドのような瞳から、ぽろぽろと大粒の涙が零れだす。

とてもじゃないが、先程までバイキングのような表情で白影を睨みつけていた人物とは思えない。

「トモメ……私を……私を、助けてくれて、ありがとう！

あなたは、私のヒーロー、よ」

一気に近づく彼女の顔。

「ダーティシトォォォォォォォ!!!?」

突然の急展開に、信じられないくらいのオーバーリアクションをするアレクセイ。

「ヒュー！！！」

テンションが跳ね上がっている国際連合の愉快な仲間達。

「アアアアアアアアアアアアアアアアアアアアアア!!!!」

絶望的な叫び声を上げる白影。

しかし、今の俺はそれら全てを気にする余裕もなく、ただ目の前に広がるシーラの顔しか意識になかった。


「このお礼は絶対するから……！　じゃあ、また明日ね！」

帰り際、顔を赤くしたまま可愛らしく手を振るシーラの姿が、自然と頭に浮かび上がる。

日本の根拠地に戻ってきてからも、ついつい気を抜けば俺はあの時の情景を思い出してしまう。

きっと、俺の顔は真っ赤だろう。

今でもほんのり柔らかい感触が残っている左の頬。

気づけば、そこを撫でている自分がいた。

「ぐんまちゃぁぁぁん、ぐんまちゃぁぁぁぁん」

「うわあぁぁぁぁん、トモメェェェェェ」

早く明日に、ならないかなぁ。

閑話『ドイツ国民の皆さん、おはようございます！　朝のニュースです』

西暦2045年5月16日　ドイツ連邦共和国　ドイツテレビジョン放送

『速報です。

政府からの発表によりますと、現在、我が国は他国との国境線が、完全に遮断された模様です。

繰り返します、我が国は他国との国境線が、完全に遮断された模様です。

国境地帯は現在、虹色の壁に囲まれており、国外行きの鉄道、航空便は運航停止、道路は全て通行止めとなっています。
政府は非常事態宣言を発表しており、各地の混乱を鎮圧するために軍も派遣されています。
国民の皆さんは、政府からの非常事態宣言が解除されるまで、外出を極力控えてください
繰り返します――』

西暦２０４５年5月16日　ドイツ連邦共和国　バイエルン放送

『――皆さん、ご覧ください！

我が国の各地で突如、空中に現れた巨大なスクリーン。

一体どのような原理で、空中に映像が映し出されているのかは不明ですがっ！

しかし、先程からスクリーンは、二人の男女を映し出しています!!

彼らがどのような人物かは不明ですが、映し出される映像と、聞こえてくる音声からは、彼らも状況を良く理解していないことを察せます!!

現在、我々は政府からの発表を待っています！

政府からの発表が入り次第、皆様にお知らせするので、どうか、チャンネルはこのままで！！！』

西暦2045年5月17日　ドイツ連邦共和国　南西ドイツ放送

『おはようございます。
南西ドイツ放送、朝のニュースです。
昨日から我が国の国境線が、陸海の区別なく虹色の壁によって封鎖されている問題。
突如、国内各地の空中に現れた巨大なスクリーンと、映し出される男女に関して。
これらの原理の分からない不可解な現象について、本日、政府が発表を行う予定です。
突然の国境線遮断に、多くの企業は経済活動を停止しています。
また、我が国に取り残された他国民からも、不安の声が寄せられています。
……あっ、どうやら政府より今から発表があるそうです。
官邸に代わります』

西暦2045年5月17日　ドイツ連邦共和国　第2ドイツテレビ

『――次元統括管理機構という正体不明の組織から、一方的な通達があり――
――現在スクリーンに映っている男性は、ニーダーザクセン州出身のフレデリック・エルツベルガーさん20歳。

女性は、ブランデンブルク州出身のエデルトルート・ヴァルブルクさん20歳――

――フレデリックさんは一般家庭、エデルトルートさんは先祖代々の軍人家系。

彼らの共通点は年齢以外になく、全くのランダムで選ばれた可能性が――

――政府は彼らに対する支援を全国民に求めており――

――国外からの輸入の途絶は、資源の乏しい我が国にとって死活問題であり――

――政府は緊急備蓄用の資源を十分な量、供給すると発表していますが、専門家の分析では、現在、国内には半年分しか備蓄されておらず――

――政府が食料と生活物資の配給制を計画している可能性が示唆されています』

西暦２０４５年5月19日　ドイツ連邦共和国　第1ドイツテレビジョン

『皆さん、速報です!!

極東にある友邦、日出る国、日本が、ダンジョンの攻略に成功しました！！！

次元統括管理機構からの公式発表によりますと、本日9時頃、日本はダンジョンの一つである『魔界』の第一階層を制覇した模様です！

この人類初の快挙は、驚くことに僅か3日という極めて短い期間で達成されました!!

専門家によると、このペースで攻略を続ければ、1年以内にこのダンジョン戦争は終結するだろうとのことです。

我が国のフレデリックさんとエデルトルートさんも、友好国と連携しながら攻略を進めており、人類全体を見ても戦争は優勢に推移しています。

皆さん、この快進撃は――」

西暦2045年5月22日　ドイツ連邦共和国　ドイチェ・ヴェレ

『――日本が再びダンジョンの攻略に成功しました。

次元統括管理機構からの発表では、本日8時、日本の探索者達はダンジョンの一つ末期世界の第一層を攻略したようです。

連邦国防省の発表によりますと、日本によるこれほど速いダンジョン攻略には、日本が得意とする無人機技術が活用されている可能性があるようです。

これを受けて我が国も無人機の開発を急遽進めており、民間からの協力が――』


『連邦共和国国民の皆さん!!

号外です！！！

皆さんも直《じか》に記念すべき瞬間を見られたとは思いますが、改めてお伝えします!!

先程、我が国を中心とする人類同盟が、ダンジョンの攻略に成功いたしました！！！

攻略したダンジョンは、高度魔法世界ダンジョン！

専門家によりますと、４つ存在するダンジョンの中で、間違いなく最難関のダンジョンです！

我が国が誇る二人の勇敢な若者、フレデリック・エルツベルガーとエデルトルート・ヴァルブルクが、遂に偉業を成し遂げたのです！！！

この凄まじい感動、きっと皆さんも感じていることでしょう!!

ああ、神様、今日という日を感謝します!!

どうか我が国の英雄と、各国の探索者達に神のご加護を！！！』

西暦２０４５年5月27日　ドイツ連邦共和国　ＲＴＬテレビジョン

『——えー、人類同盟から隣国フランスの探索者が脱退し、日本の傘下に入った問題ですが。えー、ベルリンのフランス大使館前では、民衆によるデモ隊が抗議活動を行っており、現在、えー、駆け付けた警官隊とにらみ合いが続いております。

——フランスの裏切りとも取れる行動について、国内では怒りの声と共に、フランスの行動に理解を示す声もあり——

——何者かによって、フランスに対して魔石の供給を意図的に減らしていた疑いが、人類同盟内部にて——』

西暦2045年6月5日　ドイツ連邦共和国　北ドイツ放送

『——ロシア連邦を中心とした国家連合、国際連合の物資集積拠点爆破および殺人の疑いがかけられているスウェーデンの探索者に対する裁判が、我が国の深夜3時から開廷される予定で——

——中華民国の探索者が主導している調査ですが、専門家によりますと、多分に憶測が交じった証拠不十分なものであり、信憑性《しんぴょうせい》に欠け——

——我が国のエデルトルートさんは、人類同盟の中心的人物であるため、今回の裁判では裁判長としての役割が——

——日本の探索者であり、日本国総理大臣の御令孫であるハナ・タカミネによる制止行動によって、多くの子供やお年寄りが体調不良を訴えており——

——おっとぉ、ここでロシアのアレクセイ、アメリカに対して強烈なアッパーカットだぁぁ!!

無防備なアレクセイの背中に、イギリスのドロップキックが決まったぁぁぁぁ!!

ジョンブル魂を見せてくれています!!

ああっ、アメリカが油断したところをウクライナにエルボードロップを食らってしまったぞぉぉおお！！？
かーらーのー……
決まったぁぁぁぁ、ウクライナが決めたぞ‼
インディアン・デスロックだぁぁぁぁぁぁぁぁぁぁぁぁぁぁぁぁぁぁ！！！』

閑話　発展途上国日記―中央アフリカ帝国編―

『２０４５年5月17日夜　中央アフリカ帝国バンギ　自動車セールスマンの男性（33）

昨日から空に浮かび上がる映像。
映し出されるのは、二人の男女と見たこともない醜悪な怪物達。
あの映像が何なのかは分からない。
こんな異常事態のせいだろうか。
今日は自動車を買う客が多かった。
いつもなら見るだけ見て帰っていく冷やかし客も、挙《こぞ》って車を買っていく。
そのおかげで、今日の売り上げだけで半年分のノルマを達成できた！
明日も今日みたいな感じだったら、特別報酬も期待できるかもしれないな。
もしも報酬が出たら、前から欲しかったＰＯＮＤＡの中古バイクを買おう！

明日も頑張るぞ!!』

『2045年5月19日夜　中央アフリカ帝国バンギ　個人商店の男性店主（42）

空の映像でずっと映っていた男と女。

そのうちの女が、遂に化物共に殺された。

ありゃあ、惨《むご》かったな。

化物共に生きたまま四肢を食われた女は、最期まで家に帰りたいと泣いていた。

赤の他人だけど、流石に可哀そうだと思ったよ。

まっ、俺にはどうしてやることもできないんだけどな！

そんなどうでも良いことはおいといて、2、3日前から店の商品がどんどん売れていったんだが、遂に今日在庫がなくなっちまった！

新しいのを仕入れようにも、この町の市場はどこもかしこも品切れ状態。

なんでも外から物が入って来難くなっちまったんだと。

こうなりゃ商売あがったりだ！

畜生めぇ！

馴染みのジグの話だと、明後日くらいには新しいのが入ってくるそうだ。

はあ、それまで何してりゃあいいんだ?』

『２０４５年5月21日昼　中央アフリカ帝国バンギ　小学校の女性教師（26）

最近、町のどこに行っても物が売ってない。

ここ数年はなかったんだけど、久しぶりに物不足になっているっぽい。

物不足になると強盗や殺人が増えるんだよね、嫌だなー。

学校もしばらくは休校になって暇なんだけど、女は外を歩き難いし、家にいてもやることなくて最悪！

こんなことなら、同僚のパナサからのアプローチにさっさと応じておけば良かったかな？

でも、彼ってお金貯めてなさそうだし、やっぱりナシね。

というか、さっきからアパートの隣が凄いうるさいんだけど！

叫び声も聞こえるし、もしかしてヤバいっぽい？

あっ、音が止んだ。

あれ、もしかして次は私の部屋に来るっぽい？

もしかして、もしかしてだけど、強盗だったり？

……ふふふ、２年前に買ったっきり一度も使ってないマグナムの出番ね⁉

いいわ、来なさい‼

鉛玉をぶちかましてやるわ！！！』

『2045年5月23日夜　中央アフリカ帝国バンギ　小学生の男の子（8）

今日でがっこうがお休みになって3日めです。
つまらないけど、空にえいががうつってて楽しいです。
女の人はよわいからすぐにまけちゃったけど、男の人はつよいからすきです。
今日も、男の人は、てきを2体たおしました。
かっこよかったけど、もっとはでにたおしてほしいです。
そっちのほうが、もっとかっこいいとおもいます。
そういえば、パパがきのうの夜から家にかえってきません。
おしごとたいへんそうです。
がんばれ！
ママは、さいきん、ごはんが手ぬきです。
もっとがんばれ！
ぼくも手をぬいて、今日はしゅくだいをやりません。
あと、きのう、ママが、がっこうの先生がころされたって言ってました！
わかい女の人です。
ごうとうにまけました！

よわい！
がんばれ‼』

『２０４５年5月27日夜　中央アフリカ帝国ボサンゴア　下っ端の男性警官（30）

今日は人口10万人の町で、４２９人が殺された。
２９６軒の住宅や店が強盗に遭って、８００台以上の車が盗まれた。
細かい犯罪は数えきれない。
いつも通りの糞ったれな日常だ。
だが、なんとなく、いつもよりも多いような気がしなくもない。
まあ、気のせいか。
最近、店に物が少なくなったな。
だから強盗の数が増えたような気がするのか？
別に良いんだけどな。
明日も明後日も、パトカーに乗って、犯罪者を見つけて、銃を撃つ。
今日もいつも通りで、きっと明日もいつも通りだ。
暇になったら、空を見上げれば、珍しく気の利いた政府が流す無料の映画を見れる。
あの映画は派手じゃなくてつまらないと言う奴もいるが、臨場感があって俺は好きだ。

なんというか、本当に死と隣り合わせっぽく演じてる俳優の演技に惚れた！』

『２０４５年５月31日昼　中央アフリカ帝国ノラ　男性市長（52）

今朝、バンギの政府から電報が届いた。
なんでもこの国は孤立したそうな。
いつものことか。
だが、いつもと違って、今回は本当に孤立状態らしい。
外国からの交易が全て止まっているとか。
クソ！
バンギの政府は本当に碌なことをしないな!!
今度は一体何をやったんだ!?
革命か!?
虐殺か!?
もしかして内戦おっぱじめやがったか！！？
おかしいと思ってたんだ！
最近、急に物不足になってるし、犯罪も増えてる。
全部バンギの政府の仕業だったか。

幸い、俺の街はバンギから最も離れた場所にある中核都市だ。
まだ首都の混乱はここまで来ちゃいない。
こうなりゃ独立するか？
やっちゃうか？
いけるかな。
とりあえず近場の軍を掌握しとこ！』

閑話　フランス新聞　本日のニュース

フランス共和国　ＡＦＰ通信　２０４５年5月16日　朝刊

『国境断絶　戦争の予兆か

昨日の5月15日から、我が国の国境にて虹色の膜のようなものが発生し、他国との往来が遮断される現象が各地で報告されている。

同様の現象は空や海でも確認され、各地の空港や港湾は、立ち往生する航空機と船舶でパンク寸前となってる。

また、この影響はインターネットにも及んでおり、海外サーバーへのアクセスが不可となる状態が続いている。

これに対し、政府からは何の発表もなく、パリ中心部の共和国広場では、大勢の人々が集まって、政府に対するデモを行った。

デモに参加した人々は、広場にて座り込み、参加者の一人は、政府からの発表があるまで抗議を続けると言っていた。

同様のデモはパリ以外でも多数起きており、政府による事態の説明が急がれる。

国境途絶以外にも、考慮すべき問題はある。

本日未明から各地の上空に出現した巨大なスクリーン。

原理は不明だが、そのスクリーンには男女一人ずつが映し出されている。

彼女達の言語はフランス語であり、この現象にフランス人が関わっていることが考えられる。

古代ギリシアを彷彿とさせる神殿群を探索する男性と、どこかの屋敷と思われる場所を探索する女性。

意図の分からない映像に、不安を覚える人々からも、政府への非難の声が聞こえてきた』

フランス共和国　ル・モンド紙　２０４５年5月17日　夕刊

『上空に映し出される惨劇　大規模なテロ行為か

昨日の5月16日から各地の上空に出現したスクリーンとそれに映し出されていた二人の男女。

意図の分からない大規模な悪戯かと多くの人々が思っていた。

だが、そんな人々に衝撃が襲った。

映像の中で神殿を歩いていた男性が、何の前触れもなく殺されたのだ。

突然の凶行に人々が絶句する中、さらなる衝撃が人々を襲う。

男性を殺害した犯人は、背中から羽が生えており、頭上には光の輪が浮いていたのだ。

聖書に語られる天使を彷彿とさせるその姿は、信心深いフランス国民にとって衝撃的だった。

この事態を受け、デモ隊への対応に力を注いでいた警察も、ようやく重い腰を上げた。

スクリーンを投影する装置の捜索を行う警察だが、未だに手掛かりを掴んだという発表はされていない。

この醜態に対し、人々は警察への不満と共に政府への不信感を募らせる。

また、一昨日の5月15日から、我が国の国境が陸海関係なく虹色の膜のようなもので覆われている件についても、未だに政府からの発表はない。

共和国広場で座り込みを続ける人々は、有効な対策を打ち出すどころかまともな説明もできない政府への強い批判を口々に吐き出していた』

フランス共和国　リベラシオン紙　２０４５年5月20日　朝刊

『日本の快挙　愚昧なフランス政府

昨日の5月19日、日本の探索者が人類で初めてダンジョンの階層を攻略したと発表された。

これは突然戦争を仕掛けられ、不安に包まれていた人類にとって、ようやく差し込んだ一筋の光明だった。

人類史へ輝かしい栄光を刻んだ日本と比較し、我が国の戦績は振るわない。

現在、我が国の探索者アルベルティーヌ・イザベラ・メアリー・シュバリィー女史は、人類同盟と呼称する複数国家の探索者達による集団に属している。

シュバリィー女史は、カトンジツという強力な火炎放射を放つことのできる能力と手裏剣を無数に生成する能力を有している。

これにより驚異的な戦力を誇る女史だが、彼女との連絡を未だに取ることのできない政府によって、十全に能力を発揮できずにいる。

17日の夜、初めて政府が今回の事態を説明した会見で、メスメル大統領はダンジョンから供給される物資により、フランスは未曽有の発展を遂げ、シュバリィー女史は我が国の支援により華々しい戦果を上げるだろうと言っていた。

しかし、実際にそのような栄誉が与えられているのは日本のみであり、我が国を含めた大多数の国々は満足な物資を供給されないまま、ダンジョンの攻略を遅々として進められていない。

政府による背信行為ともいえる現状に、フランス国民の怒りが爆発した。

17日夜に行われた政府発表により、収束を見せていた各地のデモは再び激しさを増している。

メスメル大統領と政府は、これまでの行動を客観的に見返す時期が来たのかもしれない』

フランス共和国　ル・フィガロ紙　２０４５年5月27日　夕刊

『フランスの救世主　日出ヅル国との同盟

本日5月27日、日本が再び階層の攻略に成功し、我が国と同盟を結んだ。

今回の攻略には、我が国のシュバリィー女史も大きく貢献しており、これにより日本との関係が大きく深まった。

そして、女史は近年稀にみる外交的成功を収めた。

日本との同盟である。

日本はＧＤＰ世界第2位の経済大国であり、西太平洋の中心的国家だ。

ダンジョン戦争では、高い技術力と極めて優秀な人材によって、現在までに４つの階層を攻略し、この戦争で最も戦果を上げている国家である。

元々我が国と日本は経済、文化、外交の面で強い結びつきがあり、世界有数の友好関係にあった。

そんな日本との同盟は、我が国の国際的地位を高めるだけでなく、シュバリィー女史への支援など、あらゆる面で我が国の助けとなる。

そして早速、日本から我が国への物資の援助が行われた。

日本の探索者であるトモメ・コウズケ氏は、同盟が締結された直後、我が国とシュバリィー女史が連絡を取れていない状況に気づき、即座に対応した。

それにより、我が国が直面していた深刻な物資不足の問題が解決されたのだ。

今回、我が国に送られた日本からの援助物資は280万t。

これほどの支援を迅速に行った日本とコウズケ氏に対し、メスメル大統領は感謝の意を表明した。

戦争が今後どのような状況になるのか見通しが立たない現状だが、今回の同盟により、我が国の未来に一筋の光明が差し込んだ結果となった。

最後ではあるが、我が国の救世主となったトモメ・コウズケ氏に対し、一人のフランス国民として謝辞を述べたい』

フランス共和国　ル・パリジャン紙　コラム欄　2045年6月5日　朝刊

『フランスと日本　愛憎乱れる女の戦い

ダンジョン戦争における初めての国際裁判に、人々の注目が集まっている。

そんな中で、筆者は敢えて、日仏間における人間関係について筆を走らせる。

具体的に言うと、日本の探索者コウズケ氏を巡る、シュバリィー女史とタカミネ女史の女の戦いについてだ。

我が国の探索者であるシュバリィー女史が、コウズケ氏に並々ならぬ感情を抱いていることは、まともな感性を持つ読者諸氏にとって周知の事実だろう。

また、日本の探索者であるタカミネ女史も同様の感情を抱いているだろうことも、同様に感づいているはずだ。

二人の女性に関して、比較してみよう。

シュバリィー女史は祖父が大統領経験者、祖母は貴族出身、父親は国内屈指の大企業ダッセーCEO、母親は有名デザイナーと、絵に描いたような上流家庭出身者。

一方のタカミネ女史も、日本の貴族にあたる家系で、祖父は現役総理大臣、父親は世界最大の製鉄会社である新日鐵純金神戸製鋼の役員と、こちらも同等の上流階級出身だ。

見た目に関して、シュバリィー女史は少々個性的な服装ではあるものの、枝毛一つない金糸の如きブロンドと宝石のような蒼い瞳、透き通るような白い肌、フランス男が一度は妄想するフランス美少女と言えよう。

タカミネ女史は、アジア人らしい黒い髪と茶色の瞳を持ち、こちらも日本人男性が夢見る大和撫子と言える。

どちらも大変美しい女性だ。

きっと戦後はこの二人がミス・ユニバースのグランプリを競うことになるのだろう。

そんな二輪の高嶺の花から思いを寄せられるコウズケ氏だが、氏はどちらの想いにも応える様子はない。

それどころか気づく様子すらなく、彼女達のアピールは悉《ことごと》く空振りに終わっている。

果たしてシュバリィー女史とタカミネ女史という二人の絶世の美女は、栄光を掴むことができるのか。

明日のコラムでは、より深く恋愛模様を分析したいと思うので、是非とも本コラムを読んでいただきたい』

フランス共和国　ＡＦＰ通信　２０４５年６月５日　夕刊

『激動の外交情勢　国際裁判による影響
本日未明に一応の終結を見せた国際裁判。
我が国とその同盟国である日本が置かれた立場は、今回の国際裁判によって急激に変動してしまった。
元々、我が国と日本はいわゆる西側と呼ばれる国々の一つである。

第三次世界大戦においてアメリカを中心とした陣営で参戦し、戦後においてもそれらの国々と政治経済外交などの様々な面で協調してきた。

ダンジョン戦争において世界は西側陣営である人類同盟、東側陣営である国際連合に大きく二分した。

本来ならば我が国と日本は、西側である人類同盟に所属しているべき国家と見做されてきた。

しかし現在、日本は西側と距離をとった独自の外交路線を歩んでおり、日本と同盟関係にある我が国もそれに追随している。

今回の国際裁判ではその姿勢をさらに強調してしまう結果となった。

その結果、潜在的敵国である東側諸国との関係こそ改善されたものの、伝統的な友好国である西側諸国との関係が悪化してしまい、仏日の外交的な孤立がさらに強調されてしまった。

スウェーデンの探索者が証拠不十分の状態で粛清されることの回避という人道的な目的こそ達成されたものの、その嫌疑は十分に解消されたとは言えないまま有耶無耶に裁判を終えてしまった。

仏日両国が今回得たものは、友好国からの不信感と敵国への接近、そしてスウェーデンからの僅かな感謝しかない。

異世界からの侵攻によって突如始まったダンジョン戦争、混迷を極める国際情勢の中、厳しい立場に置かれ国際的な孤立が進行する仏日両国の舵取りを担うコウズケ氏の今後の政治手腕に期待したい』

第四十一話　ヘドロの瞳と外交説明

根拠地の食堂、そのテーブルにて、俺は対面に高嶺嬢と白影を座らせて向かい合っていた。

ヘドロのような瞳でこちらをジッと見つめる二人を後目に、俺は湯気の立つ緑茶を一啜り……

……しようと思ったけど、熱そうだから唇を少し湿らすくらいにしておく。

「これまでの我々日仏連合の外交状況を振り返ってみよう」

国際連合の拠点爆破事件、その後の国際裁判によって、俺達を取り巻く政治状況は大きく変化してしまった。

それを一旦整理する意味でも、自分が考えていることを二人に話そうと思ったのだ。

決して、そう、決して彼女達が醸し出す雰囲気が恐ろしすぎるので、ダンジョン探索よりもまずはお話ししようとしているのではない。

雑談する勇気がなくて、つい外交関係の話に逃げている訳では、決してないんだ!!

ないんだよぉぉぉ！！！

国際連合の拠点爆破事件まで、日本勢の対外関係は全方面に対して友好的中立と言って良い状況だった。

人類の二大派閥である人類同盟と国際連合の両者から加入を要請されつつも、それを棚上げしていた中立的立ち位置。

特定国家以外からは敵視されることなく、どこの国とも友好的な関係を築けていた。

最大勢力である人類同盟からは、フランスの探索者アルベルティーヌ・イザベラ・メアリー・シュバリィーを引き抜いたことにより、心証はいくらか悪化していたが、それでも協力関係を結べる程度には関係性を保てていた。

日本勢単体でダンジョン攻略が問題なく行える状況では、理想的な外交状況とも言えるだろう。

日仏はどの勢力からも深く干渉されることなく、ある程度自由にダンジョン攻略を進められ、莫大な物資を蓄える事が出来ていたのだ。

しかし、そんな日仏の盤石な外交体制も、国際連合の拠点爆破事件、その後に行われたダンジョン戦争における初の国際裁判により、崩壊を迎えることとなってしまった。

ここで、改めて現在日仏を取り囲む外交状況を説明する。

今回の国際裁判によって判明した同盟加盟国による連合への破壊工作。

連合によって強引に取り纏める形となった裁判の判決。

そして、裁判後に勃発した各国入り乱れての大乱闘。

これらによって、人類同盟と国際連合の対立は、決定的なものとなってしまった。

なまじ、全ての映像が各国の全国民に公開されていることにより、各国の探索者達は、誤魔化しや後退《あとずさ》りも許されない。

国家によっては、特定国の大使館に対して攻撃すら行われている可能性もある。

もちろん、他国との遮断が解かれた後のことも考えて、各国政府はそれほどの無茶をすることはないだろうが、国民もそうとは限らない。

強烈な民意に屈してしまう政府も中にはあることだろう。

今後、同盟と連合は今回の後始末如何によっては、人類間の武力衝突も視野に入れなければならない。

本国から隔離された空間での、対外戦争中の人類間戦争。

人的物資の補給が絶望的な中、行われる狂気の争いは、間違いなく人類史で最悪の愚行となるだろう。

また、第三国の連中も今回の件により、今後どのような立場に立つのか分からない。

一応、白影に頼んだ工作のお陰で、多くの国家は一時的にではあるものの、俺達日本勢の側に立ち、同盟に対し反対の姿勢をとった。

しかし、だからと言って、彼らが今後もそのままの立場でいてくれる保証はどこにもない。

確かに今回の件で同盟は大きく信用を失墜したが、彼らはそれをすぐさま挽回しようとするはずだ。

その中で、今まで無視していた第三国に対して、なんらかの外交工作を行ってくるのはほぼ確定と言って良いだろう。

なにせ、ダンジョン戦争における最重要要素と言うべき『特典』、10人いる特典保持者のうち、2人が第三国の中に埋もれているのだ。

俺が『強くて成長する裏切らない従者』、高嶺嬢が『すごいＫＡＴＡＮＡ』と『かっこいいマント』、白影が『カトンジツ実践セットSYURIKEN付（NINJA！）』。

同盟はガンニョムと戦略原潜、歩兵用強化装甲におまけで水筒と葉巻を保有している。

連合は漢らしく特典無しで戦っているので、第三国に埋もれている特典は、『スペシャル冒険セット』と『現状を事細かに説明された書物』。

二つとも地雷臭を醸し出しているものの、それでもまともな物品なら文句無しに強力そうだ。

特に書物の方は、可能ならば是非とも手に入れておきたい。

もちろん、既にいずれかの勢力が手に入れていて公表を控えていることも考えられるが、それでも特典保持者捜しは活発になっていくことだろう。

このような外交環境の中、俺達日仏連合が置かれている状況を整理しよう。

まず、友好関係にあるのは、今回手を組む形となった国際連合。

第三次世界大戦で日本に救われた東アジア以外のアジア各国も、歴史的経緯から日本とは友好的だ。

中南米とアフリカ諸国は、日本に対し友好的な国や謎の尊敬を抱く国が多い。

恐らく無限の技術ツリーを誇る日本製トラックのお陰だろうか。

とは言っても今回ちょっぴり外交的恫喝を行ったので、尊敬から畏怖にジョブチェンジしている国も少なくない。

そして今回、明確に対立してしまった人類同盟。

今までは連合と同盟のどちらにも寄っていなかった俺達だが、今回の件で同盟との関係は大幅に悪化したとみて間違いない。

この状況下で、日本がとれる有効的な策は４つ。

1つ目は、このまま国際連合に加わり、同盟への警戒を強めつつもダンジョン攻略を進めること。

これはあやふやだった日本の国際的立ち位置を明確にし、堅実かつ盤石な外交体制と組織力を手に入れることができる。

ただし、同盟との対立は決定的に深まり、人類間戦争が秒読み段階になりかねない。

2つ目は、今回の件で人類同盟上層部を徹底的に糾弾、国際的地位を凋落させ、その隙に高嶺嬢と白影の武力と、膨大な魔石採取量を背景に同盟の主導権を奪い取ること。

これは日本を一気に地球人類の指導的立ち位置に立たせることができるが、内外に多くの敵をつくることになるだろう。

3つ目は、連合とのパイプを活かして同盟に対して口利きをし、今回の失態をフォローしてやること。

これにより、日本の外交関係は事件前の状態に復元することができる。

しかし、何の成果も得られない。

プラスマイナスゼロだ。

最後の4つ目は、ゴーイング・マイウェイ！

チーム日本は己の道を突き進み、ひたすらダンジョン攻略に邁進するのみ!!

文句なしの脳筋外交だ。

利点として、日仏連合のリソースを全てダンジョン攻略に注ぐことができるので、攻略による特典と物資は一番手に入れることができる。

欠点として、外交的にガラパゴス化しかねないことだ。

「どれが良いと思う？」

正直なところ、国家の命運を左右すると言っても過言ではない決定、それを独断で下す度胸は俺にはない。

なので、何らかのきっかけでも良いから、高嶺嬢と白影から意見が欲しかったのだ。

「そうですね……政治のことは良く分かりませんが、私はぐんまちゃんの判断に任せます」

「拙者はトモメ殿の忍びなれば、主の後に付き従うのみ」

二人は相変わらずだ。

もうどうしようもねぇな。

明らかに戦後の日仏両国の命運を決定づける決断。

もちろん俺にそんなことを決定する度胸なんてない。

仕方ないよね、学生だもの。

3週間前まで、地方の国立大で暢気なキャンパスライフを送っていた大学生に、無茶言うなって話だよ！

「まあ、なるようになるか」

ぬるくなったお茶を飲みながら、俺は目の下にどす黒い隈《くま》を作って、完全に光を失っている二人の双眼をほんわか気分で眺める。

とりあえず、シーラが本国から事件の真相を取り寄せ次第、人類同盟を削り落とすかな！

不意に、左手に装着している端末に着信があることに気づく。

端末のメッセージ機能を開くと、昨日連絡先を交換していたロシアのアレクセイからメッセージが届いていた。

今まで全く使うことのなく、存在にすら気づいていなかったメッセージ機能。

初めての受信に、ドキドキだ！

そうか……

俺の初めては、アレクセイか。

スラヴ系らしい雪のような白い肌と薄い金髪、くすんだ青い瞳から覗く冷徹な視線を思い出す。

うわっ、ゾワッとしたわ！

気持ちわるっ!!

ダンジョン戦争初のメル友に対して、極めて失礼なことを考えながら、俺はメッセージを開いた。

なんだろう？

食事会のお知らせかな？


『先程、スウェーデンの根拠地内でシーラの死体が発見された。

死因は胴体への銃撃。

犯人は不明』

第四十二話　銃と心の整備

鮮やかな深紅の絨毯、品格のある重厚な応接セット、3冊しか本のない本棚、高い天井には爛々と照らすシャンデリア。

根拠地に設けられた俺の執務室、久しぶりに過ごす一人の空間。

今は誰にも会いたくない。

一人になりたい気分だった。

マホガニー製の執務机には、艶消しされた黒い銃が置いてある。

26式5・7㎜短機関銃、FN社製P90をパク……オマージュした純国産短機関銃。

ダンジョン戦争の初日以来、ほとんどの戦いを共に過ごした愛銃だ。

……付き合いはかれこれ3週間だけど。

無人機の管制用タブレットには、銃の整備解説書も入っていた。

なんだかんだ整備せずに何度も使っているので、いい加減整備しようと思ったのだ。

タブレット画面に表示された萌え萌えな解説を読みながら、手順に従って銃を分解する。

国防陸軍の公式キャラである萌えキャラが、専門用語のオンパレードな説明を簡潔に台詞調でしているので、素人には難易度が高すぎる。

だからと言ってやらない訳にもいかないので、タブレットの辞書機能や自分なりの解釈を駆使して何とか読み解く。

『死体や根拠地内には荒らされた形跡はなく、突然の犯行で碌な抵抗すらできなかったと考えられる。

銃撃は腹部に3発、心臓部に4発、のどに2発。

いずれも背後から撃たれたようだ』

整備性に優れたこの銃は、一本のネジを外せば簡単に全ての部品を外すことができる。

銃身、機関部、ハンドル、高度にモジュール化された各部品を分け、それぞれを丁寧に清掃した。

ライフリングに溜まった火薬カスを掻き出し、どす黒くなっている機関部の潤滑油を拭き取る。

各部に張り付いた砂や赤黒い汚れを擦り取るたびに、今まで経験した多くの戦いを思い出す。

5・7×28㎜ケースレス弾を全て取り出した50発マガジンは、押し出し用のバネがヘタっていないかをしっかりと確認。

ケースレス弾という薬莢《やっきょう》のない特殊な銃弾を使用しているので、マガジン内部の汚れも綺麗に清掃する。

銃弾を火薬で円柱形に包み込んでいるケースレス弾は、いくら表面がコーティングされているとはいえ、扱いは薬莢弾よりも繊細さが必要だ。

一通り清掃が終わったら、潤滑油を新しく塗り直して各部品を組み立てる。

最後にネジを一本絞め直せば、26式5・7㎜短機関銃の整備はようやく終わりだ。

7本のマガジンに弾を込めれば、もう準備は整った。

あとで試射をしておこう。

『使用された銃弾はＮＡＴＯ規格９×19㎜パラベラム弾。

この銃弾は大半の国家が使用しており、使用銃器の特定はほぼ不可能』

整備が完了した26式５・７㎜短機関銃を片付け、次に27式５・７㎜拳銃の整備に取り掛かる。

こちらも同じように説明書を読みながら、分解・清掃・潤滑油のトリプルコンボだ。

ついでに３本のマガジンに20発ずつ銃弾を装填しておく。

本当は満タンまで装填するとバネがヘタってマガジンの寿命が短くなるらしいのだが、在庫は腐るほどあるし、無くなれば武器屋で購入できるので気にしない。

これで俺のメインウエポンとサブウエポン、普段使いの銃器の手入れが終わった。

銃の手入れなんて初めてやったけど、暴発することもなく無事に終えられて良かったよ。

『犯人の痕跡はどこにも残されていなかった。

どのような方法でスウェーデンの根拠地に侵入できたのかも分かっていない。

ギルドのクエストを通じてスウェーデン政府と接触したが、映像では突然シーラが暗殺されただけで、犯人の手掛かりは何一つなかったそうだ』

執務机の上に全ての装備を並べる。

整備したばかりの26式5・7㎜短機関銃と27式5・7㎜拳銃、そのマガジンをそれぞれ7本と3本。

手榴弾は破砕型を2個、発煙型を3個、閃光型を3個。

C4爆薬500gブロックを2つ。

ポーションは1億が6本と1000万が12本。

1L水筒を1つ。

初期装備の懐中電灯、ロープ、ライター、針金セット。

そしていざという時の38式単分子振動型多用途銃剣。

これがダンジョンへ持っていく俺の基本装備だ。

それら一つ一つを問題がないか確かめながら、全身の収納ポケットに収めていく。

全てを収め終わり、忘れ物がないか確認してから、防刃手袋をつけて暗視装置付きヘルメットを被れば、完全武装俺の出来上がり。


『犯人の特定は絶望的だ。

どれだけ怪しくても、証拠がなければ裁くことなんてできない。

忌々しいことだが、今回の事件はもはや闇に包まれてしまった。

非常に残念だ』

椅子から立ち上がると、数時間座りっぱなしだった全身が軽く悲鳴を上げた。

それでも、ちょっと背を伸ばせば、うん、もう大丈夫。

俺は、戦える。

…………よし！


ぱちんっ。


気合を入れて頬を叩く。

思い切ってドアを開ければ、何故か部屋の前の廊下で座り込んでいる少女が二人。

「あっ……ぐんまちゃん」

「トモメ殿……その……」

俺を心配そうに見上げる茶色と蒼の４つの瞳。

やれやれだ！

この娘達に心配されるとは、俺も甘く見られたもんだぜ‼

『彼女の遺体はスウェーデンに送られる。

もう俺達ができることは何もない』

「高嶺嬢、白影……」

『トモメ……これから、どうするつもりだ？』

「さあ、今日も元気に戦争だ！

祖国と人類を救ってやろうじゃあないか？」

今はただ、己の為すべきことを為すのみ。

………はぁ、シーラ、可愛かったのになぁ。

第四十三話　機械帝国第二層

心機一転、彼是《かれこれ》4日ぶりにダンジョン探索を行おうとする俺達日仏連合。

行先は必然的に、国際連合が攻略を進めている機械帝国第二層。

流石に今は人類同盟と出くわすことは避けたかった。

「久しぶりの探索！　腕が鳴りますよー！」

高嶺嬢が4日ぶりのダンジョン探索に、ウキウキと体を小刻みに揺らしている。

俺達に歩幅を合わせながらも、先頭に立って今か今かと闘争を待ち望んでいるご様子。

彼女にとって、4日間の政治闘争は思いの外《ほか》退屈だったらしい。

知能2だからね、仕方ないね。

「……トモメ殿」

定位置である俺の斜め後ろを歩いているＮＩＮＪＡ白影が、小声で俺の名を呼ぶ。

「あまり、無理をなされぬよう」

言葉の端々から、俺に対する気遣いが感じ取れる。

前を歩く戦闘狂とは違って、白影は戦闘以外の感性もそれなりに備えているようだ。

今回ばかりはそれが辛い。

出来ることなら俺に気を遣わず、高嶺嬢のようにのびのびしてほしかったのだが。

「大丈夫、問題ないよ」

問題ない、そのように振舞っていたかったが、いとも容易く白影に見透かされてしまった。

それでも意地は通したい。

だって、男の子だものっ！

「…………」

無言の視線が痛い。

歩を緩めて振り返る。

俺よりも頭一つ分低い白影の垂れ目がちな瞳が、さらに目尻を下げて憂いを浮かべていた。

蒼玉のように蒼く透き通った双眼の奥に、俺の影がじっとりと映りこむ。

「友人を失ったけど、それで止められるほど俺達が背負っているものは軽くない。安心してほしい、本当に問題ないよ」

「…………」

俺は白影から視線を外して足を速めた。

後ろからの視線には、もう振り返ることはしない。


機械帝国第二層、そこはどこまでも続くアスファルトの広がる巨大な空港だった。

オフィスビルのようだった第一層とは異なり、航空機の運用が可能なほど開けたダンジョン。

スタート地点は空港ターミナルの出入り口に設定されているらしく、体高10mの巨人に合わせて造られた広大なターミナルが広がっていた。

「このターミナルビルの全体は半円状に弧を描くような構造だ。スタート地点の出入口は内円部、乗降り口は外円部にあり、滑走路はそのさらに外側にある」

運転席でハンドルを握りながら、トモメが施設の概要を教えてくれる。

あまりにも巨大なダンジョンは、最初から徒歩での探索は念頭に置くべきものではなかった。

先行していた国際連合からの情報では、このダンジョンのモンスターは近接武器しか使用しないそうなので、私達は小回りの利く軽車両で探索を行うこととなった。

高機動車と呼ばれるオープントップの四輪車両、私達はそれを3台に分けて乗っている。

1台目は運転席にトモメ、助手席に私、後ろに白いのと従者ロボ2体、残りの2台に従者ロボが5体ずつ乗り込んでいた。

「国際連合は既にターミナルビルの制圧を完了し、残すところ滑走路と格納庫のみらしい。敵は格納庫を拠点に滑走路で防衛線を引いていて、連合の主力が正面から火力戦を仕掛けているが中々崩れないようだな」

だから俺達は側面から回り込んで敵兵力に打撃を与える、そう続けたトモメの表情は、慎重でありながらも淡々と戦闘をこなす、いつもの顔だ。

アレの死を引き摺っているようには到底見えない。

でも、吹っ切れてもいないいんだろうな。

記憶に浮かぶのは、アレが彼の頬を汚した光景。

思い出すだけで、胸を掻き毟って自らの心臓を抉り出したくなるほどの苛立ちが、私を襲う。

うん、思い出すのは止めよう、カトンジツに使うＭＰがなくなる。

アレはもう死んで、彼は引き摺ってない。

それで良いではないか。

私が気にして、徒に掻き乱す必要なんてない。

このまま戦っていれば、記憶が薄れてなあなあになる。

だったらそれで――

「――おっと、敵だ」

悶々と思い悩んでいたせいで気づけなかった敵の存在。

トモメはそれに気づいた途端、ハンドルを思い切りきって車両をドリフトさせるように急停車する。

運転席を中心点としたドリフト、慣性と遠心力が運転席とは反対側で一気にかかる。

車にしがみつく従者ロボと白いの。

何故かその光景が見える私。

「えっ」

シートベルト、ちゃんと締めれば良かったな……

空中に放り出されながら、しみじみとそう思った。

出現した敵は、私が放り出された方向に丁度良く纏まっている。

12体の巨大な機械人形。

赤く光る剣で武装したそいつらは、放り出されている私に虚を突かれたのか、剣を構えるでもなくただ私を見ている。

何の感情も読み取れない無機質な眼光、色とりどりに光る奴らの視覚センサー。

驚きの表情を浮かべるトモメ、親指を立てる従者ロボ。

そして、噴き出しそうに片方の手で口を押えるクッソ忌々しい白いのっ。

それを見ながら、クルクルと回転している私。

腹が立ってきた。

なんで私がこんな目に遭わないといけない？

トモメもトモメだ。

金髪白人枠には既に私がいるじゃないか。

二人目の金髪白人を増やそうとしていたなんて、ただでさえ白いのの狂気に押され気味なのに、どうかしているんじゃないか？

脳味噌が筋肉でできている白いのと違って、私は色々と気にしちゃう繊細な女の子なんだぞ。

彼はそこのところをちゃんと分っているのか？

それにもうちょっと私のアプローチに反応すべきでしょ。

自分で言うのもなんだけど、私ってそんじょそこらのモデルや女優だと太刀打ちできないレベルの美少女よ？

そんな女の子に言い寄られて、少しも色目を使わないとか、正直男としてどうよ？

これが硬派で堅気な日本男児ってやつなの？

素敵！！！

でも白いの、お前は許さないから。

私の失敗を、さも面白そうに、歪みきった喜びの感情を隠すことなく表情に出している脳筋バーサーカー。

燃え上がる怒り、煮え滾る怒り、憤激する怒り。

私の心が烈火の如き怒りで崩壊し、全身に憤怒の激情が駆け巡る。

私の中で膨れ上がる憤激の炎。

丁度目の前に転がるサンドバッグ。

己の感情のままに、自らの怒りを吐き出した。

「カトンジツ！！！」

第四十四話　死の童謡と首獲りＮＩＮＪＡ

ギュリギュリギュリッ
時速80㎞から横転一歩手前のドリフト停車。

エアレスタイヤと床の摩擦音が空気を裂く。

突然の急制動に、猛烈なＧが全身にかかる。

そのまま持っていかれそうな体を、ハンドルにしがみつくことで何とか押さえつけた。

「えっ」

俺の視界に過ぎる黒い影。

助手席に座っていたはずの白影が、宙を舞っていた。

何が起きたのか良く分かっていない彼女は、屠畜場に運ばれていく牛のような目をしていた。

そのままクルクルと出現した巨大ロボの方に飛んでいく。

「カトンジツ！！！」

その声と共に、真紅の柱が12体の巨人を呑み込んだ。

直径数10ｍの炎の柱は敵だけでは食い足りなかったようで、ターミナルの天井を突き抜けて高々と立ち昇る。

俺達の迂回戦術が破綻した瞬間だった。

我々人類のおよそ5倍も大きな巨躯を持つ巨人の軍隊が、決して狭くはないターミナルの通路を埋め尽くす。

鋼鉄の体を持つ兵士達は、一体一体が人類の天敵たり得る脅威。

隊列を揃えて赤みを帯びる剣で武装した彼らは、黙示録を予感させる黒鉄の津波。

歩む度に大地は轟音と共に揺れ、重厚な金属同士のぶつかり合う音はそれだけで戦場オーケストラとなる。

人類ならば、見る者全てに平等な死を約束する絶望の壁。

「ヘイヘーイ、久々の戦闘ですよー」

場違いなまでに平常な声。

ある種の狂気すら感じるほどの平静さ。

大して大きくもないその声は、不思議とある程度離れた俺の耳に入り込んだ。

途端、黒鉄の壁、その一角が木っ端微塵に吹き飛んだ。

俺の護衛として控えている従者ロボが、俺に不快な視線を向けてくる。

「いや、今回は爆薬仕掛けてる暇なかったから！」

濡れ衣を着せられていそうだったので、とりあえず弁明をしておく。

「あれは高嶺嬢が敵を数体纏めて殴り飛ばしただけだよ」

俺の説明の間にも、一体当たり数tはあるだろう全高10mの鉄塊が空高く舞い上がっている。

「まずは準備運動ですよー！」

4日振りのダンジョン探索は、高嶺嬢が準備運動をしようと思うくらいには期間が開いていたらしい。

彼女の様子は、心なしか自分の体の調子を確かめているようにも見えなくはないと考えられる、おそらく、たぶん、めいびー。

高嶺嬢が拳を振るうたびに、鉄の巨人が派手に吹き飛ぶ。

高嶺嬢が地面に踵《かかと》を叩きこむたびに、冗談みたいに床がロボットを巻き込みながら捲《めく》り飛ぶ。

たまに腕をロボットの心臓部に突っ込んで、そのまま内部に収められた心臓機関を抉り取るのは、彼女なりの可愛さアピールだろうか？

そんなことよりも彼女は物理法則と真面目に向き合ってほしい。

「お人形遊びはー、童心に返りますねー」

戦闘時特有の間延びした声。

腕を肩ごと捥《も》ぎ取られた巨大ロボが、派手に黒いオイルを撒き散らしながら倒れる中、捥ぎ取った腕を違うロボの胸部に突き刺す高嶺嬢。

彼女は子供時代、このような感じで人形と戯れていたのだろうか？

「あーおい眼をしたおにんぎょはー、アメリカ生まれのセルロイドー」

金属が擦れ、ぶつかり、潰れ合う大騒音の中、高嶺嬢は何をトチ狂ったのか童謡を歌いだす。

感情を読み取ることなどできないロボット達に、動揺が広がっていくのが手に取るように分かった。

うん、分かるよ、その気持ち。

「日本の港へー、ついたときー、一杯、涙を浮かべてたー」

内骨格ごと引き摺り出せるはずなのに、何故か視覚センサーだけを的確に抉り取った高嶺嬢。

顔面から噴き出すオイル、はじけ飛ぶ火花を両手で押さえたロボットが、敵ながらとても哀れに感じた。

「わたしは言葉がわからないー、迷子になったらなんとしよー」

『ギギギギギギィィィィィィ』

金属同士を擦り合わせた甲高い金切り音が耳を劈《つんざ》く。

初めて聞くその音は、ロボット達があげる悲鳴だろうか。

その音を発していたロボットは、高嶺嬢に顔面から地面に叩きつけられて瞬く間に沈黙したので、彼が何を想って発したのかは分からず仕舞い。

在るかどうかは分からないが、彼の魂が迷わずあの世に逝けることを願うばかりだ。

「やさしい日本の嬢ちゃんよー」

腕を肩ごと捥ぎ取られて、地面に蹲《うずくま》るロボット。

視覚センサーを抉り取られて、倒れながらのたうち回るロボット。

未だに止めを刺されていなかった彼らを、高嶺嬢は地面に叩きつけたロボットの残骸を再び持ち上げる。

あっ、察しました。

高嶺嬢による慈悲の一撃。

それは彼らを痛みと現世から永久に解放した。

「仲よく遊んでやーとくれー、仲よく遊んでやーとくれー！」

存分に準備運動を楽しんだのか、黒いオイル塗《まみ》れの高嶺嬢は、羽織ったどす黒い外套の中から、ようやくメインウエポンであるすごいＫＡＴＡＮＡを取り出した。

狂気の祭典は幕を閉じ、狂騒に塗れた黒い大雨が大地を染めるのか。

高嶺嬢の様子を見物していた従者ロボ達を見ると、同胞？　の生命を弄《もてあそ》ぶ姿にドン引きしていた。

いや、美少女１号などの古参組はやんややんやと囃し立てていたが、最近加入した従者ロボ達にはショッキングな光景のようだ。

手荒い洗礼だが、こうやって彼らも一人前になっていくのかな？

大人になるって、悲しいことね。

「トモメ殿、御待たせいたした」

シュタッ、と何故か上から降ってきた白影。

最近彼女にはお使いを頼んでばっかだな。

「敵の大将首、獲ってきたでござる！」

彼女の腕に抱えられた巨大な魔石、それは階層ボスからしか採取できない大きさだった。

国際連合より、ずっとはやい！

でも首ではないね！

高嶺嬢による敵主力の誘引撃滅、白影による敵本陣への浸透一撃離脱。

うん、鉄板戦術だね！

第四十五話　クレームと健気な女傑

「確かに……確かに、俺はダンジョンの攻略を認めた。それは事実だ」

国際連合の主導国家、ロシア連邦が探索者アレクセイ・アンドーレエヴィチ・ヤメロスキー。

五分刈りの金髪と強い知性を感じさせる鋭い青目が特徴的な人物だが、実は大学で医学部医学科に在籍している医者の卵。

将来は医者になって故郷で多くの人々を救う夢を持つ、熱い情熱を秘めた男だ。

そんな彼が、深海のような冷たさを帯びた眼光を悩ましげに歪めながら、苦々しく言葉を吐き出す。

「だがな、我々が一週間以上かけて攻略していたダンジョンを、たった一日で制覇するのは自重してほしかった……！」

駄目だろう、それはやっちゃ駄目だろう！

ブツブツ文句を言っているアレクセイだが、ダンジョンの階層制覇における特典報酬は、攻略における貢献度に比例している。

よって、国際連合が今までダンジョンを攻略していた分は、きっちり報酬として支払われているはずだ。

連合とは別の戦線から進撃していたし、彼らの戦果を横取りした訳でもない。

文句を言われる筋合いはないはずだ。

「しちゃったもんは仕方がないだろう。そもそも、たった3人の探索者が一日で攻略できるようなダンジョンを、数十人でダラダラと探索している方が悪い」

「つい殺っちゃったでござる」

わざとらしい白影のテヘペロアピール。

頭巾で目元以外は隠されているものの、素材の良さに助けられて少女らしい可憐さを振り撒く。

150㎝の小柄な身長も合わさって、とてもじゃないが100体以上の機械生命体を生きたまま融解させたバイオレンスNINJAとは思えない。

「いや、おかしいだろう……！　たった3人で機械兵400体を磨り潰すとか、どう考えてもおかしいだろう……!!」

今回のダンジョン攻略では、およそ400体の巨大ロボ、通称機械兵から5000個を超える魔石を手に入れることができた。

機械兵は他ダンジョンのモンスターと異なり、複数の魔石を内包しているだけでなく、使用する武器の内部にも魔石が組み込まれているので、大変お得なボーナスモンスターだ。

人類同盟や第三世界諸国と比較し、国際連合が資源的な余裕を確保している要因には、彼らはダンジョン戦争が始まって以来ずっと、機械帝国ばかり攻略していたこともあるだろう。

ただ、巨大で強固な鋼鉄の体を持つ機械兵の部隊とまともにやり合うには、第4世代以上の主力戦車が必要になる。

それに加えて、人数の限られた今の状況では、用意した戦車も高度に自動化されていなければならない。

必然的に機械帝国を探索できるのは、高度に自動化された第4世代主力戦車以上の陸戦兵器を保有する国家か、熟練の対戦車ゲリラ兵くらいしか存在しない。

えっ、俺の所のバーサーカーとNINJA？

あれは人類的な意味でも別枠でしょ。


「撃てぇ！　射撃を絶やすな!!　弾幕を維持するんだ！！！」

100基を超える高射機関砲と短SAM（Surface-to-Air Missile：短距離地対空ミサイル）によって形成された対空陣地。

そこから絶え間ない火線が伸び、上空を飛び回る薄汚れた天の使いを絡めとる。

一基あたり秒間数千発の機関砲弾が、銅《あかがね》のシャワーとなって天上に叩きつけられる。

装填から照準、射撃まで一律で自動化されたそれらの対空火器は、オペレーターの指示の下、忠実かつ正確に獲物を刈り取っていく。

米国と欧州各国の探索者が購入した対空システムは、10億ドルを軽く上回る戦費と引き換えに、人類同盟の上空から敵を排除することに成功していた。

当初、誰が戦費を負担するのか、戦費の負担比率はどうなるのか、献身に応じた報酬は分配されるのかなど、多くの問題から列強諸国の探索者達は、大型兵器の投入に消極的だった。

しかし、国際連合が優勢に進めるダンジョン攻略、全世界に放映された国際裁判での大失態、それらに伴う国際的プレゼンスの低下は、探索者達はもとより、彼らが属する国家の中央政府に危機感を抱かせるには十分だ。

結果、人類同盟の主要国家であるドイツをはじめとした列強各国からの財政支援により、強固な対空陣地と潤沢な武器弾薬を購入できるだけの資金が手に入ったのである。

「……フレデリック、今の戦況はどうなっている？」

人類同盟の前線司令部が設置されたコロンビア級戦略原潜内部、その作戦指揮室にて、同盟首班エデルトルート・ヴァルブルクは、最前線で戦っている同胞に現在の戦況を尋ねた。

『エデルトルート、君は現実を知らな過ぎる。自分のいる世界ぐらい、自分の目で見たらどうだ？』

無線越しに、無駄に厭みったらしい口調の無駄口が聞こえてくる。

またガンニョム関係のパロディーだろうか。

それにしても最悪の選出だ。

「なるほど、順調そうでなによりだ。そのまま敵を作業区域に侵入させるなよ？　もしも作業が止まれば、根拠地にあるお前のお人形さんをミキサーで磨り潰してやる」

しかし、エデルトルートも慣れたもの。

流れるように同国人のガンニョムオタに向けて、残酷なノルマを叩きつけた。

『いや、ちょっ――』

抗議の声を上げるも、それを聞き届ける前に通信を切ってしまう。

そして次の瞬間には、相方の人形をミキサーで磨り潰すこと以外綺麗さっぱり頭の中から放り出す。

「滑走路建設の進捗状況はどうだ？」

「地盤の平坦化が終了し、全体の30％にコンクリを敷き終えました。このままいけば、今日明日には施工は完了する予定です」

流れるように返ってくる答えに、エデルトルートは満足気に頷いた。

「よし、もう少しで待ちに待った反撃だな……」

対抗組織の優勢、他勢力との関係悪化、外交的失態、組織内部での不和、本国からの突き上げ、多くの負担を背負ったエデルトルート。

そんな状況にもかかわらず、彼女の碧眼はギラつきを弱めることもなく、女傑たる雰囲気に陰りはなかった。

機械帝国　第二層　国際空港ウイング・パッディー
日本　ロシア　ブラジル　その他　　攻略完了

第四十六話　爽やかな朝

黒は嫌いだ。

子供の頃から、私は黒が嫌いだった。

自分の周囲を包み込むどこまでも広がる黒い世界。

呆然とその世界に漂いながら、ふとそんなことが頭に浮かんだ。

ここはきっと夢の中。

頭の中に靄《もや》がかかったような、上手く回らない思考で漠然と現状を認識する。

私はたぶん、夢を見ているのだろう。

五感の全てが黒色に侵食され、私の身体は闇の中に溶けてゆく。

溶けたものは二度と元には戻らない。

少しずつ削り溶かされてゆく自分の身体。

ぼやけた意識のまま、私はそれを黙ってみているだけ。

他人事のように感じてしまい、僅かな危機感すら浮かばない。

足が溶け、手が溶け、腰が溶けた。

もはや残っているのは胸から上だけ。

達磨《だるま》となった私は落ちることも転がることもせず、まるで重力なんて存在しないかのように、ふよふよとその場に浮かんでいる。

自分が溶かされてゆく感覚、自分の存在が削られてゆく感覚、自分が世界から消えてゆく感覚。

どうでも良い、私には未練に思うことなんて何もない。

このまま溶け堕ちてしまっても、どこまでも深い黒色に塗りつぶされてしまっても、それら全てがどうでも良い。

首から上しか残っていない私は、ただ全てが溶け堕ちるのを傍観するだけ。

どうせ私が消えても、悲しむ人なんて……

頭だけしか残っていない私を誰かの手が包みこんだ。

どこかひ弱でお世辞にも力強いとは言えない感触。

でも、その手に触れているだけで、不思議と空虚だった心が何かに満たされる。


「やれやれだぜ」

呆れたような声が、全てを呑み込む黒い世界の中で確かに色づいた。

「………トモメ?」


鉛の塊が頭の中に詰まっているのか。

そう感じるほど頭が重い。

それでも、動かない身体に鞭《むち》を打ち、起こして辺りを見回す。

味気ないクリーム色の壁紙、飾り気のないクローゼット、天上に吊るされたシャンデリアが場違いな存在感を放っている。

見慣れた自分の寝室。

枕元の時計を見れば、7セグメントが0428という数字を表示していた。

4時28分。

昨日は期待して夜の12時まで待って寝たから、4時間くらいしか眠れていない。

ぐわんぐわんと脳みそが揺さぶられるかのような不快感。

肺の中に綿が詰まっているかのような息苦しさ。

手足の先に感じる僅かな痺《しび》れ。

今にも倒れてしまいたい衝動を無理やり抑え込んで、なんとかベッドから這い出す。

空調が効いている室内なのに、どうしようもないほどの冷気が襲う感覚を、体を動かすことで強制的に誤魔化した。

「…………トモメ」

洗面室に入って顔を洗えば、この不快感も体の奥に沈みこんでゆく。

鏡に映りこんだ二つの蒼いガラス玉。

その奥に渦巻く黒い影。

まるで死人のような自分の姿。


「痛いよ、トモメ…………」

『アルベルティーヌ・イザベラ・メアリー・シュバリィー　女　20歳
状態　肉体：健康　精神：悲鬱
HP　14　MP　3／16　SP　20
筋力　16　知能　12
耐久　16　精神　6

敏捷　35　魅力　19
幸運　4
スキル
超感覚　60
隠密行動　40
投擲　35
耐炎熱　40
無音戦闘　30
空中機動　15
妄執　75』

「いやぁ、今日は良く寝たなー」

久しぶりのダンジョン探索で思った以上に体力を消耗したのか、昨夜はぐっすりと眠ることができた。

そのお陰か、今日は朝から頭スッキリ気分爽快だ。

嫌なことや悲しいこととかも綺麗さっぱり吹っ切れちゃって、体の奥から活力が湧いてくる。

シーラのことは悲しかったけど、いつまでもクヨクヨなんてしてられないよね。

だって祖国の危機だもん！

「今日の朝食は白影だったか」

高嶺嬢と白影の間で何らかのやり取りがあったのか、食事は彼女達が交代で作っている。

二人とも何故か料理が上手いので、俺としてはどちらでも構わない。

むしろ、高嶺嬢は和食、白影は洋食を得意とするので、交代で作った方がバランス取れて良いんじゃないのか。

大理石っぽい白い石の廊下を通って食堂の扉を開けると、食欲をそそる良い匂いがふんわり漂ってきた。

うひょー、たまんねぇぜ！

「おはようございます、トモメ殿！　なんだか気分が良さそうでござるね」

俺が食堂に来たことに気づいた白影が、キッチンから挨拶してくる。

黒尽くめの不審者ファッションの上に白いふりふりエプロンを羽織っている様は、筆舌に尽くしがたい強烈な違和感を放っていた。

しかし、それを顔の良さだけで強引に収めているのは流石と言えよう。

「おはよう白影。ああ、久々に良く寝れたからかな」

食堂のテーブルには従者ロボが既に揃っており、昨日の階層制覇で新たに加わった2体も入れて14体で仲良くトランプをしている。

どうやらババ抜きをしているようだ。

14体でババ抜きか、朝から随分とハードなプレイをしているな。

いつもなら俺よりも早く起きる高嶺嬢の姿が見当たらないことに不安を覚えるが、たまにはそんな日もあるだろう。

彼女は毎朝俺を起こしてくれるので、もしかしたら俺の部屋の前で待っているのかもしれない。

まあ、その時は仕方ない。

朝食ができても来なければ呼びに行こう。

一抜けした美少女1号に絡まれながらも、そんなことを暢気に考えていると、食堂の扉の開く音が聞こえた。

おっ、どうやら起きてきたみたいだな。

高嶺嬢と白影の酷く平淡で事務的な挨拶の声を聞きながら、美少女1号が俺の肩に腕を回してきたのを感じる。

あの二人は相変わらず互いにツンツンしてるな。

喧嘩するほど仲が良いってか！

「おはようございます、ぐんまちゃん！」

高嶺嬢は今日も朝から元気が良いな。

俺の肩に回された美少女1号の腕を叩き落としながら、俺の隣に腰掛ける高嶺嬢。

普段は食事がくるまで静かに待っているのだが、今日に限っては何故か俺との距離を詰めて体を寄せてきた。

「どうした高嶺嬢？」

ゴツゴツした鎧が当たって微妙に痛いんだけど？

言外に離れてほしい感じを出してみたが、彼女は俺から離れる様子を見せない。

「んぅ、心の充電です」

高嶺嬢の考えていることはいつも分からないが、今日はいつも以上に良く分からないな。

やれやれだぜ！

『高嶺華　女　20歳
状態　肉体：健康　精神：消耗
ＨＰ　34　ＭＰ　1／2　ＳＰ　34
筋力　35　知能　2
耐久　32　精神　25
敏捷　35　魅力　20
幸運　4
スキル
直感　99
鬼人の肉体　25
鬼人の一撃　20
鬼人の戦意　10
我が剣を貴方に捧げる　12
装備

戦乙女の聖銀鎧
戦乙女の手甲
戦乙女の脚甲』

第四十七話　滑走路と無人機

「暇ですねぇ、ぐんまちゃぁん」

俺の隣に座る高嶺嬢が、気だるげに間延びした声を上げた。

枯れ草がまばらに生える荒れ地の上に敷いたレジャーシート。

その上で正座しながら空を見上げる高嶺嬢、背筋をピンと立てて座るその姿は様になっているもののの、なんとなく俺との距離が近い気がする。

それはともかく、彼女が見上げた先、空の遥か彼方にはゴマ粒のようなものがポツポツといくつも浮かんでいた。

高嶺嬢に釣られていた視線を下に戻せば、視界に広がるのは舗装された一本の滑走路と蒲鉾形《かまぼこがた》のプレハブ群。

２０００m級の滑走路は灯器も誘導線も整備されておらず、ただ分厚いコンクリートを打設しただけのものだ。

それでも常に天候が固定されていて使用法が限られるダンジョン内では十分実用に耐えうる。

人類同盟が僅か1週間でダンジョン内に建設した簡易飛行場。

それは彼らの豊富な物資と組織力を如実に表していた。

「わぁ、飛行機が沢山出てきましたよぉ!」

興奮した高嶺嬢の指さす先を見れば、蒲鉾形のプレハブ、航空機格納庫からゾロゾロと鏃《やじり》形の小型航空機が出現していた。

鼠色《ねずみいろ》の薄っぺらい機体は、表面は全て平滑であり搭乗席が見当たらない。

「UFA-16だね。NEW NATO(New North Atlantic Treaty Organization:新北大西洋条約機構)の多目的無人機だ。対空戦から地上攻撃まで広範にこなせるんだってさ」

UFA-16は元々アメリカで開発されていた無人爆撃機を基に、第三次世界大戦中に米英で共同開発された機体で、今となってはロートルと言ってもいいほどの古い機体だ。

搭載兵器は中型ミサイルと小型ミサイルを2発ずつ。

性能は正直言って低いが、とにかく安価なことと大層な管制装置が必要ないことが売りの機体。

ダンジョン戦争中、いざという時のために予習しておいた軍事教本にはそう書いてあった。

「へー、そうなんですねー」

高嶺嬢は兵器に関する理解を諦めたようで、再び死んだ目で空を眺め始めた。

小難しい単語が出てくるとすぐに潔く諦めてしまうのは、彼女の悪い癖だと思う。

俺に体をピッタリとくっつけている高嶺嬢。

おつむの程度はいつも通りだが、今日はいつもより心なしか距離感が近い気がする。

こういう時、普段なら白影が突っ込んでくるのだが、彼女の方は高嶺嬢以上に重症だ。

俺の片腕を無言で抱え込んでいる姿からは、高嶺嬢に似た狂気すら感じられる。

うーん、もうダンジョン戦争に巻き込まれて3週間以上経つしなー。

彼女達も精神面では、部分的に年相応の少女らしい一面がある。

人間に似たエルフとか天使とかもガンガン虐殺しているし、最近は知り合いが死んだり、政争に巻き込まれたり色々あったからなー。

流石の彼女達でも、肉体面はともかく精神面では疲れてきているのかな?

高嶺嬢を見る。

意志の強そうな吊目のパッチリおめめからは光が消えていて、肌の血色は元が白すぎて良く分からない。

白影を見る。

小さな体躯で俺の腕を抱き込んでいる彼女は、顔を埋めていて表情は全く窺《うかが》い知れない。

うーん、ちょっとまずいかも?

如何せん彼女達は精神状態を表に出してくれないので良く分からない。

「よーしよし、よーしよし」

とりあえず空いている片手で白影を撫でてみた。

「きゃぁ!? ど、どうしたのトモメ!!?」

いきなり背中を撫でられて驚いたのか、白影の素が出ている。

頭巾から覗く蒼い瞳は零れ落ちそうなほど大きく開かれていた。

「よーしよし、よーしよしよし」

俺の手のひらは背中から頭部に移り、彼女の頬や頭を撫で摩る。

今の気分は、長期出張から帰ってきて久しぶりにペットの犬を可愛がるおじさんだ。

「も、もう、止めるでござるぅぅぅ！　恥ずかしいでござるよぉぉぉぉぉ!!」

「分かった」

なんか思いの外、元気そうだ。

いやぁ、良かった良かった！

こんな状況で精神をやられても、どうしようもないからな。

2時間でマスターした『初めての特殊部隊教官〜精神入魂編〜』を活用しないで済むのは僥倖《ぎょうこう》に他ならない。

「えっ、えぇぇ……本当に止めないでよぉぉ」

俺があっさり止めたことに不満を持っているのか、先程とは真逆の発言をする白影。

宝石のような蒼い瞳が切なそうに細められ、妙な色気に濡れていた。

瞳の奥に灯る情欲の光が、纏《まと》わりつくような軟らかく湿った誘《いざな》いで包み込もうとしてくる。

はいはい、美少女美少女。

残念ながら日仏両国民に生放送されている中で、女にうつつを抜かせるほどの度胸はない。

視線を飛行場に戻せば、数十機の多目的無人機ＵＦＡ-16が駐機場で暖機運転をしていた。

20年ほど前の機体であり、今では発展途上国で使われる程度の機体だが、それでもこれだけの数が集まると壮観だ。

滑走路と格納庫を行き来する人間の動きを見れば、格納庫にはまだまだ出動を控えた機体がかなりの数、残っているとみえる。

総勢で100機は超える無人機群。

上手く嵌《はま》れば、階層を制覇できるだけの打撃力は十分に備えている。

国際連合のアレクセイが、現在進行形で滑走路を使わせてもらえるように交渉中だが、下手をすると彼が交渉を終える前に終わってしまいそうだなー。

「…………ぐんまちゃん」

「どうした？」

唐突に呼ばれた高嶺嬢に振り向くと、いつのまにか彼女は体を俺の方に向けていた。

「ぐんまちゃん」

再び名を呼ばれる。

パッチリとした茶色の瞳は、白影とは違った意味で濡れていた。

というか泣く一歩手前みたいな状況だ。

凛と引き締まっているはずの唇は、固く結んでいるもののプルプルと震えながら歪んでいる。

あぁ、泣いちゃう泣いちゃうっ！　と煽れば直ぐにでも大泣きしそうな高嶺嬢。

正座をしている太股《ふともも》の上に置かれた彼女の両拳は、砕けてしまいそうなほど固く握りしめられていた。

「……ぐんまちゃんっ」

健気に何度も俺の名を口にする高嶺嬢。

やれやれだぜ！

「よーしよし、よーしよしよし」

黙って俺に撫でられる高嶺嬢と、それを不満そうに眺めている白影の様子に、俺は彼女達の精神状態にようやく気が付いた。

そうか、朝から様子がおかしいなとは思っていたけど。

そうだったんだな。

あれだろ？

ストレス溜まってて、さらに夢見が悪かったとかそんな感じだろ？

まったく、世話が焼けるぜ！

第四十八話　トラウマ再来

薄暗い室内、無数に設置された大小のディスプレーパネルから発する淡い光が唯一の光源。

正面に広がる巨大な三面ディスプレーには、周辺の地形データと敵味方識別信号が表示されている。

それを囲むように配された無数のオペレーターが、手元の小型ディスプレーとキーボードを操作する。

ディスプレーに映しだされたレーダー図、そこに表示された円上には、数えるのが馬鹿らしくなるほどの緑の光点が、何重にも重なり合う鏃形の編隊を構成していた。

「同盟の物量、まさかこれほどとは……」

俺と隣り合ってゲスト席に座るロシアのアレクセイが、気持ち悪いくらい緑がウヨウヨしているレーダー図を見ている。

表情にこそ出さないものの動揺を隠しきれていない。

今俺達がいる場所は人類同盟の前線管制基地、その中央管制室という無人機を管制する中枢部。

独力でまともな航空戦力を運用できない俺達は、なんとかして戦闘に参加するため、アレクセイに人類同盟との交渉役を依頼した。

あわよくば人類同盟が建設した滑走路を使いたかったのだ。

国際連合のアレクセイと人類同盟のエデルトルートとの間でどのような取引が行われたのかは分からない。

しかし俺達日本勢と連合は、同盟との共同戦線を張らない代わりに観戦武官のような立ち位置を手に入れた。

つまりは、戦う権利は勝ち取れなかったが、戦う様子は特等席で見れるというわけだ。

同盟としては手の内を見せる代わりに、俺達を目の届く場所に留めたかっただけかもしれないが。

「クク、我々とて延々と手を拱《こまね》いているだけではない。元より人類同盟は列強諸国が中心となった超国家連合、この程度の物量なぞ本腰を入れればいくらでも用意できる」

迂闊《うかつ》にもアレクセイは、最も聞かれたくない人物に漏れた言葉を聞かれてしまったらしい。

それまで最上位席で俺達に背中を見せていた赤髪の女傑、人類同盟指導者エデルトルート・ヴァルブルクは、振り向きながらニヒルに口角を吊り上げた。

「……モンスターに通じるかどうかは、また別だ」

アレクセイは苦々しい感情を表には出さないものの、その声は普段よりも怜悧《れいり》さを増していた。

悔しいんだろうなぁ、と他人事気分で眺める俺。

「ハッ、確かに……確かに、その通りだ。精々ご期待に沿えるよう、そこで願っていてくれよロシア人」

今にも食らいついてきそうな好戦的な笑みを浮かべるエデルトルート。

ただでさえキッツイ目をした迫力のある顔なのに、そんな表情を浮かべてしまえば猛獣と言われても仕方のない顔面になってしまっている。

最近は様々な悩みが尽きない状況だったようだし、色々溜まってるんだろうね。

「なんだか薄暗いですね。明かりつけないんですか？」

俺の後ろに用意されたパイプ椅子。

そこに座っていた高嶺嬢が、俺の服をちょんちょん引っ張ってきた。

薄暗い管制室内、ディスプレーの僅かな光に照らされた彼女の整った顔は、猛獣と化したエデルトルートを見て荒れていた俺の心に一陣の清風となる。

顔が良いって得なんだなー。

「それは駄目だろうね」

でも管制室内で明かりをつけるのは駄目だけどね。

「なんでですか？」

珍しく食い下がる高嶺嬢。

暗いの苦手なのかな?

……いや、最初の頃にライトも持たずに薄暗い洞窟内で無双していたし、それはないか。

「明かりをつけたらレーダーとか見え難《にく》くなるらしいよ」

最近はそうでもなさそうだけど、昔はマジで明るい場所だと見えなかったそうだ。

光が画面に反射して誤認とかしそうだしな。

俺の返答に高嶺嬢は、へー、そうだったんですか、と思考を放棄したかのようにパイプ椅子に座り直した。

あっさりしてるな、おい。

「レーダーに感あり!」

オペレーターの声に管制室内の緊張が一気に高まる。

レーダーを見れば、敵本拠地の巨影からポツポツと湧き出す赤い光点。

おそらく天使の群れであろうその光点は、瞬く間に数を増やしてレーダー図上に赤い版図を広げてゆく。

「敵拠点から航空戦力が多数出現、総数40……70……100……敵戦力の増加、止まりません!」

焦りで上ずった悲痛な声が耳に刺さる。

報告者としては落第だが、まあ、オペレーター歴1カ月にも満たない学生にしては上出来だろう。

人類同盟が用意した航空戦力はレーダーを見る限り120機。

地上の格納庫にもある程度は残しているのだろうが、今から離陸させようとも間に合わない。

地球側の感覚からすれば、旧式化していようと120機の航空機は大部隊なのだが、末期世界の天使共は容易にこちらの物量を上回る。

「戦友諸君！」

増大が止まらない敵への焦燥が伝播し、混乱しかけていた室内にエデルトルートの声が響き渡った。

管制室内の視線が彼女へ一気に集中する。

ついでに俺の心臓が竦みあがった。

いやあ、来るだろうなーとは思っていたけど、突然大声を出されるのは心臓に悪いな！

「敵の物量は以前から分かっていたはずだ。予定通り第1から第4無人航空中隊を迎撃に移らせろ」

エデルトルートが冷静に指示を出すと、それまでの素人感が嘘のように各員がきびきびと自身の役割をこなしていく。

彼女は要所にこそ口出しするものの、悠然と性格のキツそうな瞳でレーダーを睨みつけている。

その姿は正に同盟の精神的支柱と言えた。

今まではガンニョムありきの統率力かと思っていたけど、その考えを修正しなければならないな。

隣のアレクセイを見ると、くだらない三文芝居を無理やり見せられたと言わんばかりに鼻で笑っていた。

どうせ、俺だったら最初の混乱も起こさせなかった、とでも思っているのだろう。

エデルトルートもそれに気づいたのか、高座からキッツイ眼差しで見下ろしてくる。

「うーん、キッツイなー」

「……？　どうしたんですか、ぐんまちゃん？」

思わずこぼれた俺の心境に高嶺嬢が反応するも、俺には頭《かぶり》を振って誤魔化すしかできなかった。

「また難しいこと考えてるんですか？　………しょーがないですねー」

俺の様子に何を思ったのか、高嶺嬢はちっぽけな脳みそで少しだけ考え込んだ後、いきなり俺にしがみついてきた。

「うぉっ⁉」

ドラゴンの首を引きちぎり、巨大な金属生命体の心臓部を抉り出した細腕が俺の胴体に回される。

突然のことに俺は動揺しきりだ。

間抜けな声しか出せない。

「ヘイヘーイ、ぐんまちゃーん、ヘイヘーイ！」

おかしなテンションの高嶺嬢が、俺に頬を擦り付けてくる。

ついでに裁判で発せられた例の言葉と同じワードに、トラウマが癒えていない人間が業務を放棄してガタガタと震え出した。

「クソがッ！　お前達、そういう嫌がらせ、本当に止めろよ⁉」

「いいぞトモメ！　もっとやっちまえ‼」

エデルトルートとアレクセイがなんか言っている。

ヤバいぞ、このままだと折角落ち着いた外交関係がまた荒れる⁉

こんな時、いつもなら白影が割って入るのに――

………あれ？

そういえば、白影がいないんだけど……

猛烈に嫌な予感がしてきましたよ？

第四十九話　男二人のぶらり散歩

雲が一つない青空。

過ごしやすい陽気に風もない穏やかな光景。

しかし、そこに伸びる幾条もの飛行機雲が、大気を震わせる重低音と共に戦争という現実を突きつける。

「遅いな……俺の勘がそう告げている。ここで見過ごせばその対価、いずれ我らの命で支払わねばならなくなるぞ」

何言ってんだぁコイツ？

隣に立つガタイの良いドイツ人が、何の脈絡もなく訳分らんことを言っている。

「人は同じ過ちを繰り返す……まったく」

俺が反応を返さないまま、意味不明な独白は続く。

人類同盟の一大攻撃作戦の最中、いきなりオイラを艦内から外へ連れ出したコイツ。

ドイツの探索者であり、決戦兵器ガンニョムの操縦士フレデリック・エルツベルガー。

通称リック、自称ガンニョムだ。

「……手に血がつかない人殺しでは、痛みは分からんのだ。お前はそれを理解しているか、アルフレッド・モーガン？」

「すまねぇリック、全く分からん」

オイラ、リベリア共和国の探索者であり、原子力ミサイル潜水艦コロンビア級の艦隊司令官であるアルフレッド・モーガンは、コイツの言葉を理解することを放棄した。

すかさず俺はガンニョムだ、と突っ込みが入るのはいつものこと。

すまねえな、オイラ、ガンニョム興味ねぇんだわ……

「つーか、なんでこんな時にわざわざ男同士で散歩しなきゃなんねぇんだよ」

オイラ達は今、飛行場から少し離れた荒れ地を二人で当てもなく歩いている。

隣を歩くコイツに連れ出されたときは、何かしら理由や目的があるとは思ったんだが……

なんも考えてなかったんだろうなぁ。

「いや、だって、お互いやることなかったし……」

ガンニョムのパロディーキャラを呆気なく崩壊させたコイツは、気まずそうにポリポリと頬をかく。

確かに、やることはなかったなぁ。

コイツのガンニョムは専ら地上戦専用、俺の原潜なんざ基地と労働力としてしか機能してねぇ。

大方コイツは周りが仕事してる中、自分だけ除け者にされて居づらくなったんだろうなぁ。

「……はぁ、まっ、しょうがねぇよなぁ」

腰にある護身用の拳銃を確認しつつ、もう少しだけコイツに付き合ってやることにするか。

天使共は100㎞以上離れた空域でUAVの大群とドンパチしてる。

ここまで奴らが侵入することは基地の対空火器が許さねぇだろ。

それに見渡す限りの荒れ地、ここまで見晴らしがよけりゃあ奇襲なんざ食らいようも――

「相変わらず、しみったれているでござるな」

「⁉」

いるはずのない第三者の声。

同時に、オイラ達の真後ろに突然何者かの気配が生まれる。

咄嗟に腰の銃に手が伸びるも――

「ヘアッ⁉　アア、ア、アルベルティーヌか、いきなり声をかけるな！」

リックが振り向きながら口にした名で、一応敵ではないことが分かった。

「ここまで近づかれて気づかないというのも問題でござるよ、リック殿、アルフ殿」

オイラも振り向けば、そこにはオイラ達を愛称で呼ぶ女。

全身黒尽くめの忍者装束。

見るからにイカれた格好なのにもかかわらず、僅かに覗く目元と飛び出たポニーテールだけで洗練された雰囲気を纏う根っからの美形。

フランスの探索者にしてカトンジツの使い手であるアルベルティーヌ・イザベラ・メアリー・シュバリィーがそこにいた。

「俺はガンニョムだ！　まあいい、それよりもこんなところで会うとは奇遇だな。お前もハブられたのか？」

百歩譲ってガンニョムに乗ってる時ならまだしも、生身でガンニョムを自称するなんざ間違いなくイカれてやがる。

アルベルティーヌは宝石のような蒼眼を僅かに歪めた。

「お主らぼっちーズと一緒にされたくはないでござるな」

ぼっちーズ！！？

他の奴らに何を言われようと気にもならねぇが、アルベルティーヌに言われるとダメージがでかい。

「馬鹿にしてくれる……そうやってお前は、永遠に他人を見下す事しかしないんだろう！　そんな安っぽい、独りよがりな考えで何ができるか！」

「………………」

売り言葉に買い言葉。

どうせガンニョムのパロディーだろうが、リックは時々他人を本気で怒らせるからなぁ。

案の定、アルベルティーヌはこめかみをひくつかせた。

彼女も彼女で煽り耐性低いからなぁ。

「……次はないよ？

それでアルフ殿らはこんなところで何をしているのでござろう？　今は同盟の一大作戦の真っ只中であったはず」

アルベルティーヌはリックを無視してオイラに話しかけてきてくれた。

一瞬、本気の怒りを感じたがなんとか堪えてくれたらしい。

まあ、これ以上リックと話せばいよいよヤバくなりそうだしなぁ。

「あ、ああ、除け者同士、特に当てもなくぶらついてるだけさ。あー、その、ところで、ア、アルベルティーヌはどうしてこんなところに？」

やべぇな、ちっと噛んじまったか。

柄にもねぇが、ビビってんのか、オイラは？

「そうだったのでござるか。拙者は――」

「違うぞ、アルフレッド！　俺は除け者ではない!!　隠れ潜む敵を討伐しに来たのだ!!」

「お、おう」

アルベルティーヌの言葉を遮り、リックがまた訳の分からねぇことを言い出した。

てか、さっきはコイツ、やることないとか言ってなかったかぁ？

言ってることとちげぇぞ、おい。

「先程、会話を少し聞いていたが、お互いやることない、と言っていたはずでは……」

アルベルティーヌが疑わしげにリックを見る。

つーか、さっきの会話聞かれてたのか……なんか恥ずかしいな。

「う、嘘じゃないぞ！　ほら、そこ!!　ガンニョム、狙い撃つ！！！」

焦ったのか、リックは適当に何もない虚空を指さすと、腰のガンホルダーから拳銃を抜き、間髪を容れずに発砲した。

馬鹿じゃねぇの、コイツ。

『――アァッ！！？』

「へっ？」

何も存在しなかった、そのはずの虚空から突然悲鳴が聞こえた。

『アァァァァァァアアアアアアアアアア!!』

300mほど先、只々荒れ地と空が広がっていただけの空間。

そこから溶け出したかのように現れた天使の群れ。

次の瞬間、本来無風のダンジョン内に一陣の突風が吹き抜けた。

「て、敵だぁぁぁぁぁ！！？」

馬鹿をやったリックの馬鹿みたいな悲痛極まる馬鹿声が、オイラに戦争の現実を叩きつけた。

第五十話　ご破算した悪巧み

ざっと見た感じでも100に届きそうな天使の集団。

その数だけでも脅威なのに、よりによって上位種の証しである四枚羽を持つ個体もある程度確認できた。

「ひ、ひぃぃぃぃぃ」

ガンニョムのパイロット、フレデリックが情けない声を上げながら、無暗矢鱈に拳銃を乱射する。

しかし、如何に大群とは言え彼我の距離は数百m。

まぐれでもない限り、素人が拳銃で命中させられる距離じゃない。

ガチッ、ガチッ、ガチッ
あっという間に弾倉を空にしたフレデリックは、パニックを起こしているのか弾倉を替えることなく空撃ちを繰り返す。

「馬鹿なことやってねぇで、さっさと逃げるぞ！」

正気を取り戻した原潜艦隊の司令官アルフレッドが、役に立たないフレデリックの腕を掴んで引き摺るように走り出した。

とは言っても味方基地との距離は、おおよそ400mほど離れている。

未だにサイレンが鳴っていないことから、味方はまだ近隣に出現した敵集団を認識していないんだろう。

当たり前のことだけど、足手纏いを連れながら地を這う彼らが拠点に逃げ延びるよりも、空を飛ぶ天使達が彼らに追いつく方が早い。


あれ、これってチャンス？


このまま私が何も手を出さなければ、彼らは天使達に追いつかれて殺される。

特典保持者が死亡した場合、その特典がどうなるのかは分からないけど、間違いなく人類同盟の戦力は大幅に低下するだろう。

少なくとも階層攻略特典による原潜乗員の補充や増加、ガンニョムの強化は今後行われることは無いはず。

そうなれば私達の対抗勢力は一時的に1つ消えて、残りは暫定的な協力関係にある国際連合のみ。

その国際連合も特典持ちを抱えてない以上、戦力的にも私達日仏連合が人類の最大勢力となる。

その立ち位置によるメリットは計り知れない。

私がすぐに思いつくだけでも、ダンジョン攻略権の拡大や第三世界への影響力増加など多岐にわたる。

トモメならもっと思いつくだろう。

「何してるんだアルベルティーヌ!?　さっさと逃げろ!」

私が立ち止まって考え込んでいるのに気付いたアルフレッドが逃走を促してきた。

そんなの言われるまでもない。

これでも私はあの女怪と並んで人類最速。

逃げようと思えばいつでも逃げられるし、あの程度の数なら上位個体がいようと負けることはない。

「おい!　どうした!?　早くしろ!!!」

かつては同じ勢力に属していたのだから、その程度彼らも知っているはずだろう。

しかし、それにもかかわらず、アルフレッドは必死の形相で私に呼びかけ続けていた。

天使達と私との距離はもう200mを切っている。

「あ、あああ、ああああああああ！！」

なおも留まって私に呼びかけ続けていたアルフレッドだけど、それまでパニック状態だったフレデリックが暴走して彼を抱えたまま逃げ出した。

「おい、リック、何やってる⁉　放せ‼　このままだとアルベルティーヌがっ！」

抵抗しようともがくアルフレッドだが、小柄で細身の彼がガタイの良い身長190㎝の大男を振りほどけるわけもない。

抵抗虚しく抱えられるように遠ざかっていく。

天使との距離、残り100m。

「アルベルティィイイヌゥウウウウウウ…………」

アルフレッドの悲痛な声が耳元に届く。

てっきり彼は軽薄に振舞いつつもドライな人柄だと思っていたけど、思いのほか人情家だったみたい。

でも、そんな彼らとももうすぐお別れね。

ここで私が戦わずに逃げ出せば、フレデリックとアルフレッドは死ぬ。

元仲間として良心は痛むけど、トモメの為だもん、しょうがない。

天使との距離、残り90m。

ウウウウウウウウゥゥゥゥゥゥゥゥゥゥゥ
ようやく人類同盟の基地からサイレンが鳴り始めた。

もう遅いけどね。

この距離で今から迎撃は間に合わない。

同盟は貴重な特典持ち2人と物資や戦力を失う。

天使との距離、残り80m。


『あ、あー、こちら群馬……白影、聞こえるか?』

耳元に装着している通信機にトモメから通信が入る。

耳のすぐ近くで聞こえる彼の声に、思わず胸が高鳴った。

「はっ、何用でござろう?」

出来る限り平静を保って答える。

うぅ、声が上ずってたりしたらヤダなぁ……

天使との距離、70m。


『今、通信大丈夫?』

あなたの通信を断るわけないじゃない。

「勿論でござる!」

天使との距離、60m。


『さっき警報が鳴ったんだけど今どこにいるの?』

「基地の外を見回り中でござる」

もうすぐ逃げるけど。

天使との距離、残り50ｍ。


『敵は見えるかい？』

「見えるでござるよー」

もう目の前だよ。

天使との距離、残り40ｍ。

上位天使が手に持つ槍を光らせながら、こちらに投げようとしていた。

天使達の周りの空間には炎や氷、電気っぽいやつなど色々な球体が出現する。

このままだと次の瞬間には、私が立っている大地ごと消し飛ぶことになるだろう。


『倒せそう？』


『アアアアァァァァ‼』

天使の掛け声と共に、敵の攻撃が一斉に放たれようとしている。

……ここですぐに逃げれば、私達の勢力は決定的な優位性を得る。

敵前逃亡は非難されるだろうが、相手は上位個体も含まれているし、こちらは単独。

私達を追い詰めるほどの材料にはならない。

『アアアアッッッ！！！』
攻撃が放たれた。
あらゆる攻撃が光り輝く光弾となって襲いかかってくる。

『無理そう？』

彼の声に、少しだけ、不安の色を感じた。
気づけば、私の手が、印を結んでいる。
彼に初めて教えてもらった、私と彼の、印。
目の前に迫る光弾の幕。
私の速さなら避けられる、逃げられる、けど……
でも、私には………
できっこない!!

「カトンジツッッ！！！」

『ひょぇ!?』
目の前に広がる融解した大地と十数体の人型松明、黒焦げた像。
そして数十体のトモメの敵！

それを見ながら、私は頭巾の下で不敵に口角を吊り上げた。

「こんなの楽勝だよっ、トモメ!!」

第五十一話　ＮＩＮＪＡ怒りのカトンジツ

放射状に広がる融解した大地。

地面から発する高温が周辺の空気を歪ませて陽炎を立ち上らせる。

初見殺しのような範囲攻撃で部隊の2割近くを一瞬で失った天使達。

奴らの顔からは獰猛な攻撃性が消え、代わりに必死さと怯えが塗りたくられた。

しかし、そのような状況にありながら、天使達は上位個体の指揮の下、瞬く間に崩れた隊列を整えていく。

その最中も私に牽制の如く魔法を放ってくるが、無誘導で音速未満の攻撃なんて私にとっては無意味に等しい。

『あれ、もしかして取り込み中だったか？』

無線機越しにトモメが気遣ってくれた。

それだけで私の心は軽快に跳ね上がる。

でも、そんなこと気にしなくても良いのに……

生成した手裏剣を天使達に投擲しながら、頭巾の下でもどかしさに口が歪む。

「全くそんなことは無いのでござるよ。それより、基地で警報が出ているようでござるが、御身に大事は無いでござるか？」

一息で４本の手裏剣を２射、それを両手で行い、合計16本の鋭利な鉄刃が天使達を襲う。

もちろん私の攻撃はたった一息では終わらない。

断続的な鉄の掃射。

魔法で迎撃されようと、魔法弾の間隙を貫いて天使達を次々と手裏剣で射貫いていき、その数を着実に減らす。

一方、あちらの魔法は私にかすり傷一つつけられない。

『ああ、俺の方は問題ないよ。なんだかんだ基地中枢部にいるしな』

良かった。

あの女怪がそばに付いている以上、トモメに危険が及ぶようなことはないだろうが、万が一ということもある。

あの脳みそまで狂気に侵食されている女怪は、戦闘力こそ信用できるが、頭の出来はまるで信用ならない。

だからこそ、トモメ自身の問題ないという言葉に安心してしまう。

この時の私は、戦闘にこそ隙を見せなかったものの、間違いなく心の防壁は緩んでいたのだろう。

『それより、明らかに着弾音とか聞こえるけど通信してて大丈夫？

高嶺嬢、向かわせようか？』

…………は？

あの女怪を向かわせる？
どこに？
私の所へ。
なんで？
私だけだと不安だから。

…………はぁ？

「問題無いでござる！」

何故……
何故何故何故！
何故!!
そこで、女怪の名が出てくる！！？
頭に血が一気に上る。
脳みそが沸騰するかのように熱くなれば、瞬く間に底冷えする寒さが襲う。

気づけば視界がセピア色。

縁には僅かな黒が蠢く。

このままではいけない。

私は感情に任せるままに、奴らに向かって駆け出した。

怒りを噴き出すかのように大地に足を叩きつけ、一歩目から最速を叩きだす。

足に伝播する衝撃とともに黒が僅かに抜け落ちる。

でも、まだいけない。

強烈な勢いで自分の体が地面から離れれば、そのまま後ろに向けて方向性を持たせたままのカトンジツ。

ゴオォッ!!

直線状に圧縮して噴射された炎は、生身では辿り着けない推進力で私を大気の壁に押し潰す。

肉体に押し掛かる強烈な負荷。

装備の鋼殻ごと私の身体が軋む。

バチリ、という音と共に、耳に痛みを感じた。

しかし。

『────アッ』

一瞬。

瞬きする暇さえ与えぬほどの刹那。

天使達が気づいた時にはすでに遅く、私は奴らの背後に突き抜けた。

次の瞬間には、私との直線状に近接していた30体以上の天使が無残に崩れ落ちる。

天使達の羽が、首が、顔が、胴体が、ずれ墜ちた。


『問題無いでござる！』

その言葉が聞こえた後、白影の通信機から応答がなくなった。

これは怒らせてしまったか？

思えば白影は高嶺嬢に何かと対抗心を抱いていた。

同じ戦闘系の特典持ちだし、顔面偏差値や女子力が互角だからなのかは分からない。

胸に関しては比べるのが烏滸がましい、おっぱいと胸板の分厚い壁が存在するものの、白影は高嶺嬢を蹴落とそうとしていたし、高嶺嬢も白影にマウントを取ろうとしていた。

そんな彼女に対して、無理そうだったら高嶺嬢を向かわせようかなんて、改めて考えると怒られても仕方がない失言だ。

うーん、どうしよう。

白影は普段こそ忍びだ、主だ、忠誠だと言っているが、ぶっちゃけ日本かぶれの域を出ないなんちゃって忍び。

ちょっと感情的になればすぐに素が出る根性なし。

普段の発言は雰囲気だけで聞き流し、ちょっとばかし拗らせちゃった女の子として扱った方が無難だ。

これは後で白影が帰ってきたときにフォローしといた方が良いかな。

「ぐんまちゃーん、私も行った方が良いですかー？」

俺の通信を聞いていた高嶺嬢が、戦闘モードでスタンバっている。

焦点を失い爛々と輝く瞳、何故か間延びする語尾、彼女を構成するあらゆる要素が、周囲へと無作為に狂気を振り撒いていた。

もはや精神的なテロだ。

基地中で鳴り響くけたたましいサイレン音と相まって、気の弱い常人なら容易に発狂してしまいかねない。

もちろん、元は若輩の素人とは言え、探索者達はなんだかんだで実戦を越えてきている。

流石に狂気の余波程度ではトラウマ持ち以外は、情緒不安定になるだけだ。

「クソ、こんなところになんていられるか！　俺はもう付き合ってられないぞ!!」

万全に思われた同盟の防衛網が崩壊しかかっているせいか、アレクセイが如何にもなセリフを吐きながら、管制室から出て行った。

映画とかならアイツ死ぬな。

と思ったら、扉の陰からひょっこり顔を出す。

「トモメ、悪いけど一緒についてきてくれないか？」

人類の二大勢力、その片割れを統率する男、アレクセイ・アンドーレエヴィチ・ヤメロスキー。

彼は見る者に冷たい印象を与える怜悧な目つきのまま、なんとも情けないことを言っていた。

第五十二話　利権会議とBoys, be ambitious.

敵空中拠点への攻撃作戦における人類同盟の生命線、前線基地兵站倉庫への奇襲は、付近を偶然通りがかったフランス探索者アルベルティーヌ・イザベラ・メアリー・シュバリィーによって阻止することができた。

この奇襲により小さくない混乱も発生したが、同盟の指導者エデルトルート・ヴァルブルクは作戦の続行を決断。

日を跨いでも続けられた作戦で、無人機による大規模な攻撃隊を8派、延べ600機を超える航空攻撃を行った。

この攻撃により人類同盟は今回持ち込んだ航空戦力の半分を喪失、兵站備蓄はそのほとんどを使い果たす。

しかし、その対価として敵航空戦力を撃滅、空中拠点を陥落せしめた。

一方、末期世界第二層攻略戦へ介入を図った国際連合と日仏連合だが、こちらの戦績には目を見張るようなものはなかった。

唯一の戦果と言えば、人類同盟前線基地への奇襲阻止戦闘における100体程度の敵集団掃討のみ。

機甲戦力を主力とする国際連合、決戦兵器による蹂躙戦と隠密能力を活かしたゲリラ戦の両輪戦術を駆使する日仏連合。

両勢力ともに地上戦が主体であり、航空作戦が主な攻撃手段となる末期世界第二層では、文字通り手も足も出なかったのだ。

単独で航空拠点を建設するための時間を持てなかった連合と日仏は、同盟が着実に戦果を拡大していく様子を見ていることしかできなかった。


２０４５年6月11日、ダンジョン戦争開戦から27日目。

様々な思惑が複雑に絡み合う中、全てのダンジョン世界における第二層が攻略された。

国際裁判における苦々しい結果から一応の挽回をみせた人類同盟。

同盟の復権を快く思わない国際連合。

二大勢力が互いを牽制し合う中、不気味に策動する第三世界各国。

元気一杯、唯我独尊、日仏連合。

人類国家の有力派閥、その代表者達は第三層の攻略を開始する前に会議を開催した。

利権、権益、実利……祖国からの突き上げもあり、代表者達は派閥組織としての欲望をむき出しにする。

「人類同盟は第三層攻略において機械帝国の攻略権を要求する」

60ヵ国が加盟する人類の最大勢力、人類同盟の指導者エデルトルート・ヴァルブルクが寝言をほざく。

先の戦いでは他勢力に対する戦略的優位を見せつけた形になったとはいえ、階層攻略に要した期間は4つの世界で最長。

とてもではないが攻略の優先的選択権が与えられるほどの戦果は出ていない。

「はっ、面皮の厚さもここまで来ると、いっそ清々しいものだな。国際連合は前回と引き続き機械帝国第三層の攻略権を要求する」

38ヵ国を擁する人類同盟の対抗勢力、国際連合の統率者アレクセイ・アンドーレエヴィチ・ヤメロスキーは鼻で笑う。

綺麗に重なった要求は、二大勢力の衝突を意味した。

エデルトルートの鋭く吊り上がった碧眼が、稲妻のように容赦ない眼光を放つ。

機械帝国の攻略に限っては、第一層、第二層と継続して攻略していた連合に一日の長がある。

「今までのダンジョン攻略戦の内容を鑑みるに、我々人類同盟の負担が著しく大きなものとなってしまっている。このような均等でない状況は改善されなければならない」

エデルトルートはなおも譲らない。

断固とした口調で強硬的と言っても良い主張を述べた。

第一層攻略における戦費

人類同盟　4億1200万$

国際連合　2億4800万$

日本勢力　　２２００万＄
第三世界　１億１５００万＄

第二層攻略における戦費
人類同盟　37億８０００万＄
国際連合　７億６４００万＄
日本勢力　６億８５００万＄
第三世界　５億２１００万＄

手元に配られた資料に目を落とせば、なるほど、各勢力の戦費が簡単に集計されており、これだけ見ると確かに彼女の主張通りだ。

転移前の為替基準だと1＄、おおよそ１００円。

同盟は得られている戦果に比較し、他勢力の数倍もの戦費を費やしている。

しかし、この数値は投入した戦費であり、ここからどれだけの損害が出て、どの程度の戦力を保持することができたのか。

それが分からない以上、何とも言えない。

これには怜悧な表情をあまり崩さないアレクセイも、苦虫を噛み潰したように顔を歪ませる。

「その主張は客観性を大きく欠いている。周りの状況に不満を述べる前に、まずは自分達の効率性を改善した方が良いのではないか」

確かにその通りだ。

しかし、そのような正論が利権の前で真っ当に受け止められるはずがない。

「それぞれのダンジョン世界では、明らかに敵の種類や特性、環境条件などが大きく異なっている。ダンジョン世界の違いによる攻略難易度の差異は間違いなく存在する」

同盟と連合の水掛け論で話し合いは平行線の一途を辿ろうとしていた。

エデルトルートとアレクセイ、ドイツとロシアの探索者はお互いを睨みつける。

そういえば、ロシアって昔はソ連という国だったんだよな。

第二次世界大戦でドイツとソ連が壮絶な泥沼戦を繰り広げていたことは有名だ。

ドイツとソ連の戦い、独ソ戦。

ちょうど今の構図がそれだろう。

このまま世界の毒素《独ソ》は潰し合ってくれたら、俺はポカポカ気分だ。

「こんな時でも馬鹿みたいな利権争いかよ！　ちょっと前までただの学生だったくせに、随分偉くなったもんだな！」

険悪な空気を無理やり裂く、罵声染みた一喝がエデルトルートとアレクセイに降りかかった。

声の主は銀髪のソフトモヒカンが目を引く熱血系の白人青年。

第三世界からのオブザーバーとして招かれたハッピー・ノルウェー草加帝国の探索者スティーアン・ツネサブロー・チョロイソン。

宗教国家出身の熱心な宗教家らしく、平和と融和を愛する熱血ボーイだ。

「さっきから聞いていれば、自分はあーしたい、こーしたい……少しは人類全体のことも考えられないのか⁉」

出身国家名とは打って変わって、人間としては至極まともなことを言っている。

利権のりの字も知らない青くさい理想論だ。

実際に十億を超える人々の生活が肩にかかっている人間にとっては、気に留めておく価値すらない戯言。

「同盟は機械帝国の攻略権を要求する。対価として連合には末期世界の攻略権を容認する」

エデルトルートはスティーアンの言葉に反応することもなく、自分達の権利を主張するだけだ。

それに対するアレクセイも変わらない。

オブザーバーとして招いておきながら、なんとも酷い態度だ。

「なっ……」

スティーアンもまさかオブザーバー枠の自分が、ここまで完璧に無視されるとは思ってもみなかったのだろう。

列強と小国との間にある目に見えない分厚い壁に、目を見開き愕然と声を漏らす。

なんか可哀そうになってきちゃったな。

日本人としてはハッピー・ノルウェー草加帝国に対して名状しがたい複雑な感情を抱いているのだが、それはともかくとして可哀そうになってきた。

俺自身、同盟と連合の利権調整会議には飽きてきたし、ここは親切心でフォローしといてあげようかな。

「ま、頑張れよ」

そう言ってスティーアンの肩を軽くたたく。
この会話はもちろん英語。
Boys, be ambitious.
なんか睨まれたわ。

『ミッション　【末期世界　第二層の解放】　成功
報酬　道具屋　武器屋　防具屋　の　新商品　が　開放　されました』
『末期世界　において　第二層の解放　が達成されたので　第三層　が開放されます
3日間　末期世界　に侵攻することはできません
レコード　は　402時間17分6秒　です
【総合評価　B　】を獲得しました　特典　が　追加　されます』
『全てのダンジョンの　第二層　が解放されました
全ての探索者　は　全世界　における　2045年6月11日20時00分時点　での
インターネット閲覧　が　3時間　許可されます』

末期世界　第二層　昇天荒野サン・カーシャ
ドイツ　アメリカ　イギリス　その他　　　攻略完了

第五十三話　ネットサーフィン

『全てのダンジョンの　第二層　が解放されました
全ての探索者　は　全世界　における　２０４５年6月11日20時00分時点　での
インターネット閲覧　が　３時間　許可されます』

その知らせが腕に装着した端末に表示された後、ギルドでノートパソコンの受取が可能となった。
このノートパソコンは今回のネット閲覧専用の物らしく、拠点外への持ち出し不可、他国の探索者が同席する環境下での動作不能、動作中の母国との全連絡線停止など様々な制限がかけられている。

これらは全て付属していた説明書に記載されていたことだが、明らかに列強諸国による情報の独占を妨害しようという意図が見えた。

俺も考えていたことだが、もしもこれらの制限がない場合、資源チップなどの対価や軍事的恫喝を用いて中小国家の閲覧用ノートパソコンは軒並み列強諸国に掻っ攫われていたことだろう。

しかし、ダンジョン戦争を統括する次元統括管理機構はそれを防ぐ措置をとった。

これは一体どのような意味を持つのか……

現在ダンジョン戦争で主体となっている列強諸国への牽制か、それとも──

「ぐんまちゃんっ！　理由は分からないんですが、ボタン押したら、パソコンがついちゃいました！」


高嶺嬢⁉


声がした方に目を向ければ、パソコンは既に起動しており、Ｙａｈｕｕの検索画面が表示されていた。

画面の右下に表示されている『2：51：36』。

その数値は現在進行形で無情にも減少を続けている。

やってくれたよ、この脳筋女！

俺達がいる場所は拠点内の食堂。

今日の料理当番である白影が、自分の拠点に材料などを取りに行っている間での犯行。

哀れにも白影は締め出される形となってしまった。

怒るかな？

怒るよなー。

こうなってしまったら端末の通信機能なども使用できない。

まあ、しょうがないか、後で謝ろっ！

「つけちゃったものは仕方ない。とりあえず手あたり次第検索してみよう」

「うぅぅ、ごめんなさい、ぐんまちゃん」

今は時間が惜しい。

プランなんて全く決めていないが、とりあえずニュースサイトから閲覧していくとしよう。


『日経平均株価３００００円の大台突破　戦後初の快挙』

『今年の就活はバブル景気、戦争景気に匹敵する売り手市場！』

『ダンジョン戦争　日仏連合、機械帝国第二層攻略に成功』

『プロスポーツ　カバディ、リーグ戦開幕！　会場の新武道館に観客３万人』

『航空機製造業最大手　四菱重工、株価急上昇』

『情操教育の危機　各地のＰＴＡ、連日の臨時集会』

『急激に進む理転　大学で今、何が起きているのか』

『本日の街角流行り飯　海鮮茶碗蒸し』

『在日各国大使館、共同で首相に要請文提出』

『ダンジョン戦争の影響か　各地で活発化する走り屋集団』

『高嶺総理、臨時法案提出の動き』

うーむ、やっぱり好景気のせいなのか、経済に関連するニュースが多いな。

それに俺達が供給した資源が行き届いているためか、他国と断絶しているのにも拘らず、暗いニュースはあまり目にしない。

在日外国人の動きも予想していたものよりずいぶんと控えめだ。

日本人はともかく、外国人はてっきりデモの一つでも起こしているだろうとは思っていたのだが……

「へぇ、次は茶碗蒸し作ってみるのも良いかもしれませんね」

ぐんまちゃんは茶碗蒸し好きですか、と続ける高嶺嬢。

これだけニュースがあるのに、ピンポイントで一番ユルイものをチョイスするあたり、高嶺嬢は『情操教育の危機』とか明らかに自分が主な原因であろう不穏なニュースも、華麗にスルーしているあたり、知能2は生きるのが楽そうだな、とついつい思ってしまう。

今日も平常運転だ。

「走り屋集団の活発化か……」

ダンジョン戦争の映像は俺達を通して常に放送されているようだし、戦闘シーンではどうしても闘争本能などを刺激してしまうのだろうか。

思えば、高嶺嬢が繰り広げているゴアゴア特集や俺がやらかしたわくわくリンゴ飴作戦も無修正生放送されてしまったんだよな……

「よし、次のサイト見よっか！」

日本は大丈夫そうだし、せっかく全世界のネットが閲覧可能なんだし、各国のニュースも見ておきたい。

フランス共和国

『なんとか持ち直す株価　ようやく安定か』
『継続するデモ運動　メスメル政権、未だ危機を脱せず』
『各地で広まるＮＩＮＪＡ教室』
『供給された資源、進まぬ配分と焦れる民衆』
『空前のＮＩＮＪＡブーム到来！　軍の一部でもＮＩＮＪＡ部隊創設の動き』
『稼働停止の工場から怒りの声　政府の資源供給は遅すぎる』
『都市部のガソリン不足　一部学校は送迎できず臨時休校に』
『相次ぐカトンジツ詐欺　カトンジツ講習会などを装う巧妙な詐欺手口』

西暦２０４５年の科学技術はどのような言語であろうとほぼ完璧な翻訳をしてくれる。
その恩恵を存分に受けながらフランスのニュースサイトを見れば、日本と違いなかなか上手くいっていないようだった。

そして白影の影響か、ＮＩＮＪＡ関連で大盛り上がりのようだ！

元々かの国は欧州でも日本文化の愛好家が頭一つ抜けて多かったようだし、下地はあったんだろう。

「ふふ、忍者が人気なんて、外人さんは面白いですね！」

何が面白いのか、高嶺嬢はフラフラと体を揺らし始める。

忍者に熱を上げるフランス人も知能２の君にだけは馬鹿にされたくないだろうね。

アメリカ合衆国

『振るわぬ戦果　揺れるホワイトハウス』

『各地の閉鎖鉱山、再稼働の動きへ』

『急速な原油不足　シェールガス生産施設拡大を急ぐ』

『オクラホマ州の中学校で銃乱射事件　死者19名負傷者51名　起こってしまった悲劇』

『カリフォルニア州で連続誘拐殺人犯逮捕　29名の被害者家族、ようやく報われる』

『テキサス州議会で連邦脱退の動きか　知事は否定するも暗躍する複数の議員』

『ニューヨーク州で自爆テロ　死者４名　黒人過激派組織ブラックパンサー２の仕業か』

『オレゴン州セイラムで黒人少女の焼死体発見　現場には魔女裁判の形跡』

アメリカのニュースは随分と物騒なものが並んでいる。

第三次世界大戦中、国内の人種問題や相次ぐテロ行為によりほとんど内戦状態だった国はやはり一味違うな。

大戦直前までかの国の大統領だったやんちゃボーイが残した傷は、世界唯一の超大国にとって戦後20年経っても癒えるどころか深まるばかりだ。

これが超大国アメリカの実体なんて……！

やっぱり日本がベストだな!!

「アメちゃんは相変わらず物騒ですね。なんだか怖くなっちゃいました」

そう言って高嶺嬢は体を寄せてきた。

パソコンの画面を見るために元々近かった互いの距離はあっという間にゼロとなる。

人外相手とはいえ、既に10000体を超える敵兵を殺戮してきた奴が言うと違和感がすげぇな！

君ならきっと銃弾だって掴めちゃうさ。

ロシア連邦
『各地で日仏邦人保護の動き　政府は保護地区建設を計画』

『国外へのパイプライン破損事故　ようやく復旧完了』

『供給過多の資源会社　各地で鉱山の臨時閉鎖進む』

『11人を食い殺した人食熊の狩猟に成功　関係者で熊料理を堪能』

『ハバロフスクのスーパーで爆破テロ　死者49名』


おお、ロシアは邦人保護の約束を守ってくれているようだ。

しょっちゅう他国を裏切っている国だから正直不安だったが、このニュースを見る限り俺達日本勢が優勢な間は協定を守ってくれるだろう。

「ひゃあ、人食熊ですって！　怖いですねー」

怯えるように俺の腕を抱きしめる高嶺嬢。

その腕で体長10m近いレッサードラゴンの胴体を真っ二つに引きちぎっていた光景が脳裏にチラついた。

熊よりもドラゴンに脅威を感じる俺の常識は間違っているのだろうか？


この後、妙な感想を言いながら俺に引っ付いてくる高嶺嬢は、閲覧時間が切れて拠点内に突入してきた怒り狂う白影にドロップキックを食らうまで、俺から離れなかった。

その後に白影も対抗するかのように引っ付いてくるし、やっぱり彼女達はストレスが溜まっているのだろう。

そろそろ精神分析いっちゃうか？

でもスキルの数値、未だに低いんだよなぁ。

俺が僅かな不安を感じていようと、ダンジョン戦争は待ってはくれない。

人類が問題を抱えていようと関係なく、戦争は厳しさを増してゆく。

『上野群馬　男　20歳
状態　肉体：普通　精神：普通
ＨＰ　9　ＭＰ　30　ＳＰ　14
筋力　11　知能　18
耐久　9　精神　18
敏捷　11　魅力　11
幸運　21
スキル
索敵　95
目星　30
聞き耳　55
捜索　55

精神分析　20
鑑定　55
耐魔力　30』

『高嶺華　女　20歳
状態　肉体：健康　精神：幸福
HP　35　MP　2　SP　35
筋力　38　知能　2
耐久　34　精神　25
敏捷　38　魅力　20
幸運　4
スキル
直感　105
鬼人の肉体　30
鬼人の一撃　25
鬼人の戦意　15
我が剣を貴方に捧げる　15
装備
戦乙女の聖銀鎧

戦乙女の手甲
戦乙女の脚甲』

『アルベルティーヌ・イザベラ・メアリー・シュバリィー　女　20歳
状態　肉体：健康　精神：怒り・消耗
ＨＰ　14　ＭＰ　4／18　ＳＰ　22
筋力　17　知能　12
耐久　17　精神　6
敏捷　40　魅力　20
幸運　4
スキル
超感覚　75
隠密行動　50
投擲　45
耐炎熱　50
無音戦闘　40
空中戦闘　35
妄執　80
装備

黒い頭巾
黒い装束
黒い手甲
黒い脚甲』

番外編

【はじめての】上野群馬君を心配するスレ　その753【さいばん】

1：　名前：名無しさん　投稿日：2045/06/04（X）XX：XX：XX
　突然拉致られた上野群馬君
　名前からして生粋のグンマー
　総理御令孫との冒涜的なボーイミーツガール
　僅かなヒントで全てを察する
　魔界で爆誕した日本の串刺し公
　フランス産NINJAを口説き落とし
　気分はまるでサーカスのライオン
　日仏連合の頭脳担当、上野群馬君について、心配しながら語っていきましょう

　前スレ【アジは味の】上野群馬君を心配するスレ　その752【玉手箱やー】
　http://xxx.xxx.net/bbs/read.cgi/danjon/204506040521/

　必殺技保有の美少女のスレ
　【必殺技って】高嶺嬢を愛でるスレ　その1034【なんでしょうね】
　http://xxx.xxx.net/bbs/read.cgi/danjon/204506040715/

　NINJAコスプレな美少女のスレ
　【珍しく】NINJAを観察するスレ　その390【忍者ムーブ】
　http://xxx.xxx.net/bbs/read.cgi/danjon/204506040649/

　荒らしとカプ厨はスルーしてね

　次スレを立てる人は>>960

2：　名前：名無しさん　投稿日：2045/06/04（X）XX：XX：XX
　いよいよ裁判か

7：　名前：名無しさん　投稿日：2045/06/04（X）XX：XX：XX
　素人のごっこ遊びだけどね

11：　名前：名無しさん　投稿日：2045/06/04（X）XX：XX：XX
　>> 7　もはやただの魔女裁判

18：　名前：名無しさん　投稿日：2045/06/04（X）XX：XX：XX
　>>11　日本が弁護側に加わってるのが唯一の救いだな

24：　名前：名無しさん　投稿日：2045/06/04（X）XX：XX：XX
　>>18　そんなわけねえだろうがっ　ゆとり爺！

27：　名前：名無しさん　投稿日：2045/06/04（X）XX：XX：XX
　>>18　これだからゆとりは

29：　名前：名無しさん　投稿日：2045/06/04（X）XX：XX：XX
　>>18　ゆとりはやはり浅慮

36：　名前：名無しさん　投稿日：2045/06/04（X）XX：XX：XX
　>>24　>>27　>>29
　は？　なんでだよ　お前らサイコパスか？

49：　名前：名無しさん　投稿日：2045/06/04（X）XX：XX：XX
　>>36　国際情勢考えろってことよ　弁護側なのってロシアとかの連合だろ？

日本は元々同盟側だし、どんなに連合がイキっても実際の国力は同盟が格上なのよ
真実はどうあれ日本の今後を考えると同盟側一択

53：　名前：名無しさん　投稿日：2045/06/04（X）XX：XX：XX
>>49　でも同盟は嘘ついてるじゃん　証拠もあるし

60：　名前：名無しさん　投稿日：2045/06/04（X）XX：XX：XX
>>53　なるほど　確かに同盟は違法な工作を行ったのだろう
それがどうした？

61：　名前：名無しさん　投稿日：2045/06/04（X）XX：XX：XX
>>53　それに何の価値がある？
日本にとってメリットがない
国益重視なら同盟側が絶対正義

65：　名前：名無しさん　投稿日：2045/06/04（X）XX：XX：XX
まあ、現実は連合側の立場になっちゃってるんだが

68：　名前：名無しさん　投稿日：2045/06/04（X）XX：XX：XX
>>65　ぐんまちゃんは何を考えとるんや？

72：　名前：名無しさん　投稿日：2045/06/04（X）XX：XX：XX
>>68　所詮は脳みそ下半身の男子大学生　イカ臭さが隠しきれてない
シーラでワンチャン狙ってる

75：　名前：名無しさん　投稿日：2045/06/04（X）XX：XX：XX
>>72　なんだァ？　てめェ……

77：　名前：名無しさん　投稿日：2045/06/04（X）XX：XX：XX
>>72　さてはアンチだなオメー

78：　名前：名無しさん　投稿日：2045/06/04（X）XX：XX：XX
>>72　お嬢がいるのに？

84：　名前：名無しさん　投稿日：2045/06/04（X）XX：XX：XX
>>78　どっちも穴はあるだろ？

88：　名前：名無しさん　投稿日：2045/06/04（X）XX：XX：XX
>>84　アレクセイにも穴はあるんだよな……

90：　名前：名無しさん　投稿日：2045/06/04（X）XX：XX：XX
>>88　おいバカやめろ

91：　名前：名無しさん　投稿日：2045/06/04（X）XX：XX：XX
>>88　あー　そーゆーことね　完全に理解した

93：　名前：名無しさん　投稿日：2045/06/04（X）XX：XX：XX
>>84　ここだけの話
お前クソリプ送ってるで

96：　名前：名無しさん　投稿日：2045/06/04（X）XX：XX：XX
>>91　わかってない

110：　名前：名無しさん　投稿日：2045/06/04（X）XX：XX：XX
>>88　アルフの穴は土に還ったからな

114：　名前：名無しさん　投稿日：2045/06/04（X）XX：XX：XX
>>110　おいバカやめろ……

116：　名前：名無しさん　投稿日：2045/06/04（X）XX：XX：XX
>>110　流石に不謹慎

241：　名前：名無しさん　投稿日：2045/06/04（X）XX：XX：XX
シーラめっちゃボロボロやん

245：　名前：名無しさん　投稿日：2045/06/04（X）XX：XX：XX
もっと可愛くなかったっけ？

252：　名前：名無しさん　投稿日：2045/06/04（X）XX：XX：XX
>>241　そりゃあこんな状況になればああなるさ

257：　名前：名無しさん　投稿日：2045/06/04（X）XX：XX：XX
俺、シーラくらいの娘がいるんだわ
マジで見てるの辛いわ

260：　名前：名無しさん　投稿日：2045/06/04（X）XX：XX：XX
ぐんまは本当にあの穴でええんか……？

263：　名前：名無しさん　投稿日：2045/06/04（X）XX：XX：XX
>>257　ご両親のことを考えると尚更ね……

270：　名前：名無しさん　投稿日：2045/06/04（X）XX：XX：XX
>>260　良心に挟まるクソミソ発見

271：　名前：名無しさん　投稿日：2045/06/04（X）XX：XX：XX

　りんご飴大作戦をやらかしたぐんまちゃんが本当に下半身だけで弁護側につくか？

279：　名前：名無しさん　投稿日：2045/06/04（X）XX：XX：XX

　>>271　下半身はないだろうけど　単純に可哀そうってだけじゃないだろうね

286：　名前：名無しさん　投稿日：2045/06/04（X）XX：XX：XX

　>>271　群馬なら穴以外も目的があるはず

288：　名前：名無しさん　投稿日：2045/06/04（X）XX：XX：XX

　>>286　穴は確定なのか

292：　名前：名無しさん　投稿日：2045/06/04（X）XX：XX：XX

　>>286　問題はどちらの穴かだな

295：　名前：名無しさん　投稿日：2045/06/04（X）XX：XX：XX

　>>292　アレクセイか　それともシーラか

415：　名前：名無しさん　投稿日：2045/06/04（X）XX：XX：XX

　あっ　シーラ気づいた

419：　名前：名無しさん　投稿日：2045/06/04（X）XX：XX：XX

　突然のシャウト

423：　名前：名無しさん　投稿日：2045/06/04（X）XX：XX：XX

　まさか……　暴走？

428：　名前：名無しさん　投稿日：2045/06/04（X）XX：XX：XX
パニックなっとる

429：　名前：名無しさん　投稿日：2045/06/04（X）XX：XX：XX
これは不味いぞ

430：　名前：名無しさん　投稿日：2045/06/04（X）XX：XX：XX
今パニックは不味い

444：　名前：名無しさん　投稿日：2045/06/04（X）XX：XX：XX
ぐんまちゃんどうするの？

447：　名前：名無しさん　投稿日：2045/06/04（X）XX：XX：XX
ん？

457：　名前：名無しさん　投稿日：2045/06/04（X）XX：XX：XX
おほぉっ

458：　名前：名無しさん　投稿日：2045/06/04（X）XX：XX：XX
あ

459：　名前：名無しさん　投稿日：2045/06/04（X）XX：XX：XX
あ

460：　名前：名無しさん　投稿日：2045/06/04（X）XX：XX：XX
あ

461：　名前：名無しさん　投稿日：2045/06/04（X）XX：XX：XX
A

492：　名前：名無しさん　投稿日：2045/06/04（X）XX：XX：XX
心臓に来るな　これ

496：　名前：名無しさん　投稿日：2045/06/04（X）XX：XX：XX
高嶺嬢ガチでヤバい

500：　名前：名無しさん　投稿日：2045/06/04（X）XX：XX：XX
本当にこれ映像越しなんか？

501：　名前：名無しさん　投稿日：2045/06/04（X）XX：XX：XX
こんなもん全国放送して良いんか……？

513：　名前：名無しさん　投稿日：2045/06/04（X）XX：XX：XX
>>501　今だと全世界なんだよなぁ……

516：　名前：名無しさん　投稿日：2045/06/04（X）XX：XX：XX
高嶺嬢なんなのあれ

517：　名前：名無しさん　投稿日：2045/06/04（X）XX：XX：XX
>>513　ほとんどの探索者が集まってるからね……

522：　名前：名無しさん　投稿日：2045/06/04（X）XX：XX：XX
>>457　お前の反応はオカシイ

634：　名前：名無しさん　投稿日：2045/06/04（X）XX：XX：XX
スカイツリーのレス番げと！

636：　名前：名無しさん　投稿日：2045/06/04（X）XX：XX：XX
検事は中華かよ

639：　名前：名無しさん　投稿日：2045/06/04（X）XX：XX：XX
検事と裁判長が同じ勢力でええんか？

644：　名前：名無しさん　投稿日：2045/06/04（X）XX：XX：XX
>>639　良くない　しかしこれが正義だ

648：　名前：名無しさん　投稿日：2045/06/04（X）XX：XX：XX
これは謀略　間違いない

651：　名前：名無しさん　投稿日：2045/06/04（X）XX：XX：XX
でも美人

657：　名前：名無しさん　投稿日：2045/06/04（X）XX：XX：XX
>>651　色気がすごいよね

665：　名前：名無しさん　投稿日：2045/06/04（X）XX：XX：XX
>>657　ねちょねちょしてそう

670：　名前：名無しさん　投稿日：2045/06/04（X）XX：XX：XX
>>665　むしろねちょねちょしたい

671：　名前：名無しさん　投稿日：2045/06/04（X）XX：XX：XX
>>651　イキリっぷりもキレが良い

673：　名前：名無しさん　投稿日：2045/06/04（X）XX：XX：XX
こんな逸材が埋もれていたとは……

679：　名前：名無しさん　投稿日：2045/06/04（X）XX：XX：XX
シーラあわあわ言っとる

682：　名前：名無しさん　投稿日：2045/06/04（X）XX：XX：XX
　このノリじゃあ誰も何も言えんわ

684：　名前：名無しさん　投稿日：2045/06/04（X）XX：XX：XX
　>>679　残念だけど役者が違う　はっきり分かんだね

736：　名前：名無しさん　投稿日：2045/06/04（X）XX：XX：XX
　ぐんまちゃん曰く　先生、お願いします

737：　名前：名無しさん　投稿日：2045/06/04（X）XX：XX：XX
　総員耐ショック用意！！！

738：　名前：名無しさん　投稿日：2045/06/04（X）XX：XX：XX
　またアレか

741：　名前：名無しさん　投稿日：2045/06/04（X）XX：XX：XX
　aa

742：　名前：名無しさん　投稿日：2045/06/04（X）XX：XX：XX
　おほぉぉぉぉぉぉぉ！！！

743：　名前：名無しさん　投稿日：2045/06/04（X）XX：XX：XX
　ooao

745：　名前：名無しさん　投稿日：2045/06/04（X）XX：XX：XX
　あ

746：　名前：名無しさん　投稿日：2045/06/04（X）XX：XX：XX
　あwq

785：　名前：名無しさん　投稿日：2045/06/04（X）XX：XX：XX
こわい

789：　名前：名無しさん　投稿日：2045/06/04（X）XX：XX：XX
やばい　なにも　かんがえらんない

799：　名前：名無しさん　投稿日：2045/06/04（X）XX：XX：XX
マジでこれ全世界放送なの？

808：　名前：名無しさん　投稿日：2045/06/04（X）XX：XX：XX
死人出んぞ　これ

812：　名前：名無しさん　投稿日：2045/06/04（X）XX：XX：XX
阿鼻叫喚じゃん

814：　名前：名無しさん　投稿日：2045/06/04（X）XX：XX：XX
>>742　お前の反応はおかしい

817：　名前：名無しさん　投稿日：2045/06/04（X）XX：XX：XX
なんでぐんまちゃん平気なの？

823：　名前：名無しさん　投稿日：2045/06/04（X）XX：XX：XX
>>817　プロですから

831：　名前：名無しさん　投稿日：2045/06/04（X）XX：XX：XX
高嶺嬢、レッドカードです

834：　名前：名無しさん　投稿日：2045/06/04（X）XX：XX：XX
しゃあない

900：　名前：名無しさん　投稿日：2045/06/04（X）XX：XX：XX
ぐんまガンガン攻めるじゃん

904：　名前：名無しさん　投稿日：2045/06/04（X）XX：XX：XX
しかし証拠は群馬のスキルだけ

911：　名前：名無しさん　投稿日：2045/06/04（X）XX：XX：XX
中華娘の反応は残念ながら正しい

930：　名前：名無しさん　投稿日：2045/06/04（X）XX：XX：XX
ロシアやるじゃん

942：　名前：名無しさん　投稿日：2045/06/04（X）XX：XX：XX
ちょっと無理やり過ぎじゃない？

945：　名前：名無しさん　投稿日：2045/06/04（X）XX：XX：XX
拍手はじまっちゃったよ

953：　名前：名無しさん　投稿日：2045/06/04（X）XX：XX：XX
マジでこのまま連れ出すの？

964：　名前：名無しさん　投稿日：2045/06/04（X）XX：XX：XX
やばい　荒れる

985：　名前：名無しさん　投稿日：2045/06/04（X）XX：XX：XX
これは

986：　名前：名無しさん　投稿日：2045/06/04（X）XX：XX：XX
まさかの

987：　名前：名無しさん　投稿日：2045/06/04（X）XX：XX：XX

大乱闘だぁぁぁぁぁぁぁぁ

995：　名前：名無しさん　投稿日：2045/06/04（X）XX：XX：XX

やっちゃえ!!

1000：　名前：名無しさん　投稿日：2045/06/04（X）XX：XX：XX

>>1000　なら国会でも大乱闘！！！

あとがき

俺と君達のダンジョン戦争2巻の読了お疲れ様でした。この度は1巻に引き続き2巻である本書をご購入いただき深く感謝申し上げます。よろしければあとがきとして、もう少しだけお付き合いいただければ幸いです。

本作を書籍化するにあたり、実はストーリー自体はWEB版からほとんど変更していません。もちろん描写の加筆や新しい閑話の付け足しなど、WEB版にはない多くの要素を詰め込みましたが、基本的なストーリー自体に変更はないのです。スウェーデンの探索者であるシーラに関する記述を1巻から意識的に多くしていましたが、彼女の最後に変化はありませんでした。ヒロインムーブを醸していた彼女からすると悲しい結果ではありますが、まあ、人生ってそんなものですよね。彼女の冒険はこの巻で終わってしまいましたが、読者の皆様に彼女の魅力が少しでも多く伝えることができていたら幸いです。

折角なので本書でも裏話をします。シーラとアルフについて、いつから彼女達の最後をどうするのか考えていたのかと言いますと、実はキャラ設定を作っていた時点です。彼女達は本作の人間キャラで唯一、フルネームを面倒くさくて考えていないキャラです。考えたところですぐに処分するし、別に良いよねって思ってました。ちなみに書籍化した今でも彼女達のフルネームは設定されていません。他のキャラがガッツリとフルネームで紹介されている中、彼女達だけは永遠のシーラとアルフなのです。これもある意味個性ですね。ヒューーッ！

本書の中で、日本はフランスを意図せず傘下に加えていますが、現実的に考えると日本とフランスの単独同盟ってほとんど意味ないですね。むしろ周囲を陸地伝いの他勢力に囲まれているフランスにとっては、全く喜べない状況だろうなぁ、と思います。ですが資源輸入の断絶による国家規模の飢え死にと天秤にかければ、救いではあったのかなとも思いますね。どちらにせよこの世界のフランスはダンジョン戦争後に苦労しそうですね。もちろん主人公もそれは考えるでしょうし、主人公がそれに対してどんな対策を練るか、乞うご期待です！

そして惜しくも散ってしまったシーラに代わり、本書で新しくヒロインとなったＮＩＮＪＡ白影ことアルベルティーヌについて。メインヒロインである高嶺嬢の対抗馬であるＮＩＮＪＡですが、見た目から中身まで、高嶺嬢と対になるよう設定しています。黒髪の高嶺嬢に対し、金髪のＮＩＮＪＡ。つり目の高嶺嬢に対し、たれ目のＮＩＮＪＡ。家族から愛されて育った高嶺嬢に対し、日本オタを拗らせたがばかりに家族から疎まれていたＮＩＮＪＡ。割と不遇な彼女ですが、ダンジョン戦争前はヒキニートの拗らせ日本オタという哀しき産廃でした。大学を飛び級で卒業し、経済博士を取得済みという高スペでしたが、人生設計では大ポカをやらかしていたのです。それがダンジョン戦争によって飛躍の時を迎えたのですから、人生って分からないものですね。

最後になりますが、本書の発刊に至るまで大変お世話になりました関係者の皆様と広い心で支えてくださった読者の皆様に心より感謝申し上げます。今後とも本作をどうぞよろしくお願いいたします。

コミカライズ第2話 試し読み

漫画：賀東アリ
原作：トマルン
キャラクター原案：ゆーにっと

一緒に血の雨《シャワー》を浴びましょう!!
ギィイイィ
第2話
え
ちょっと待って
俺はそんなつもり…
イイイイイ
ガチャン
!

国旗…
他の国のプレイヤーもいるのかな
さぁ どうなんでしょう
高嶺嬢はここに来てどれくらい経つんだい？
10時間くらいですかねー
起きてすぐ来ました
俺とほぼ同時に目覚めて真っ先にダンジョンすか…
すげぇよ高嶺嬢

刀とマントは特典一覧にあったやつかな
あとで聞いてみよう
俺の特典の「裏切らない従者」はどこにいるのやら…
この空洞《くうどう》には化け物どもは踏み込めないようで…
あっちに行かないと戦えないんですよねー
そうなんだー
じゃあそろそろ俺帰っていいかな?
ヘイヘーイ
ぎゃーっ
そう言わずに付き合ってくださいよー

ダンジョンに入るっていうミッションはすでに達成されてるのでもうお家に帰りたいんですが…
ズル
ズル
ズル
ミッション
【初めてのダンジョン】成功
報酬42式無人偵察機
システム6機が
受け取り可能になりました
待ってくれ高嶺嬢
ここから先はモンスターがいるんだろ？
暗くて遮蔽物《しゃへいぶつ》も多い
物陰からいきなり襲われでもしたら…
もー心配性ですねー
ほらいきますよー！
ズル
ズル
ズル
ぎゃーー！

くそ…
暗くて何も見えん…
高嶺嬢は見えてるのか？
あははーー♪
!!
そうだ暗視装置！
ありがとう政府の偉い人！
スキルのことを完全に忘れている群馬くん
これさえつければ
暗闇でも隅々まで見渡せるぞ！

つけなければよかった
臓器
肉片
手足
グロい…
そこらじゅうに魔物だったものが散乱している…
これ全部高嶺嬢がやったの…？

!!
魔物!?
ドド
岩陰に隠れてたのか!?
ドドド
わ
わ
わ
ドド
ヘイヘーイ

ザシュッ
ドシャ
……
ググ
ブォッ
!!
もう1体!?
ほら大丈夫でしょー
ザクッ
あぶな…

ザアアア
上野さん！
続きはコロナEXにてお楽しみ下さい!

俺と君達のダンジョン戦争２

2024年７月１日　第1刷発行

著　者　トマルン

発行者　本田武市

発行所　TOブックス
〒150-0002
東京都渋谷区渋谷三丁目1番1号　PMO渋谷Ⅱ　11階
TEL 0120-933-772（営業フリーダイヤル）
FAX 050-3156-0508

印刷・製本　中央精版印刷株式会社

ISBN978-4-86794-211-6